白金數據

プラチナデータ

東野圭吾

王蘊潔——譯

導讀——

《白金數據》，人人化爲數據的「美麗新世界」

作家／馬欣

你有看過音樂盒裡轉圈的娃娃嗎？那日復一日的催眠歌聲，讓你轉啊轉的，下載著生活的速度、滑動著臉書的軸線，她看似很高興地在一個被設定的速度中旋轉，她的每一步都可以被估算，她的美在於被算出哪裡也去不了。

若我們身上載滿了數據，隨時可以被分析，是否是個「美好新世界」？

未來是更「進階」的烏托邦

或許敏感一點的你，已經發現你正在跟空氣一樣巨大的東西拉鋸著，像小說裡的角色「隆」那樣。隆不見得只是主角「神樂」的另一個人格，更具體一點地說，「他」是我們置身於浩瀚的網路時代中，另一個偶爾會跑出來對這大數據時代產生質疑的「分身」，只是他出現的時間跟「隆」一樣越來越少。

《白金數據》燃起的那火照亮我們身處的世界，我們正集體進入一個更嶄新的烏托邦境界，大數據會為你分析與安排你的社群朋友群、分析你的社區便利商店的進貨內容、分析你的消費行為、以人的同溫層來分析你收到的內容與新聞，我們正置身於層層數據分析中，每日增修或揣測著屬於你或你的同溫層的資訊，人們已習慣這社會運轉的最核心，是個大電腦的假象。事實上，這也正發生在我們的生活裡，人們有效率地被演算著，而產生了各種商品的被需求，互為因果似的，是人們的社會行為開始潛移默化地迎合了數據，同時數據又更吻合了我們，為我們營造了一個面具之外的面具生活。

隱私，將是人首先願意抵押的

這只是生活的部分，而這一個新世界的簾幕正要揭開而已，東野圭吾的《白金數據》就是簾幕揭開來，他筆下的這故事正在近未來等著我們，乍看之下，以電腦數據查案，是好萊塢電影《關鍵報告》也曾預言的事，後者是預告犯罪行為，前者藉著更進階的大數據，直接由電腦查案，省去傳統的查案時間，這極其快速的破案方式，代價是交出人民的隱私權。

要是你，你願意嗎？交出你所有的隱私，讓電腦記錄你任何腳趾的長度、你的身世與家族每個人的基因傾向與秘密，包括你頭上有幾根毛髮，全部按一個鍵，就透明化於電腦這美麗新世界裡，這或許看似可以建立一個幾近於社會除垢的無菌狀態、破案率近百的自律社會，但惡這人性中的小種子，又將被栽種在哪裡？在哪部分，因為這方的強大規訓，而快速地盎然生長著。

電腦開始運算與主宰人的思考方向

東野圭吾一向擅讀人性，日後我們終將會容許電腦智慧侵門踏戶進入，協助高層者來管理社會，電腦與網路當然並非代表惡的，但它的無可限量，的確能掀開人性的欲望底線，一個再巨大不過的「潘朵拉盒子」。電腦的普及，多年來也影響與改變了人看事物的視角，我們開始習慣用電腦的視角與瀏覽速度來看、來分析，甚至相對因其視角影響我們的思考方向與效率，我們逐漸對世界進入一種投射性思考與散狀似的分享，而非直觀這世界。也就是我們很輕易地可以被誘導到看不到屋內真正的大象，而執著於周邊死角的障物，而爭論不休。

那股可以操作視角的力量，會不會像魔戒一樣，吸引更多想掌權的人出現？表面上是發明了一個日常系統可以讓眾人便利、感到安全，但或許其實是更深的掌權？

伊卡洛斯不自量力的慾望

我們發明了電腦，也開啟了一場人性實驗，不滿足的內在會刺激出一種呼喚，讓我們想更像電腦。表面上是我們這物種發明了更超凡卓越的東西，像故事中執迷於「進化」快感的神樂一樣，因科技的確營造出了人類一種心智飛馳速度的快感，它不像人身這載體終是有限。

主角神樂推動「DNA犯罪偵寫」也非基於正義使然，而是他在追求這無極限的「超人」領域，像神話中伊卡洛斯想憑藉著一雙會被融化的翅膀飛向太陽。人類這骨子裡不甘在造物者之下的蠢動慾望，這次被東野圭吾揪了出來，像條蛇一樣滑溜，持續喚著人吃著各種禁忌之果，不是為了果子好吃，而是挑釁更為未知的可能性。

於是我們看著這故事呼應了現在，世界一流的圍棋棋士挑戰人工智慧程式Alphago，連連敗陣，呼應了故事中藝術家神樂昭吾作品被複製的失落感，原來我們自認獨特的心智與藝術都是可以被複寫與超越的。

靈魂將是守護人類價值的最後底線

這故事表面上是懸疑探案，東野圭吾則照例往人性善惡的模糊沼地往下挖，表面上是求快速辦案，但只要犯人一被「ＤＮＡ犯罪側寫」系統找到，他的家族全部都見光死，如同我們現在會用網路追殺犯人的父母與伴侶般。人們對於惡到底是想相對於善，還是其實見獵心喜居多？那幽暗的池子載著微光，是「隆」這分裂人格，相信人類的靈魂終究是電腦無法企及的部分，是嗎？靈魂對於電腦與人類集體的發展或許不重要，但靈魂不能被複寫，是人必須相信的，儘管數位價值已經在門口敲門進犯。

人們自大，發明了一個玩具，是否會引火自焚，或是成為權勢者將《１９８４》故事真實落實於人間（畢竟這是權力的最大值，鮮少人抵擋得住），《白金數據》像個預言，也有警世意味，讓讀者先一步窺探了我們設定為「美好」的未來。

1

屍體身上穿了一件鮮豔的藍色小背心，遮住了豐滿的胸部，但因為沒穿內褲，所以下半身都露了出來。脖子上掛著深藍色的項圈，項圈上方那部分皮膚變成了紫黑色。有經驗的偵查員一眼就可以看出是徒手掐出來的痕跡。

淺間玲司手上拿了一臺小型電子儀器，上面有兩根細電線，電線的前端有一個金屬夾。他之前曾經看過幾次這個儀器。

「又是電恍器嗎？」後輩戶倉探頭看著淺間手上的東西，「最近可真多啊。」

「這東西真的有效嗎？」

「聽說有效啊，只是我沒試過。」戶倉說完，對淺間咬耳朵說：「要不要試試看？聽說稍微試一下，不會對身體造成不良影響。」

「那你來試啊。」

淺間說道，後輩刑警聳了聳肩，苦笑著走開了。淺間目送他離開後，把手上的電子儀器放回了原位。發現屍體時，電子儀器就在床頭櫃上。

鑑識作業持續進行，雖然規定在鑑識工作結束之前，就連淺間和其他搜查一課的人也無法靠近現場，但刑警都認為，如果乖乖遵守這些規定，根本沒辦法展開第一波搜查。

命案現場位在澀谷角落的一家賓館，清掃工進房準備打掃時，發現了屍體。死者是二十出頭的女生，倒在床上。

雖然有性行為的跡象，但體內並未留下精液，也沒有發現使用過的保險套，八成是兇手連同女人皮包裡的東西一起拿走了。照理說應該放在皮包裡的皮夾和手機不見了，現場沒有留下任何可以確認死者身分的東西。

淺間覺得這是一起很常見的無聊案子，腦袋不清楚的男人和腦筋不靈光的女人不知道在哪裡認識之後一拍即合，進了這家賓館。兩個人都對普通的做愛方式感到厭倦，所以就用了不知道哪一方帶來的「電恍器」助興。「電恍器」是時下年輕人流行的一種大腦刺激裝置，只要把電極夾在兩耳，打開電源，微弱的脈衝電流就會通過大腦，可以體會到和吸食毒品時不同的刺激。這種儀器當然不合法，不知道哪個國家生產了這種儀器，在黑市流竄。最近有很多這種莫名其妙的商品。「電恍器」是「電子恍惚器」的簡稱，但這也不是正式的名稱，沒有人知道這種商品的正式名稱，搞不好連發明的人也不知道。

那對男女進了這家賓館後，使用了「電恍器」，神智不清地瘋狂做愛。淺間從不久前偵訊的一個年輕人口中得知，那種快感非比尋常，尤其是熱中ＳＭ的人，更是為之瘋狂。

「我好幾次都差點失手殺了我馬子。」接受偵訊的年輕人樂不可支地說。

淺間猜想這起事件應該也是這種荒唐的性愛遊戲造成的結果。男人失手掐死女人之後，被自己做的事嚇到，結果就畏罪逃走。麻煩的是，他似乎懂得如何收拾殘局，所以沒有留下任何可以追查到女人身分的東西，鑑識小組的人員也沒有發現任何關鍵指紋。

雖然是一起荒唐無聊的命案，但似乎無法很快了結。淺間想到這裡，不由得有點憂鬱。光憑「虐待狂的男人」這條線索在全日本打聽，恐怕要耗上一百年。

淺間瞭解現場的狀況後，離開了房間。走廊上也有好幾個鑑識人員，這家賓館恐怕有好一陣子沒辦法做生意了。

「淺間。」他在等電梯時，聽到身後有人叫他。鑑識小組的負責人田代走了過來，手上拿了一個小盒子。

「請你把這個帶去警視廳。」

「我嗎？這是什麼？」

「毛髮。」田代不懷好意地笑了笑。

「毛髮？」

「枕頭上有一根頭髮，地上找到兩根，那是下面的毛，都不是被害人的。」

「為什麼要我送陰毛？」

「要你這位資深刑警做這種事，你可能會不滿，但這是那須課長的指示，他指名要叫你帶回去。」

淺間想起了那須課長神經質的瘦長臉。他該不會又在打什麼鬼主意了吧。淺間有一種不祥的預感。兩年前，那須曾經提出要將偵查員的辦案能力排名，幸好到目前並沒有實施。

淺間接過塑膠盒，離開了賓館。他攔了一輛計程車，前往警視廳的方向。雖然塑膠盒密封了，但想到裡面裝了別人的陰毛，就覺得放在口袋裡也很不舒服。

一回到警視廳，他直奔搜查一課課長的辦公室，敲了敲門。「請進。」裡面傳來了聲音，他打開門。前方有一張辦公桌，那須坐在辦公桌前，淺間的直屬上司木場站在他旁邊。雖然是上司，但淺間並不尊敬他，也從來不靠他，覺得他只是課長的傳話筒而已，但那須今天沒有透過傳話筒，而是直接向淺間發出了指示，淺間猜想那須應該有什麼特別的盤算。

「他們說你要我把毛髮帶過來，所以我就帶來了。」淺間把塑膠盒遞到那須面前。但是，那須沒有接過容器，而是向木場使了一個眼色。

木場拿出一張影印紙。上面印著地圖。

「你把這個送去那裡。」

「啊？」淺間看著股長的圓臉，「人手不夠嗎？我可以介紹快遞公司。」

木場生氣地瞪著他。

「這是極機密任務，」那須壓低嗓門說，「所以不能交給快遞公司，也不能交給新手警官，我和木場商量之後，認為你很適任。」

淺間輪流看著課長和股長的臉，最後低頭看著地圖，地圖上有一個×的記號。

「有明……嗎？那是什麼地方？」

「上面只寫了『警察廳東京倉庫』。」那須回答。

「倉庫喔，那實際是什麼地方？」

「你去了之後就知道了。不，搞不好你去了也仍然搞不懂，但無論如何，希望你先去親眼看一下，所以才找你送去。你這種類型的人，如果不是自己親眼看到的事，即使費盡口舌說明，你也無法理解。」

淺間覺得自己被看扁了，但與其現在鬧彆扭，不如看看這些菁英分子到底在打什麼主意。

淺間伸手接過地圖。

「只要送過去就好了嗎？之後呢？」

「只要送過去就好，交給對方之後就回來這裡。再怎麼厲害，也不可能馬上有結果。」那須微微搖晃著身體笑了起來。

「你說結果是……」淺間看著手上的容器，「可以從這個查出什麼結果嗎？」

「我不是說了嗎？即使現在向你說明也是白費口舌，不必著急，反正幾天後就會知道答案了。」

「快去吧。」木場說，「你可以搭計程車，收據記得交給會計課。」

「我自己出錢。」淺間轉身走向門口。

地圖上標記的地方有好幾棟真正的倉庫，淺間下了計程車後，走路找了很久，費了好大的工夫，才終於找到那棟建築物。因為寫著「警察廳東京倉庫」的招牌比想像中小很多。

建築物四周是灰色的圍牆，開閉式的鐵柵欄旁有一個對講機。淺間按了對講機的按鈕。

「有什麼事嗎？」對講機中傳來一個男人的聲音。

「我是警視廳派來的。」

「請問貴姓？」

「我姓淺間。」

「好的，請稍候。」對講機掛斷了。

淺間等待片刻，旁邊的小門立刻打開了，一個看起來像是警衛的男人走了出來。他個子高大，鑽過小門時有點吃力。

「可不可以麻煩你出示一下身分證明？」男人問道，和剛才對講機內的聲音相同。

淺間出示了警視廳的徽章，警衛了然於心地點了點頭。

「這邊請。」

淺間跟著警衛走進了小門，經過停車場，終於走向建築物，打開入口的門走了進去。淺間跟著警衛，走在昏暗的通道上，不一會兒，來到電梯前。電梯很大，足以容納一輛小型轎車，警衛打開電梯門，對淺間說：「請進。」

原來要去地下室。淺間猜想道。他剛才從外面觀察到，建築物本身並不高。

電梯停了下來，門打開了，一個男人站在那裡。男人身穿白袍，年約四十歲。白淨的臉上有一雙細長的鳳眼，一頭烏黑的頭髮向後梳。

「這位是警視廳的淺間先生。」警衛說。

「辛苦了。」男人向淺間鞠躬打完招呼，看著警衛說：「你去忙吧。」

警衛點了點頭，搭電梯離開了。男人看著電梯門關上之後，再度轉頭看向淺間。

「我已經聽那須課長說了，你帶了分析物過來，是嗎？」

「你說的分析物是這個嗎？」淺間從內側口袋拿出塑膠容器。

男人點了點頭，「我聽說是毛髮。」

「——是陰毛。」

「很好，這邊請。」男人邁開步伐。

「你不收下嗎？」

男人停下腳步，緩緩轉頭看著淺間。

「我不能收下，這裡有這裡的規矩，你必須親自交付。」

「交給誰？」

男人輕輕一笑說：「你馬上就知道了。」

「不管是課長還是你，都神神秘秘的，你雖然說，這裡有這裡的規矩，但這裡到底是什麼地方？你又是誰？我甚至不知道你的名字。」

男人似有所悟地揚起下巴，把手伸進了白袍的內側，拿出了名片。

「失禮了，我還以為那須課長已經告訴你了。這是我的名片。」

男人遞過來的名片上寫著「警察廳特殊解析研究所所長　志賀孝志」。

「特殊解析研究所……是研究什麼的？」

「顧名思義，就是研究特殊解析。」志賀說完，再度邁開步伐。

志賀走在彌漫著陰森空氣的走廊上，然後在一道門前停了下來。門口完全沒有任何標識。志賀把左手放在門旁的感應板上，門靜靜地向一旁滑動。那似乎是靜脈辨識系統。

一走進室內，淺間瞪大了眼睛。那裡放著各種電子儀器和裝置，最引人注目的是放在中間的巨大儀器，差不多有一個人高。

「要去太空嗎？」

志賀聽到淺間的話，輕輕笑了笑。

「是探究比太空更神秘的東西的裝置。」

淺間聳了聳肩。

志賀走向深處，那裡也有一道門，他隨手打開了。

「不要開門！」房間內傳來男人尖叫聲，「不是說了嗎？進來之前要先敲門！」

「啊，不好意思。」志賀道歉，「因為警視廳的偵查員來了⋯⋯」

「再等五分鐘，我就出去。」

「好。」志賀靜靜地關上門，重重地吐了一口氣。

「裡面房間的那位是？」淺間問。

志賀露出猶豫的表情後，露出了苦笑。

「很難向你說明，而且你也不需要知道。」

「不是要把這個交給他嗎？」淺間出示了容器。

「不是交給他，是交給另一個人。」

「是喔。」淺間點了點頭，這裡似乎還有其他人。

他再度打量室內，只是猜不透這個房間到底是幹什麼的。他可以想像應該是分析他帶來的頭髮和陰毛，只不過猜不透要怎麼分析。

「這裡和科警研是不同的機構嗎？」淺間問。科警研是科學警察研究所的簡稱，隸屬於警察廳，是專門研究科學辦案的機構。

「原本是在科警研的旗下，但在正式運作之後就獨立出來了，地點也不宜公開。」

「是喔，看來有很大的秘密。」

淺間用揶揄的口吻說道時，裡面那道門咔嚓一聲打開了，一個三十歲左右的男人現了身。他的表情很嚴肅，頭髮有點長。

「呃……」志賀語帶遲疑地開了口。

「他剛才已經離開了。」長髮男子說話，看著淺間問：「這位是？」

「這位是警視廳的淺間副警部，帶來了疑似屬於命案兇手的分析物。」

男人點了點頭，把門開得更大，「請進，只是裡面沒什麼整理。」

門內是一間大約三十平方公尺左右的房間，中央放了一張會議桌，牆壁旁放著書架、櫃子和電腦。光看這些東西，覺得只是普通的辦公室，但放在房間角落的畫架，完全改變了室內的感覺。畫架上放了一塊畫布，上面畫了人的雙手。畫得很細膩，雙手的形狀似乎捧著什麼東西。

「剛才打擾到他了，」志賀說：「結果挨了罵。」

「好像是，他留下了紙條。」男人露齒一笑，向淺間遞上了名片，「這是我的名片。」

「神樂龍平先生……原來是主任解析員。」淺間接過名片，巡視著周圍。

「怎麼了？」

「『他』是誰？」

神樂看著志賀，露出意味深長的笑容後，將目光移回淺間身上。

「他已經離開了，所以不必在意。」

「我剛才不是說了嗎？你不需要知道。」志賀在一旁說道。

「我並不是想知道，只是覺得很奇怪，因為這個房間並沒有其他出入口，我想不透那個人從哪裡離開的。」

神樂用戴著銀色戒指的手指搓了搓人中。

「淺間先生，你來這裡之前，不是經過很複雜的通道嗎？難道不認為即使這個房間有秘密通道也不足為奇嗎？」

「秘密通道喔。」

淺間很想一拳打向神樂端正的臉，他覺得自己被耍了。

「閒聊就到此結束，要不要來談正事？」神樂拉了會議桌旁的椅子後坐了下來，「聽說你帶來了分析物？」

「請你把剛才的東西交給他。」志賀對淺間說。

淺間把塑膠容器遞給神樂。

「我確認一下。」神樂接了過去，打開容器後，從裡面拿出一個塑膠袋，塑膠袋裡裝了一根頭髮和兩根陰毛。

「沒問題，那我就收下了。」

神樂把椅子一轉，打開後方櫃子的抽屜，從裡面拿出一張文件，用筆寫了幾個字後遞到淺間面前。是簽收單，上面有神樂的簽名。

「解析要多長時間？」志賀問神樂。

「一天就足夠了，但為了安全起見，就說兩天吧。」

志賀點了點頭，看著淺間說：

「請轉告那須課長，兩天後會和他聯絡。」

「等一下，又不是小孩子跑腿，在你們告訴我要怎麼處理那根頭髮和兩根陰毛之前，我不能就這樣離開。可不可以請你們好好解釋一下？」淺間輪流瞪著志賀和神樂的臉。

神樂低著頭，似乎決定由志賀來應付。

志賀輕輕哼了一聲說：「沒問題，反正你早晚會知道，那就告訴你吧。我們接下來要檢查這幾根毛髮的ＤＮＡ，檢查後進行解析，就是這麼一回事。」

「ＤＮＡ？你們要鑑定ＤＮＡ嗎？」

「如果這麼說，你比較能夠理解，這麼說也無妨。」

淺間冷笑一聲。

「這麼慎重其事，我還以為要做什麼了不起的事呢，原來只是ＤＮＡ鑑定。這種事，連小學生都知道──有什麼好笑的？」淺間看到神樂低頭笑了起來，忍不住問道。

「淺間副警部，你對ＤＮＡ根本一無所知，」志賀說，「ＤＮＡ是資訊的寶庫。」

「我當然知道。」

「不，你並不知道。你所知道的ＤＮＡ鑑定，是用頭髮或是血液，確認是否屬於某一個人。但是，你想一下，這次發生的命案，不是還沒有發現任何嫌犯嗎？目前還沒有找到可疑人物，不是嗎？那要怎麼進行ＤＮＡ鑑定？和誰的ＤＮＡ進行比對？」

志賀的話讓淺間感到不解。他說得沒錯，在現階段，根本沒有進行ＤＮＡ鑑定的對象。

「那你們到底要做什麼？」

「不是說了嗎？要進行解析啊。」神樂不耐煩地說道。

「神樂。」志賀對他搖了搖頭，似乎在責備他，然後對淺間露出微笑，「解析很多資訊，我們可以從這根頭髮中，發現很多事。」

「比方說？」

「兩天之後，你就會知道了。」

「淺間副警部，我們在偵查會議上再見。」神樂抬眼瞪著他。

淺間原本想要說什麼，但咬著嘴唇忍住了。

「我很期待。」說完，他站了起來。

2

澀谷的命案發生至今已經整整過了兩天，偵辦進度很不理想。雖然已經查出了被害人的身分，但完全沒有發現任何線索。被害人是大學生，平時都在澀谷一帶玩樂，只不過清查了她的交友關係，也沒有找到可能是兇手的人。雖然不是沒有可疑人物，但那些人都有不在場證明。

和被害人一起走進賓館的應該是剛認識的男人——淺間的預測猜對了。賓館雖然有監視器，但並沒有拍攝到任何畫面。因為之前故障之後，就一直沒有修理。

淺間正在四處打聽，希望能夠找到目擊證人，口袋裡的電話響了。是股長木場打來的，通知他要在警視廳召開偵查會議，要求他馬上回去。

「警視廳？不是在澀谷分局嗎？」淺間問。這起命案的搜查總部設在澀谷分局。

「是特例，你就按照指示去做，不要遲到了。」木場說完，掛上了電話。

淺間把電話放回口袋時，想起了神樂和志賀的臉。

回到警視廳，走進指定的房間，不禁大驚失色。除了那須以外，他猜到理事官和管理官可能會出席，沒想到連刑事部長也在，還有好幾張陌生的面孔。澀谷分局的局長和刑事課長等人也在場，但他看起來很不自在。木場縮著身體，坐在最前排。

淺間行了一禮後，在木場旁邊坐了下來。每個座位前都放了一臺液晶螢幕。

「除了我們以外的現場辦案人員呢？」他小聲問木場。

「這次只有我們，所以你要好好聽清楚。」

「聽清楚？接下來要幹嘛？」

「你馬上就知道了。」

木場話音剛落，就傳來開門的聲音。淺間回頭一看，發現志賀和神樂剛好走進來。神樂手上拿著筆電，他和淺間四目相接，但臉上的表情沒有任何變化。

他們並排坐在空位上，志賀開了口。

「我是警察廳特殊解析研究所的志賀。關於日前在賓館發生的女大學生謀殺案，現場採集到的毛髮和體毛的解析結果已經出爐，請容我向各位報告。」

一旁的神樂操作著電腦，下一剎那，淺間他們面前的液晶螢幕上出現了文字。淺間瞥了一眼內容，立刻瞪大了眼睛，其他人也都發出了「喔！」的驚叫聲。

神樂抬起頭。

「我是主任解析員神樂，解析結果就是目前顯示的資料，我還是唸一下。」他停頓了一下後繼續說道：「性別，男性，年齡為三十歲到五十歲。血型為O型，Rh陽性。身高一百七十到八十公分，體質容易發胖，垂肩，雙手的大小約二十公分左右，腳的尺寸超過二十六公分，皮膚黝黑。臉部的特徵為眉毛和體毛都很濃密，鼻塌且寬，大嘴、唇薄。牙齒很健康，但容易蛀牙，下巴很方，聲音低沉。喉結比一般人突出，頭髮偏軟，略帶棕色，有一點天然鬈。眼睛的顏色較淺，偏棕色。很可能有近視。沒有先天性疾病——除此以外，還瞭解到其他細節，記錄在下一頁。」

淺間讓第二頁的資料顯示在螢幕上。「指甲短，腳的中趾可能比大拇趾更長。」

「這是什麼啊？」淺間忍不住出聲問道。

「罪犯側寫。」神樂解說道，「這稱為DNA罪犯側寫，美國在幾年前就已經開始實施。美國有各種不同的人種，光是靠DNA分析出人種，就對辦案大有幫助。」

「雖然曾經聽說過，沒想到竟然可以瞭解得這麼詳細。」刑事部長發出感嘆的聲音，「這些特徵都正確嗎？」

「當然。」志賀回答，「人的特徵都由DNA決定，任何人都無法違抗這一點。」

「近視是身體特徵嗎？」那須問。

「有容易近視的體質。」神樂說，「比方說，眼球的形狀，當眼球的形狀缺失嚴重，水晶體就不容易調整，即使在小時候進行矯正，也無法充分改善，容易發展為遠視或近視。」

「原來是這樣。」那須語帶佩服地應了一聲。

其他人也都接二連三地發問，志賀和神樂胸有成竹地回答了這些問題。淺間聽著他們的對話，終於瞭解了眼前的狀況。

這是新型偵查方法的發表會，是為了讓警方高層瞭解警察廳特殊解析研究所的能力，以及這些能力將會如何改變辦案。

「我們根據罪犯側寫的結果，將兇手的容貌圖像化，也就是ＤＮＡ合成照。這就是我們模擬的圖像。」

神樂敲打著鍵盤，螢幕上出現了一個長方臉的男人。有人發出了「喔」的叫聲。男人有兩道濃眉，鼻大、嘴大。戴著眼鏡，頭髮理得很短，完全符合剛才的分析內容。

「決定髮型時，除了考慮到髮質以外，也結合了時下的流行，和臉型的搭配。當然，兇手也可能是其他髮型。」志賀補充道。

「太厲害了，簡直就像照片——對不對？」刑事部長徵求坐在旁邊的那須的意見。

「是啊。」那須也點著頭。

淺間無法繼續保持沉默。

「雖然照片很出色，但是，這樣固定對兇手的印象沒問題嗎？」

聽到他的發言，所有人都看著他。木場用手肘捅了捅他。

神樂也露出敵視的眼神看著他，「有什麼問題嗎？」

「一旦看了像照片這樣明確的圖像之後，就很難再對其他的臉產生反應，這也正是辦案時避免使用合成照，重視用素描畫罪犯肖像的原因，維持某種程度的模糊，效果更理想，這是常識。」

神樂聽到淺間的回答，露出了苦笑。

「請不要把只是根據人的記憶拼湊出五官的罪犯合成照，和ＤＮＡ罪犯側寫混為一談。目前各位所看到的，就是兇手的照片。如果有辦法拿到嫌犯的照片，你們應該也會用在通緝令上吧？」

淺間搖了搖頭。「我無法相信。」

「我能理解你的意見，」刑事部長轉頭看向淺間，「所以，目前並不打算公布這張照片，但如果這張照片正確性沒有問題，將成為我們極有力的武器。」

「如果正確性沒問題的話……」

刑事部長咧嘴笑了笑。

「你們趕快將兇手逮捕歸案，這樣就能夠判斷這個圖像是否發揮了作用。」

「雖然部長這麼說，但光憑這些資料，根本不可能抓到兇手。」淺間用下巴指著液晶螢幕。

「你這個人真性急啊。」神樂說，「我的話還沒說完呢。」

「還有其他的資料？」

「接下來才是重點。」志賀巡視著所有人，「接下來就和各位分析我們的研究成果——

神樂，把那些資料秀出來。」

神樂敲著鍵盤，螢幕上出現了文字。是地址和姓名。

「住在東京都江東區的山下郁惠——兇手是這名女子三等親以內的人。另外，這是參考資料，兇手的性格膽小而謹慎，防衛心很強，忍耐力很差，也就是很容易暴怒，反社會等級則是七級中的第四級。」

神樂的聲音在室內迴響，所有人都陷入了沉默。

3

淺間打開電動車窗，用打火機點了菸，然後向斜上方吐出灰色的煙，順便抬頭看向夜空。雖然沒有雲，但完全看不到一顆星星。已經好幾年沒有在東京看過星星了。

「淺間先生，在跟監時不能抽菸啦。」戶倉在一旁笑著說道。

淺間把菸夾在手指上，撇著嘴說。

「這是課長的口頭禪吧。這個年頭，只剩下刑警抽菸了，就連黑道也開始注重養生，只要噴雲吐霧，就好像在昭告天下，這裡有刑警。」

「很有道理啊。」

「是啊，但現在大樓內全面禁菸，也不能在路上抽菸，只有在車上才能抽菸了。」

「與其抽這種含焦油量只有零點三毫克的菸，不如乾脆戒菸算了。」

「我也不想抽這種菸啊，但即使是吸菸區，很多地方也禁止焦油量超過一毫克的菸。」

「這樣還有菸味嗎？」

「怎麼可能有嘛，尼古丁才零點零三毫克啊。」

戶倉正在苦笑時，淺間的電話響了。是刑警同事打來的。

「剛才桑原打電話到店裡，很快就會來這裡。」

「瞭解，一旦確認那傢伙進入大樓，我們會守住出口。只要他一進店裡，就立刻逮人。」

掛上電話後，淺間看著前方的大樓，捻熄了香菸。那棟大樓裡有好幾間酒家，桑原裕太應該會去其中一家。因為他喜歡那間酒家的一個坐檯小姐。

「桑原真的是兇手嗎？」戶倉一臉不解地問。

「應該是吧，DNA完全吻合啊。」

桑原裕太雖然居無定所，但不久之前，他和一個在池袋上班的酒家女同居。他以前使用的梳子還留在女人家裡。在檢查留在梳子上的毛髮後，確認與澀谷賓館女大學生命案中所採集到的毛髮和陰毛的DNA完全吻合。

「但是，這麼簡單真的沒問題嗎？」戶倉偏著頭。

「不知道。」淺間只能這麼回答。

戶倉有這樣的疑問很正常。因為他們查到桑原裕太這個人的過程實在太簡單了。

他們根據神樂提供的資訊，調查了江東區那位名叫山下郁惠的家庭主婦的血緣關係，發現她的三等親以內，總共有八個男人。分別是她的父親、兒子、兩個外甥、伯父和兩個舅舅。

符合血型是O型的只有三個人，只要調查這三個人的DNA就可以解決問題。最後發現山下郁惠的外甥桑原裕太的DNA完全吻合。他今年三十二歲，自稱是音樂製作人，但其實是靠向色情店和酒家介紹小姐，打工賺錢。曾經和他同居的酒家女證實，他是個花花公子。

淺間認為他應該就是兇手，只不過內心總覺得有點不太對勁，但並不是像戶倉所說的，只是這次的辦案未免太簡單，覺得不過癮而已。

辦案簡單是一件好事，但是，他忍不住心生疑問，這種辦案方法真的不會出錯嗎？並不是指抓錯人這件事，而是能夠斷言這樣的辦案方式，對人類社會沒有任何不良影響嗎？

「啊，是不是那傢伙？」戶倉問。

一個身穿黑色皮夾克的男人邁著輕快的步伐走了過來。那個男人長方臉，理著短髮，沒有停下腳步，就直接走進了那棟大樓。

「你有沒有看到？和電腦中的照片一模一樣。」戶倉語帶興奮地說道。

「這不重要，趕快通知裡面的人。」

淺間下了車，向在周圍待命的偵查員發出暗號。

偵查員都守在大樓的出入口，淺間和戶倉一起在大門待命。他把手伸進上衣內側，摸了摸手槍。桑原很可能持有凶器。

淺間看了看手錶，桑原進去已經五分鐘了。

他正準備把手再度伸進上衣內側時，樓梯上傳來叫聲。「他跑了！」是刑警同事的叫聲。

下一刻，立刻看到桑原臉色大變地衝下了樓梯。他的皮夾克已經不見了。

戶倉正準備上前逮人，沒想到桑原整個人撞向他。戶倉被撞飛了出去，但桑原也停了下來，他正準備拔腿而逃時，淺間抓住了他的手臂。

「放開我！」桑原大叫著。

淺間把他的手臂一扭，對著他的肚子踹了一腳。桑原發出呻吟，身體彎了下來，淺間掃向他的腿，當他撲倒在地時，跨在他的背上，直接為他銬上手銬後，開始脫他的鞋子。

「淺間先生，你在幹嘛？」戶倉跑過來問道。

「你別管我，你幫我按住這傢伙的手臂。」

淺間也脫下了桑原的襪子，拿起他的腳踝，檢查他的腳趾。

「太驚訝了……」淺間嘀咕道。

桑原的中趾比大拇趾更長。

4

「……以上就是澀谷分局轄區內發生的女大學生命案的偵查結果。桑原裕太對犯罪事實供認不諱，移送檢方之後，應該可以順利起訴。」會議室內響起木場略微緊張的聲音。

這是警視廳內的會議室，刑事部長和搜查一課的主管，以及澀谷分局的幹部都圍坐在圓桌旁。只有木場和淺間是第一線的辦案人員，警視廳特殊解析研究所的志賀和神樂也參加了這次會議。志賀始終面帶笑容，他應該對研究所的解析結果有助於迅速破案感到得意。神樂的表情好像有點掃興，似乎眼前發生的一切都在他意料之中。

「真是太厲害了，對不對？」刑事部長滿面笑容地徵求那須的同意。

那須用力點了點頭。

「沒錯。只靠ＤＮＡ就能夠這麼精準地鎖定嫌犯，有助於大幅提升破案率。而且不光是毛髮和血液，從少量唾液和汗液中，也能夠採集到ＤＮＡ。」

「除此以外，也可以從黏膜、皮脂和耳垢中採集。」志賀立刻補充道。

那須露出滿足的笑容。

「除了命案以外，也有助於強暴事件和竊案的破案吧，只是恐怕無法對外公開這起命案的辦案過程。」

「檢方有說什麼嗎？」刑事部長問。

「檢方認為罪犯側寫和最終的ＤＮＡ鑑定應該沒有問題，只是認為最初鎖定嫌犯的過程可能有點麻煩……」

「因為那項法案還沒有通過。那這次打算如何處理呢？」

那須看著木場。木場清了清嗓子說：

「就說澀谷分局接獲線報，在案發當天晚上，有人在命案現場附近看到了像是桑原的人。根據這個線報調查了桑原的情況，最終進行了ＤＮＡ鑑定。」
刑事部長聽了木場的話，點了點頭。
「這樣就沒問題了，也不需要特地安排一個證人。好，就這麼辦。」
「是。」木場回答。
「等一下，這是怎麼回事？」淺間問道。
刑事部長和那須同時看向淺間，似乎不瞭解他有什麼問題。淺間看著他們的臉說：
「為什麼不如實公布偵查過程？為什麼要虛構目擊證詞？」
那須皺起眉頭。
「因為特解研這個機構還沒有正式對外公布，你參加了第一次會議，應該瞭解這件事。這次的偵查算是試運轉。」
「即使這樣——」
「淺間，」刑事部長開了口，「你這次的表現很好，這樣不是就夠了嗎？至於其他不必要的事，你就不需要多想了。」
淺間無言以對，眼角掃到剛才始終不發一語的神樂露出了一絲笑容。
會議結束之後，淺間叫住了走在前面的神樂。志賀不知道和刑事部長等人去了哪裡。
「我有事想要請教你，可不可以占用你一點時間？」
神樂打量著淺間的臉說：
「刑事部長不是叫你不需要想其他不必要的事嗎？」

「這不是不必要的事，而是很重要的事。總之，占用你一點時間，十分鐘就夠了。」
「那好吧，給你五分鐘。」
他們搭電梯來到地下停車場。
「那到底是怎麼回事？為什麼要捏造偵查過程？」
神樂把手指伸進長髮，抓了抓頭。
「很抱歉，我無法向副警部等級的人談這件事。」
「那你聽我說，這只是我的想像。」
「雖然我沒閒工夫聽你的想像，算了，你說吧。」
淺間瞪著神樂端正的臉，深呼吸了一下。
「第一次會議上，我就很在意一件事。用DNA進行罪犯側寫很不錯，我也很佩服科學持續發展。但是，你最後補充的那些資料，讓我感到納悶。你在會議上說，兇手是住在江東區的山下郁惠這個女人的三等親以內的人。我們也根據這些線索找到了桑原，並將他逮捕歸案。」
「我知道啊，你想要再炫耀一次嗎？」
「我調查了那個叫山下郁惠的女人，她沒有前科，也從來沒有被視為任何犯罪事件的嫌犯，你們怎麼會有她的DNA資料？怎麼會知道兇手是她三等親以內的人？」
神樂的臉上仍然帶著笑容，但眼神變得很銳利。
「所以呢？你到底想像了什麼？」
「三個月前，山下郁惠曾經去東京都內的一家醫院看了婦科，除此以外，這幾年她都不曾去過大醫院，當然，她說至今為止，從來沒有接受過ＤＮＡ檢查。」

「所以呢？」

「以下是我的想像內容。她看病的那家醫院，未經當事人的同意，就將她的ＤＮＡ樣本交給了你們研究所。不光是那家醫院，很可能有好幾家醫院都有類似的行為。果真如此的話，你們研究所就有數量龐大的ＤＮＡ資料，當然，不用說，這是違法行為。建立在這種違法行為基礎上的偵查，當然也是違法偵查，所以那須課長說，最初鎖定嫌犯的過程有點麻煩。我的想像正確嗎？」

神樂收起了笑容，搓了搓鼻子下方，嘆了一口氣。

「如果你的想像屬實，真是太有趣了。」

「高層到底在想什麼？繼續用這種方式辦案，一旦真相曝光，就會天下大亂。」淺間不以為然地說道。

神樂納悶地偏著頭。

「為什麼？」

「那不是理所當然的嗎？怎麼可以擅自運用別人的ＤＮＡ資料進行偵查？」

「我們並不是擅自做這種事，已經獲得政府高層的許可。正確地說，是他們做出了指示，我們才會進行這些工作。」

「但未經當事人的同意啊。」

「政府未經當事人的同意使用個資的情況比比皆是，如果不這麼做，連稅金都收不到。」

「這根本是兩——」

「是同一件事。」神樂很乾脆地說：「沒有任何不同，只是因為目前還沒有正式獲得許可，所以暫時無法公開，但這種狀況很快就會改變。刑事部長不是也說了嗎？只要在國會的下一次會期通過法案，我們就能夠正大光明地進行DNA偵查。」

「法案？」

「有關個資的法案，讓DNA資料也能夠讓警方在辦案時使用。一旦這個法案通過，就可以管理所有受刑人的DNA資料，警察廳也會呼籲民眾登記DNA資料，加強犯罪預防。」

「這種法案怎麼可能通過？」

神樂輕輕張開雙手。

「不可能不通過，政府已經撥給我們預算，很希望能夠管理國民的DNA資料，和在野黨也已經談妥了。」

「民眾怎麼可能同意讓政府管理DNA資料？」

神樂驚訝地張大了嘴，無聲地笑了笑。

「民眾不會同意？淺間先生，民眾有能力做什麼？無論是示威抗議或是發表演說，政治人物都會逐一通過自己想要通過的法案。至今為止，不都是這樣嗎？民眾的反對根本不重要，而且，無論再不合理的法案通過，民眾只有在初期會怒不可遏，但很快就習慣那種狀況。這次也一樣，最後大家都會覺得，政府管理大家的DNA資料也不錯。」

淺間看著長相端正的神樂說話的樣子，覺得自己和他屬於不同的人種。真搞不懂怎樣的人才會有這麼諷刺的想法。

「總不可能強制民眾登記DNA資料吧？所以不會有民眾願意提供協助。」

「雖然不會強制，但似乎打算向登記者提供減稅等各種優惠措施。只要民眾知道確實有用，早晚每個人都會去登記。」

「怎麼可能這麼順利？」

「當然會順利啊，這起命案不是也靠DNA資料輕鬆破案了嗎？」神樂低頭看著手錶，「原本只打算聊五分鐘，沒想到聊了將近十分鐘。我在趕時間，那就先告辭了。對了，聽說這次是你為兇手戴上手銬，不是立了大功嗎？只要和我們合作，你還會繼續立大功。」

淺間目送著神樂大步離去的背影，內心感受到的不安更勝於不舒服。那種感覺，就像看到有人在即將雪崩的雪山上設置了炸彈。

不久之後，神樂的預言就成真了。執政黨向國會提出了以預防犯罪為目的的個資相關法案——俗稱DNA法案。這項法案的內容是，在政府的監督下，辦案機構可以視實際需要，使用在經過當事人同意情況下採集的DNA資料。

在野黨議員質疑這項法案有個資外洩和侵犯隱私的隱憂，國家公安委員會的委員長答詢時說：

「相關資料將會嚴格管理，不會連結任何網路，也絕對不會用於犯罪偵查以外的目的。除非有血緣關係者犯了罪，否則，登錄者的資料將封印一輩子。這個系統除了可以在犯罪偵查中發揮威力，同時能夠有效嚇阻犯罪。」

電視、報紙和網路上都針對這項法案展開了各種討論，從這些討論中發現，超過一半的民眾都反對這項法案。大部分都是本能地表示反對，對政府掌握了自己基因的相關資料感到不舒服。

這些結果在淺間的預料之中，沒想到國會的發展完全如神樂的斷言。

持續反對的在野黨，漸漸收起了對立態度，最後幾乎是議員全數同意，通過了這項法案。執政黨在國會有超過一半的席次，通過這項法案本身並不讓人意外，只是淺間對這樣的結果感到驚訝。他恍然大悟，原來神樂說的「和在野黨已經談妥」是這個意思。

5

用手機調整頻道後，液晶畫面上出現了志賀孝志白淨的臉，一頭向後梳的黑髮好像安全帽。

螢幕右上方的字幕寫著「奠定終極科學辦案的男人」。

男記者開始發問：

「日前在大阪發生的殺人強盜案中，透過掉落在現場的菸蒂，順利查到了兇手，請問具體做了哪些工作？」

志賀面無表情地開了口：

「菸蒂不是在現場，而是在遭搶的被害人住家旁的巷子裡發現的。距離丟下菸蒂的時間並不久，通常那裡不會有人停留，所以猜想歹徒很可能曾經躲在那裡，於是就由本研究所負責解析工作。」

「解析之後，發現了什麼嗎？」

「從ＤＮＡ瞭解到很多特徵，長相、骨骼、體型等外表的特徵幾乎都可以瞭解，如果有任何先天性的疾病，也同樣可以瞭解。」

「但是，根據這些特徵，很難知道是誰丟的菸蒂吧？」

「我們同時在資料庫中搜尋條件相符的人，資料庫內有所有曾經有前科者的資料，如果是再犯，馬上就可以比對出來。」

「但是，這次的歹徒是初犯。」

「在登錄的資料中，發現了可能和丟棄菸蒂者有血緣關係的人。ＤＮＡ偵查系統具備了這樣的彈性，我們根據這條線索進行比對後，發現了一個可疑人物。之後的情況你也知道了，警方從歹徒的家中，發現了有被害人指紋的紙幣，所以就迅速將他逮捕歸案了。」

「真的很了不起，太令人佩服了。特殊解析研究所目前登錄了多少筆資料？」

「很抱歉，恕我無法回答這個問題，因為是極機密事項。」

「聽說在ＤＮＡ法案通過之前，就已經試驗性地在實際辦案過程中，使用了ＤＮＡ檢索。」

「利用該系統進行了罪犯側寫，也在當時法律範圍內實施檢索。」

「聽說你們曾經在未告知當事人的情況下蒐集ＤＮＡ資料。」

「這中間應該有什麼誤會。」

淺間看到志賀鎮定自若的表情，忍不住咂著嘴。真是睜眼說瞎話。

坐在旁邊的戶倉探頭看著手機畫面。

「他是特解研的所長吧？最近常上電視。」

「是為了宣傳吧。想要藉由大力宣傳可以對防止犯罪發揮這麼大的作用，希望更多人去登錄ＤＮＡ資料。」

電視上，男記者繼續發問：

「請問你們要繼續蒐集ＤＮＡ資料嗎？」

「當然啊，網越密，獵物越不容易逃脫。」

「很多人對由警方管理基因這件事持否定的看法，是否該針對隱私和道德倫理等方面的問題進行更進一步的討論。」

「為了避免誤會，我在此澄清，並不是由警方管理，而是由政府進行管理，和戶籍、納稅紀錄相同，警方只是得到政府的許可，使用這些資料而已。我認為必須針對這些問題持續進行討論，但是，請各位不要忘記，自從採取ＤＮＡ偵查後，破案率大幅提升，也很明顯地遏止了犯罪。如果你不希望你的家人犯罪，只要去登記ＤＮＡ就好，一旦這麼做，就能有效扼殺親戚中，可能想要犯罪的人罪惡的萌芽。因為ＤＮＡ無法造假，基因不會說謊。」

淺間關上了開關，志賀自信滿滿的臉消失了。

辛苦了。淺間嘟囔了一聲，看向桌上的電腦。電腦螢幕上出現了他寫到一半的報告。最近的文書工作增加了不少。

志賀所言不假，破案率的確提升了。只要能夠在犯罪現場採集到毛髮、體液、血液或唾液，就一定能夠找出嫌犯，很少需要再四處打聽目擊線索。

但是，淺間始終不認為這個系統能夠為人類帶來幸福。他不由得想起小時候看過的一本科幻小說，那部小說中，政府在全體國民身上植入了ＩＣ晶片，政府嚴格監視每個人在哪裡做什麼。他覺得那個故事很可怕，但政府管理個人的ＤＮＡ資料，不是和那本小說的情節大同小異嗎？

他意興闌珊地想要繼續寫報告時，警鈴響了，電腦畫面突然切換成地圖和寫了事件內容的文字。那是報案中心傳來的訊息，似乎發生了命案，由木場小組負責這起命案。

辦公室內的氣氛頓時緊張起來。淺間操作電腦後，將內容傳到自己的手機。他拿起上衣，站了起來。

「戶倉，有車嗎？」

「地下室有一輛緊急出動專用的車輛。」戶倉也已經做好了準備工作。

「很好，我們一起去。」

如果其他刑警也要搭便車就麻煩了。淺間推著戶倉，衝出了辦公室。

死者被人發現陳屍在千住新橋旁的堤防上，下方就是荒川。傍晚的時候，一群在堤防清掃垃圾的志工發現被塑膠布蓋起的屍體。

死者是一名年輕女性，皮包丟棄在一旁，裡面有皮夾和駕照，所以立刻就查到她的身分。她是池袋一所專科學校的學生，年齡二十二歲，獨自住在埼玉縣川口的大廈公寓。她的頭部被小口徑手槍射穿，應該是當場死亡，明顯有遭到強暴的痕跡，更令人驚訝的是，體內殘留了精液。

精液當然立刻被送去了特殊解析研究所。

「會不會和八王子事件一樣？」戶倉目送著屍體被搬離現場時說道，「殺害的方式相同，體內殘留精液這一點也一樣。目前DNA偵查引起廣泛討論，不戴保險套就直接強暴殺人的傢伙應該不多吧。」

淺間默默點了點頭。因為他也在想同一件事。

五天前，八王子也發生了一起命案。一名女高中生遭到殺害，和這次一樣，頭部中槍身亡。正如戶倉所說，屍體內也殘留了精液。和淺間不同組的其他刑警負責那起命案，但案情似乎並沒有明顯的進展，也就是說，特殊解析研究所也沒有解析出有效的結果。

「我有一種不祥的預感。」淺間小聲嘀咕。

隔天下午，在千住分局召開了特殊解析研究所的報告會，但參加會議的幾乎都是幹部層級的人員。警察廳之前指示，DNA偵查的相關會議，要將參加人數控制在最低限度。

「首先向各位報告一件事，」神樂說：「這次送來本所的樣本，和日前發生的八王子事件時所解析的樣本完全相同，也就是說，兩名被害女子和同一名男子發生了性行為。」

「果然是同一名兇手。」那須拍著桌子。

「我只是說，兩起命案的精液一致而已，並沒有斷定和她們發生性行為的人就是兇手。」

說話繞什麼圈子。淺間忍不住暗自咒罵。

「所以，解析結果已經出爐了嗎？」木場問神樂。

「已經出爐了，之前在八王子的搜查總部也已經報告過了，在這裡重新報告一次。首先是罪犯側寫的結果。」神樂把放在一旁的資料發給所有人。

上面寫著「血型是A型Rh陽性。身高為一百六十公分，正負誤差五公分，有強烈肥胖傾向」等特徵。

「合成照呢？」木場催促道。

神樂敲打著鍵盤，然後把螢幕轉向大家。

上面出現了一個眼皮浮腫的圓臉男人。

「等一下會列印出來交給你們。」神樂說。

那須看著資料，嘆著氣說：

「只能和八王子那些人一起偵辦了。無論如何，非要找到照片上這個人不可。從現場的狀況來看，兩起事件的棄屍地點都不是殺害的現場。兇手很可能在其他地方殺了兩名女子後，用車子將屍體載到那裡丟棄。因為必須展開大規模搜查，所以也要請求其他分局的支援。」

「呃，課長，」木場語帶遲疑地說：「這些是所有的解析結果嗎？有沒有和資料庫的資料進行比對？」

那須皺著眉頭。

「對喔，我在八王子那裡已經聽過報告了，但你們還不知道。神樂，你把那件事向大家說明一下。」

「好。」神樂回答後，巡視著所有人。

「很遺憾，目前無法在資料庫中找到和這次的樣本高度一致的數據，特殊解析研究所將這次的樣本登記為『ＮＦ13』。」

「ＮＦ？」淺間脫口問道。

「『NOT FOUND』的縮寫，之前也曾經有十二個樣本找不到相符的數據，這次是第十三個。」

「搞什麼啊，原來這麼沒用啊。」

「之前的十二個樣本中，有八個已經在增加資料庫的資料後解決了，ＮＦ13也早晚會查出誰是兇手。」

淺間偏著頭說：「這就難說了。」

「你有什麼不滿嗎？」神樂問。

「犯下這種案子的兇手，幾乎以前都犯過同樣的性犯罪案，只要檢索有前科的人的ＤＮＡ資料，一定可以找出相符的數據。之所以無法比對出來，代表這個系統一定有疏漏。」

神樂笑著搖了搖頭說：

「有前科的人最瞭解ＤＮＡ偵查有多麼可怕，這種人不可能特地留下精液。這兩起命案的兇手是初犯，絕對不會錯。」

「如果系統有缺陷呢？」

神樂聽了淺間的話，臉上的笑容消失了。

「喂，淺間，」木場插嘴說道，「少說廢話。」

「沒有缺陷，系統完美無缺。」神樂瞪著淺間說道。

「是嗎？不久之前，一位知名的數學家在網路上評論，技術上根本不可能將全體國民的ＤＮＡ資料都登記在電腦上，並完善地加以管理，全世界都找不到這樣的電腦。」

「我們開發了特殊的程式，是那種泛泛之輩的數學家想不到的程式，但即使告訴你，你應該也搞不懂。」神樂收起電腦後站了起來，巡視室內所有的人。「特殊解析研究所的報告完畢，我們將在今後持續擴大資料庫，全力找出ＮＦ13。」

6

神樂一走進新世紀大學醫院內，立刻抬頭仰望著閃著銀色的建築物。這棟大樓每個房間的窗戶都很大，看起來就像是一棟玻璃帷幕的大樓。「有規律地接受陽光照射是維持健康的秘訣」是這家醫院創辦人的信念，大樓的防震設計很完善，玻璃絕對不會破裂掉落，但院方似乎並不擔心病人會被步槍瞄準。

神樂每次抬頭看這棟建築物，都忍不住想，在當今這個不知道誰會在什麼時候變成殺人兇手的時代，這樣的設計也未免太大意了。

他從玄關走進大樓內，正準備穿越候診室時，停下了腳步。幾個身穿白袍的男人正坐在角落的一張細長形的桌子前，他們的背後貼了一張紙，上面寫著「敬請協助登錄DNA」。

神樂恍然大悟。這幾個人接受特殊解析研究所的委託，在這裡蒐集民眾的DNA資料。其他醫院也在舉行相同的活動，拜這些人的努力所賜，研究所蒐集的DNA資料持續增加，有時候一天就蒐集到超過一萬筆資料。

神樂走向他們，其中一名職員正在說服一個看起來像是家庭主婦的女人。

「——自從運用DNA辦案，破案率大幅增加，首先希望妳能夠瞭解這件事。」

「我知道啊。」主婦似乎並不願意登錄，說話時東張西望，想要找藉口離開。

「能不能請妳協助登錄呢？」職員露出諂媚的眼神問道。

不需要這麼低聲下氣吧？神樂看在一旁，忍不住心浮氣躁。

「但是，如果我的親戚中有人犯罪，其他人不是馬上就知道那個人和我有血緣關係嗎？這不太好吧，而且不算是侵犯隱私嗎？」

「但是，國會已經通過了這項法案……」職員仍然支支吾吾地回答。

神樂大步走了過去。

「只要妳的親戚不犯罪就好，就這麼簡單。」

主婦聽到他的聲音，驚訝地抬起了頭。

「請問你是？」職員問神樂。

「我是負責DNA偵查系統的人。」神樂向職員點了點頭，轉頭看向那位主婦，「妳似乎有點誤會，DNA登錄的真正目的，不光是為了逮捕罪犯，最大的目的，是為了遏制想要犯罪的人。」

「但有時候會因為一時衝動，或是鬼迷心竅犯罪啊。」

「妳認為應該放過這些罪犯嗎？」

「我並沒有這麼說，只不過——」

「正如妳所說的，即使現在使用DNA偵查系統，仍然有人犯罪。雖然一旦犯罪，就會遭到逮捕，卻有很多膚淺的人沒有想到這件事。只因為一時衝動而犯下類似隨機殺人的案子。我希望妳想像一下那些犯罪被害人的心情，或是被害人遺族的心情。他們一定千方百計想要抓到兇手，DNA偵查是對他們最大的支持，他們發自內心地希望登錄者持續增加，增加抓到兇手的可能性。」

「這我也知道……」

「如果這種隨機殺人的兇手是自己的親戚，被人知道很沒面子，所以不願意配合偵查——妳能夠在那些受害者的遺族面前說這種話嗎？」

主婦聽了神樂的話，忍不住低下了頭。她一定感到很不滿，為什麼自己要受到這樣的指責。

「妳不必擔心，」神樂語氣緩和地繼續說道，「只要妳的親戚中沒有人犯罪，妳的DNA資料就絕對不會遭到濫用。因為政府進行徹底的管理，還是妳認為親戚中有人可能會犯罪？」

她抬起頭，瞪著神樂。

「怎麼可能有這種事？」

「既然這樣，」神樂笑著對她說：「可不可以請妳協助這項有助於改善治安的措施？只要妳率先做為榜樣，其他人也會跟進。我之所以會拜託妳，是因為我認為妳有點關心這件事。如果妳漠不關心，早就起身離開了。不，如果妳不關心的話，一開始就不會坐下來。」

主婦臉上的表情出現了變化，她開始在意起周圍人的眼光。神樂說話很大聲，候診室的人都看了過來。

「可以請妳協助登錄嗎？」

神樂乘勝追擊，主婦吐了一口氣說：

「我該怎麼做？」

神樂聽了，立刻看向在一旁聽他們說話的職員。

「麻煩你向這位女士說明登錄的手續。」

男性職員好像回過神似地睜大了眼睛。

「喔……請妳先在這份資料上填寫姓名和聯絡方式，然後讓我採集臉頰內側的黏膜就好。」

「比驗血型更簡單。」神樂說完，對主婦笑了笑，轉身離開了。

全國各地的醫院都在進行相同的活動，但是，蒐集DNA資料的進展並不順利。即使每天蒐集到一萬件，也要花上四十年的時間，才能蒐集到全國所有民眾的資料。DNA偵查還需要走很長一段路，才能成為完美的預防犯罪系統。

許多國民就像剛才那名主婦一樣，對提供DNA資料面露難色。他們可能會有一種莫名的害怕，但神樂認為很大的原因來自於媒體不負責任的報導。

DNA偵查提升了犯罪的破案率，但同時也導致了加害人的家人曝光。因為是根據DNA進行辦案，當然會懷疑所有有血緣關係的人，在偵辦過程中，不可避免地會被周圍人知道這件事。於是，不斷有媒體提出質疑，罪犯當然是罪有應得，但不是會因此導致對和罪犯有血緣關係者產生歧視嗎？

神樂內心覺得，這根本不是問題。

只要家族中沒有人犯罪，就不必承受別人異樣的眼光。這個世界上根本沒有所謂不得已犯了罪，或是親戚中有人無可奈何犯了罪，完全可以憑自己的意志防患於未然。正因為有能力卻不為，所以才會自食其果，遭到世人的歧視。

他認為必須趕快推動登錄義務化，事實上，執政黨也正在討論相關的法案，只是聽熟悉內情的人說，暫時還不會針對這項法案進行協商。

他穿越候診室，走在通往隔壁腦神經科病房的通道上。新世紀大學腦神經科的醫療水準在世界上也是首屈一指。

神樂走進通道盡頭的電梯，按了頂樓的按鈕。那個樓層有三間VIP專用的病房，但目前三間病房都被同一名病人占據。正確地說，是一名病人和她的哥哥。雖然因此耗費龐大的費用，但費用並不是問題。因為由警察廳支付所有住院費用。

電梯來到了頂樓，正前方有一道門，門旁是靜脈辨識系統的感應板。神樂把右手放在感應板上，門靜靜地打開了。

神樂走在門內的走廊上，在一道厚實的棕色門前停下了腳步。門旁有一塊牌子，上面寫著「非相關人員禁止入內」。他看了一眼手錶，確認比約定的時間提前一分鐘後，按了對講機的門鈴。稍微提早並沒有問題，但嚴禁遲到。之前曾經因為遲到了兩分鐘，對方就很不高興。

「是。」房間內傳來一個男人的聲音。是蓼科耕作。

「是我。」神樂回答。

但是，對方並沒有立刻回答，停頓了一拍後，再度問道：「哪一位？」

神樂聳了聳肩，裝在斜上方的監視器應該拍到了他的身影，顯示在螢幕上，但在報上自己的姓名之前，蓼科耕作不會打開門。並不是因為蓼科頑固的關係，而是他妹妹不允許他這麼做。

「我是神樂。」

神樂稍微提高了音量，終於聽到了門鎖打開的聲音。

門打開了，蓼科探出頭。他嘴巴周圍仍然留著鬍子。

「還好嗎？」神樂問。

「馬馬虎虎吧。」蓼科沒有看神樂，看著背後回答道。

「沒有人跟著我，你不是從攝影機中看到了嗎?也未免太神經質了。」

蓼科沒有露出笑容，說了聲：「請進。」把門開得更大了。

神樂走進房間，一個女人正走進裡面的房間。她身材肥胖，從背後看起來，就像是一顆巨大的雞蛋。她在關門時，神樂瞥到了她的側臉。她的右側臉頰有一大片紫色的胎記一直延伸到脖子。之前曾經聽蓼科說，因為這塊胎記的關係，她從小就被取了「世界地圖」的綽號。

神樂巡視周圍。房間內放了十幾臺電腦，而且都在運作。這些電腦的主機是一臺超級電腦，放在另一個房間。雖然這裡是醫院，但這個空間完全不像是病房。

房間內只有兩張附有輪子的椅子，蓼科兄妹可以坐在椅子上迅速移動，操作這些電腦。

「你正在和你妹妹開會討論嗎？」神樂看著桌子問道。桌上放了優格的容器，旁邊有一個藍白條紋的扁平袋子。神樂猜想可能是巧克力。

「只是休息一下。」蓼科拿起優格的容器，丟進旁邊的垃圾桶。

「很好，你們偶爾也需要休息一下，如果整天被算式和程式包圍，腦筋會出問題吧。」

神樂隨口說道，但蓼科緊閉著嘴唇瞪著他。神樂這才想起這裡是腦神經科的病房。他皺著眉頭，做出了投降的姿勢。

「你別露出這樣的表情，你應該知道我並沒有惡意，如果惹你不高興，我道歉。」

蓼科搖了搖頭，吐了一口氣。

「這種事不重要，我有事要和你談。」

「嗯，你很難得主動找我，有什麼事？」

蓼科低著頭，搓著雙手。

「系統的情況怎麼樣？」

「系統？什麼怎麼樣？」

「有沒有發生什麼問題？」

神樂露出了笑容。

「如果你是問DNA偵查系統，我會回答說，一切都極其順利。目前的警察廳長上任得真是時候，如果一切順利，在他的任期中，破案率或許可以回到昭和時代的水準。」

蓼科停止搓手，抬眼看著神樂。

「真的很順利嗎？」

他的眼神透露出某種意圖，神樂露出嚴肅的表情。

「不瞞你說，我覺得數據有點不足，有些案子無法在檢索系統中找到相符的數據。我剛才也說服了一個不太想登錄的大嬸。」

「你是說NF13吧。」

聽到蓼科的回答，神樂忍不住注視著他的臉。

「原來你知道？」

「志賀所長會把報告送來這裡，我要和你談的，就是這件事。」

「NF13怎麼了嗎？」

蓼科聽到神樂的問題，露出了猶豫的表情，隨即輕輕搖了搖頭。

「我打算和你慢慢聊這件事，因為內容有點複雜。你等一下不是要去給水上教授看病嗎？」

神樂撇著嘴角。

「不是看病，是研究。你可以想成是我和教授在進行一項共同的研究。」

「總之，你要去見教授。見完教授之後，可以安排出時間嗎？」

神樂在回想今天一天的行程後，點了點頭。

「沒問題。」

「『他』怎麼樣？雖然現在問你，可能也問不出所以然。」

「沒問題，『那傢伙』每次都不會耗太多時間，最多四、五個小時而已。」

「那結束之後，你可以再來這裡一趟嗎？」

「好。」

神樂走出蓼科兄妹的病房後，再度搭電梯來到四樓。天花板上垂下的牌子上寫著「精神分析研究室」。

他沿著走廊，來到第一道門前停下腳步，敲了敲門。

「請進。」門內傳來一個乾澀低沉的聲音。神樂緩緩打開了門。

前方放了可以讓兩個人面對面坐下的桌椅，後方有一張大辦公桌，一個身穿白袍的人站在桌旁。那個人看著窗外，但隨即轉頭看著神樂。鷹鉤鼻、眼窩很深、臉頰削瘦的長相，經常讓人懷疑他混有歐美人的血統，但他說自己是很純正的日本人。

「你是不是去見了蓼科兄妹？」水上洋次郎用平靜的語氣問道。

「對，耕作找我。」

「他找你？真難得啊。」

「我也這麼覺得，所以來這裡之前，就先去見了他，但他說可能要聊很久，叫我先來找你。教授，你知道他找我有什麼事嗎？」

「不，我不知道。」水上拉著椅子坐了下來，「這一陣子，他們的精神狀態都很穩定。你也見到他妹妹了嗎？」

「不，我一進去，她就走去裡面的房間了。」神樂嘆了一口氣，「每次都這樣，她至今仍然沒有對我敞開心房。」

水上把雙肘架在桌子上，握住了雙手，把下巴架在雙手上。

「這應該是你的問題吧？」

「什麼意思？」

「就是你是怎麼看她的。」

「我認為她是天才數學家和程式設計師。」

「只是這樣而已嗎？」

神樂聳了聳肩。

「不行嗎？除此以外，還要怎麼看她？正因為她是這樣的人，我才會對她有興趣。即使蓼科早樹有重度的精神疾病，也和我沒有關係。我想我之前已經說過，我很慶幸自己來這家醫院的第二大原因，是因為遇見了你，最大的原因，就是認識了那對兄妹。如果沒有他們的協助，ＤＮＡ偵查系統就不可能完成。」

水上無奈地搖了搖頭，同時露出了苦笑。

「你似乎滿腦子都只有那件事。對了，前幾天我在電視上看到你們的志賀所長，他自信滿滿地宣傳ＤＮＡ偵查系統。」

「他原本不太願意上電視，還叫我去上電視。但想要尋求社會大眾的理解，宣傳活動很重要。」

「看來登錄人數不如預期，你開始焦急了。」水上笑著說道。

「教授，你好像很幸災樂禍，你希望我們的工作停擺嗎？」

「我才沒那麼壞心眼，只是很久沒看到你焦急的樣子了。」

「我並沒有焦急，但有點心浮氣躁，真希望執政黨趕快推出義務化的法案。」

水上無奈地搖了搖頭。

「凡事欲速則不達，即使看起來很順利，也一定有隱憂。民眾對管理ＤＮＡ資料這件事，仍然有很大的反彈。」

「問題就在這裡，我完全搞不懂他們反彈的理由。想要管理保護民眾，掌握基因是最好的方法，不想被管理根本是小孩子的想法。雖然自己會被管理，但別人也會被管理，也就是說，可以因此減少受到他人危害的風險，搞不懂他們為什麼沒有注意到這一點。」

「這種事不能講理，而是情感上的問題。」

「感情無法解決任何問題，社會構造就是一種程式，只有冷靜的理論，才能讓社會構造變得更合理。」

水上恢復了笑容，站了起來，他的手上拿著一個小盒子。

「你向來認為，基因是決定人生的程式。」

「我認為基因是構成人生這個程式的基礎。人類在生存過程中，接收到各式各樣的資訊，有時候會加以修正，但是，要在人生中運用哪些資訊、捨棄哪些資訊，取決於每個人與生俱來的初期程式。」

「也就是基因嗎？」

「沒錯。」

水上偏著頭，在神樂面前的椅子上坐了下來，同時也示意神樂坐下。「恕我失禮了。」神樂說完，坐了下來。

「我無法同意你認為人心也由基因決定的論調。」

「我並沒有說，基因可以決定人心的一切，但我認為和導致犯罪的心理有關。犯罪的人都有精神方面的疾病，已經有好幾份研究論文證實，精神疾病和基因之間的關係。」

「但有精神疾病的人並不等於罪犯。」

「所以我想要瞭解其中的構造——教授，我沒有太多時間，可不可以趕快開始？我剛才也說了，等一下還要和蓼科耕作見面。」

水上眼窩很深的雙眼注視著神樂。

「我們這樣聊天，也是治療的一部分。」

「治療——我一直認為這是研究。」

「是瞭解基因資訊和心理關係的研究嗎？」

「沒錯。」

「你想要解開人心之謎，而且是用自己的肉體和心靈，我並不認為對你有幫助。」

「我只是根據自己的信念採取行動。如果發現一個人的基因能夠創造出完全不同的心理，我當然會產生興趣。教授，我認為這項研究對你也大有益處。」

水上用力收起下巴，抬眼看著他。

「我認為你是病人，而且有必須解決的問題，所以才會像這樣和你見面。」

「你這樣想完全沒有問題，只是我和普通的病人不一樣，我對能不能治好這種病沒有興趣，只是想知道而已。」

「我並不認為瞭解一切是一件重要的事。」

「把握狀況很重要，因為不知道下次什麼時候有機會再做相同的研究，即使能夠找到相同的病例，也無法保證對方願意配合。」

「那我要告訴你，『他』──隆並不配合。」

神樂忍不住撇著嘴。每次聽到「隆」這個名字，他都會起雞皮疙瘩。

「好像是這樣，但『他』會畫畫啊，然後交由你進行分析，我只要能夠拿到相關資料就夠了。你該不會說，不能交給我吧？病人有權利瞭解自己的精神分析結果。」

「我很想知道『他』對你這些意見的看法。」

水上打開了手上盒子的蓋子，裡面有十根像是香菸的東西。他遞到神樂面前。

「請務必告訴我，我也很有興趣。」

神樂把手伸向盒子，拿出一支菸，另一隻手從口袋裡拿出打火機點了菸。

「那就一會兒再見。」聽到水上說完這句話，他用力吸了一大口氣。

他感覺到煙進入了肺部，水上的身影漸漸開始扭曲，周圍的景色也開始模糊。腦袋深處漸漸麻痺，當這種感覺也漸漸淡薄時，他突然失去了意識。

7

風拂過臉頰。雖說是風，但其實只是空氣微微地流動。是空調。他意識到這件事的同時，耳朵也聽到了聲音。那是什麼聲音？他忍不住思考起來。是汽車在遠處行駛的聲音。

我似乎醒了。隆意識到這件事。

他張開眼睛，看到了白色桌角。每次都是這張桌子。這是水上教授辦公室的桌子，上面有一個菸灰缸，菸灰缸裡有一根菸蒂。但他知道，那不是普通的香菸，也知道是水上教授捻熄了這支菸。「他」——神樂在吸了這支菸之後，就失去了意識，在手上的菸掉在地上之前，教授捻熄後放在菸灰缸裡。

隆抬起頭，水上凝視著他。那是觀察的眼神。

「感覺怎麼樣？」水上問道。

「就這樣啊。」

「神樂對你很好奇。」

隆無聲地笑了起來，坐在椅子上搖晃著身體。

「他可以不必管我，不過，這是不可能的，對他來說，就像是有另一個人住在他腦袋裡。」

「肚子會不會餓？」

「飲食我都交給神樂，大、小便也是，還有做愛也是。」

「你之前就說過，幾乎沒有這些生理需求。」

「雖然不是完全沒有，但我不想把時間浪費在這些事上。因為我的人生很短暫，大部分時間都在沉睡。正因為人生短暫，所以只想做自己想做的事。」

「我知道，你想要畫畫。」

「沒錯。因為你給神樂的反轉劑的劑量很少，所以除了在這裡以外，我很少有機會畫畫。」

「如果亂用反轉劑，可能會導致人格障礙。」

「我知道，所以我很忍耐。」

水上拿起一把鑰匙放在桌上。

「謝謝。」隆說完這句話，拿起鑰匙站了起來，走向門口，但在開門之前轉過頭。

「我之前就很想問一件事。」

「什麼事？」

「水上教授，你有辦法治好我們的症狀嗎？有辦法治好這種奇妙的疾病嗎？」

水上露出一絲猶豫的表情之後點了點頭。

「我認為一定可以治好，至少和神樂想要做的事相比，實在容易多了。」
「真令人欣慰啊。」
「你會不安嗎？」
「不，並不會，只是有點在意而已。」
「在意什麼？」
「假設這種症狀治好的話，不知道誰會消失。」
「消失？」
「不是這樣嗎？目前神樂和我的人格同時存在，但是，治好這種症狀之後，神樂或是我的人格就會消失，難道不是這樣嗎？」
水上緩緩眨了眨眼睛後，搖了搖頭。
「必須等到那個時候才知道結果，但目前我認為兩種人格會融合。」
「融合嗎？我覺得那樣會比現在更麻煩。算了，我只是隨口問問而已，況且即使我消失，我也無所謂。那我就借用一下那個房間。」
「你慢慢來。」隆走出水上的辦公室，聽到背後傳來水上的聲音。
他搭電梯來到上面那個樓層。走廊上靜悄悄的。以前這個樓層用來進行人類基因體解析的研究，在這項研究完成，設備移去他處之後，成為各科的倉庫。
隆繼續走向樓層深處，在一道門前停下了腳步。他把水上交給他的鑰匙插進了鑰匙孔。雖然這些都是空房間，但都上了鎖。
走進房間，打開了燈。房間內放了很多畫，都是隆的作品。他逐一巡視了每一幅畫，幾乎所有的畫都只畫了手而已，很多都是雙手捧著什麼東西的構圖。

中央有一個畫架，畫架上是一塊空白的畫布。應該是水上準備的。旁邊的小桌子上放著顏料和畫筆。

隆拿起畫筆深呼吸時，聽到了敲門的聲音。

他情不自禁露出微笑。他不覺得被人打擾了，因為他知道來訪者是誰，甚至可以說，自己在等她。

他打開門，站在門外的是一個長髮女生，看起來十五、六歲，身材苗條，但臉型有點圓潤。雙眼皮的眼睛眨了幾下，抬眼看著隆，然後嫣然一笑。

「你好。」女生對他說。

「嗨。」隆回答。

她理所當然地走進了房間，看著空白的畫布後，回頭看著隆說：

「這個給你。」她遞給隆一罐果汁。是柳橙汁。

「謝謝。」

「今天要畫什麼？」她問。

隆握緊了那罐柳橙汁，猶豫了一下後回答說：

「當然已經決定了啊。」

她再度露出笑容，圓臉中的那雙眼睛瞇了起來。

8

昏暗的走廊一直向前方延伸，既感到熟悉，又令人害怕。

他緩緩走在走廊上。走廊兩側都是拉門，每一扇門都是相同的形狀。無論怎麼走，都看不到走廊的盡頭；無論走多久，兩側仍然是拉門。他不敢打開拉門，只能繼續往前走，內心期待著可以走到某個地方，希望拉門可以消失。但是，走廊看不到盡頭，持續到永遠。拉門也沒有止境，無限的拉門令人絕望。

筋疲力竭的他內心產生了一絲期待，也許拉門正是自己追求的出口。只要打開拉門，或許將通往另一個世界。

這種期待不斷膨脹。他知道是因為自己想要逃避這種狀況，才想到這個一廂情願的答案，但仍然把手伸向了拉門。

「住手。」有人大叫著。他不知道那是誰的聲音。那個聲音繼續叫喊著，「一旦打開那裡，後果不堪涉想。」

他在心裡回答那個聲音。不然我還能怎麼樣？難道要我繼續走在這條通往永遠的走廊上，繼續走向黑暗嗎？這樣有什麼意義？我已經受夠了，我要離開這裡。

住手。他無視那個大喊的聲音，把手放在拉門上，然後用力打開了拉門。

有人站在那裡。黑色的人影一下子拉長。仔細一看，才發現人影不是站在那裡，而是懸在半空。

一個男人被吊在那裡。男人看著他，那是一雙死人的眼睛。

神樂在全身痙攣的同時醒了過來。他知道自己在醒來之前，發出了分不清是呻吟還是悲鳴的聲音，全身都冒著汗。

神樂躺在地上，每次都這樣，這是「他」畫畫的房間。當「他」陷入沉睡之後，神樂就會醒來。醒來的時候都會作相同的夢。走在通往永遠的走廊上和拉門的夢。

神樂躺在地上無法動彈，這也是每次都一樣的狀況。腦袋裡好像充滿煙霧，腦袋隱隱作痛，需要一點時間，煙霧才會散去。

他抬頭看著架在旁邊的畫架，畫布上畫了一名少女。一頭長髮，穿著白色洋裝，面帶微笑地看著這裡。她的眼中完全感受不到任何負面的感情。神樂不認識這名少女，但不禁被她純潔的眼神吸引。

畫架的正下方有兩罐果汁，兩罐都喝完了。神樂不認為「他」會買這種東西，所以應該是畫中的少女帶來的。那名少女到底是誰？什麼時候和「他」——隆變得這麼親近？

神樂緩緩坐了起來，但還沒有力氣站起來，只能靠在牆上。他用這個姿勢巡視室內。牆壁上掛了很多畫，大部分都畫了人手。

水上教授提供的這個房間算是隆的畫室，同時也是神樂解開人心之謎的資料寶庫。隆為什麼要畫畫？這些畫中隱藏了什麼訊息？不，隆到底是何方神聖？他為什麼會存在？神樂必須從這些畫中解開這些謎團。

他再度注視著少女的畫，認為畫得很不錯，也覺得自己畫不出來。

但是，神樂完全不瞭解這幅畫是否具有藝術價值，他甚至搞不清楚藝術的意思。藝術這個字眼對他來說就像是一道白色簾子，似乎可以看到簾子的另一側，卻又看不清楚。他腦袋裡經常有一個疑問，是不是簾子後方什麼都沒有。

一個人的聲音在神樂的耳邊甦醒。

「藝術並不是創作者在思考後創造出來的，而是相反，藝術操縱創作者，讓作品誕生，創作者是奴隸。」

說這句話的不是別人，而是他的父親。

神樂昭吾被稱為清高的藝術家。在使用新技術和新素材的陶器不斷普及的環境下，堅持用傳統的製法，持續提供任何人都無法模仿的獨創作品。他向來不濫造，只留下自己真正喜歡的作品。他的態度和藝術性受到了高度評價，他的作品也很受歡迎，價格設定都接近最高等級，每次開個展，行家都優先購買價位高的作品。

但他同時也不適合家庭生活。他雖然相親結婚，但在神樂五歲時，他的太太厭倦了這種禁慾的生活，拋夫棄子，離家出走了。

神樂很喜歡父親，看到他持續捏土，直到做出自己滿意作品的身影，覺得如果自己也可以像父親一樣生活，不知道會多麼幸福。他發自內心地尊敬父親具備了他人無法模仿的創造力。

但是，從某一段時期開始，神樂昭吾的作品在收藏家之間頻繁買賣，無論怎麼想，都覺得數量有問題。

美術品調查委員會和警方合作，決定查明真相，結果發現大量贗品流入市面。因為在市面上發現了好幾件完全相同的作品。不光是造型，連材質、燒製的方式也完全一致。眾所周知，神樂昭吾向來不會製作兩件相同的作品。

除了神樂昭吾的作品以外，受到高度評價的陶藝家的作品，也遭到大量複製，贋品充斥市場，市場陷入了混亂。

不久之後，就揭露了某集團組織性地製作贋品。偵查員在搜查該集團的秘密工廠時，看到那裡的東西之後大驚失色。

那是機器人。正確地說，是機器手。

隨著電腦技術的進步和新材質的發明，機器人的進化日新月異。機器手完成了革新的進步，能夠忠實重現人手的動作。手指需要進行人體中最複雜的動作，機器手幾乎能夠百分之百重現，所以廣泛運用在各個方面。遠距離手術就是其中之一，遠離手術室的醫師只要戴上特殊的手套活動手指，設置在手術室內的機器手就能夠重現他手指的動作。醫生可以看著螢幕上的患部，像往常一樣開刀。在運用這項技術後，只要醫院內有機器手，病人就能夠請世界各地的醫生為自己動手術。

令人驚訝的是，贋品集團的秘密工廠內發現了這種手術用機器手，但操作機器手的並非人類，而是另一臺電腦。

贋品集團的成員徹底分析了一流陶藝家的作品，成功地將構成要素寫成程式。只要電腦按照程式發出指示，機器手就能夠正確重現陶藝家的手。

如果只是這樣，充其量只是精巧的模仿，但歹徒正在計畫下一步，他們打算製作還沒有問世的獨創作品。當然，沒沒無聞的陶藝家即使推出作品，也無法謀取暴利，所以歹徒打算利用電腦和機器手，製作出看起來很像是知名陶藝家製作的「獨創作品」，賣給收藏家。

陶藝家和美術專家都嗤之以鼻，他們認定複製的作品或許能夠騙倒客人，機器製作的獨創作品根本不可能成為藝術品。

全面反駁這個論調的不是別人，正是贗品集團的首腦K。

「既然這樣，可以請專家鑑定我們的試作品和陶藝家們未發表的作品，如果能夠鑑別出哪一個作品是機器手製作的，我們就認輸。」

令人意外的是，法院支持這個來自牢獄的挑戰。因為製作贗品雖然是犯罪，但精巧的程度決定了罪行的輕重。如果贗品連專家也難以分辨真偽，就是極度惡質的犯罪。也就是說，對K來說，這種實驗很可能是自掘墳墓，但顯然他有想要堅持的信念，所以才會豁出去。

K曾經是專做機器人的優秀工程師，以前當上班族時，曾經獲得好幾項相關的專利，但是有一次，他參與開發的機器人發生了事故，他被迫辭職，扛下了那起事故的責任。他作夢也沒有想到，自己為公司創造了龐大的利益，竟然會被公司以這種方式一腳踢開，同時也對低估他能力的整個業界產生了憤怒。他是基於這樣的私怨，才開始製作贗品。因此，雖然證明機器人也可以製作出完美的藝術品會導致加重他的刑罰，但他無論如何都需要這麼做。

有幾名專家接受了這項挑戰。在警察、媒體和法院相關人員的見證下，舉行了那場前所未聞的鑑定大會。

K和他的手下製作的十件作品，和陶藝家提供的十件未發表的作品放在專家面前。

專家拿起這些作品仔細檢查，想要分辨出到底哪一件是機器人製作出來的。

鑑定結果透過網路即時公布。神樂至今仍然可以回想起當時畫面上出現的文字。

結果是——專家鑑定團的命中率為百分之四十八。

因為真品和贗品各半，即使閉著眼睛，也有百分之五十的機率可以說中。這樣的結果等於宣告無法鑑定真偽。

參加鑑定的專家將責任推卸給陶藝家。

「現在的陶藝家缺乏個性，雖然能夠製作出漂亮的作品，卻感受不到人情味，難怪會輕易遭到模仿。以前的陶藝家製作的作品，有著絕對無法模仿的味道。這次的結果雖然令人遺憾，但也只能真摯地加以接受。」這番話出自有四十年經驗的藝術品經銷商之口。

也有人說，「透過這次的事情深刻體會到，不是機器人優秀，而是人類越來越接近機器人。」

一部分媒體也刊登了K的看法。「這是理所當然的結果，我完全不感到驚訝。」

這個結果震撼了美術界，因為實驗證明就連專家也無法辨別機器人做的贗品，也因此導致對陶藝品的信賴度一落千丈。這種現象很快就波及了其他美術工藝品，幾乎所有的作品價格都暴跌。一位畫家心急如焚地表示：「繪畫和原本就可以用機械製作的工藝品不同，畫家的作品融合了複雜的構思，機器人不可能製作出贗品。」也引起了工藝家的反感。

神樂昭吾對這種狀況感到震怒，他的憤怒針對那些落敗的鑑定師。

「真是太丟人現眼了，竟然無法分辨出人類精心製作的作品，和機器製作的東西，難怪藝術愛好者會感到心灰意冷。」

昭吾認為K和他的同夥的行為褻瀆了熱愛藝術的心。

「藝術會在接觸作品的人心中結晶，就連當事人也無法說明為什麼會感動，被哪個部分打動了心。正因為這樣，藝術才尊貴，才能夠豐富心靈。但是，藝術仿冒品橫行，就會影響真正的藝術在人心中結晶的能力。這是非常嚴重的重罪，絕對無法原諒。」

昭吾透過媒體向K下了戰帖，他豪邁地宣言，無論模仿多麼巧妙，他一定可以辨出自己作品的真偽。

但是，K回答說：「已經沒這個必要了。」他似乎對於在之前的鑑定對決中，證明了自己的高度技術感到滿意。法院也認為再度對決沒有意義，所以並沒有表現出支持昭吾的態度。

昭吾正為此感到焦急不已，某家電視臺主動找上了門，聲稱有好幾件據說是神樂昭吾製作的陶藝品，能不能請他親自鑑定真偽。

昭吾對這個邀請面露難色。因為他擔心觀眾認為是電視臺的節目，無法相信結果。因為觀眾可能會猜想，電視臺方面事先告訴了昭吾成為鑑定對象作品的真偽。

「會懷疑的人，無論採用任何方法，都會抱持懷疑。」電視臺的製作人說道，「我們會用非常嚴謹的態度製作這個節目，老師不必想太多，只要專心鑑定就好。觀眾並不傻，只要我們認真做好節目，他們一定能夠感受到。」

這番話讓昭吾下了決心。

那是神樂小學五年級那一年的夏天，他有生以來第一次走進電視臺的攝影棚。如果是平時，他一定會因為好奇四處走動，但那一天，他一直陪在父親身旁，就好像守護著準備挑戰冠軍的拳擊手一樣，帶著期待和不安，默然不語，一動也不動地守在那裡。

節目終於開始了。那是現場直播的節目。主持人按照事先排演的方式主持著節目，神樂坐在觀眾席的角落，注視著父親認真投入的比賽。

神色緊張的昭吾面前放了三個盒子，他必須找出其中的贗品，但是，電視臺方面並沒有告訴他其中有幾件贗品，昭吾也認為沒必要事先知道。

盒子裡分別放著茶碗、大盤和罈，或許是因為距離很遠的關係，神樂覺得看起來都像是父親的作品。

昭吾很快就鑑定完那三件作品，即使神樂坐在遠處，也能夠感受到父親充滿自信。神樂暗自鬆了一口氣，他確信父親贏了。

「那就請公布答案。請問哪一件作品是真品，哪一件是贗品？」主持人問昭吾。

昭吾直視前方開了口。

「不需要仔細看，我一眼就知道答案了。電視臺方面可能期待我判斷錯誤，所以才拿出這些作品，我不會上當。我能充滿確信地斷言，這三件作品全都是我親手製作的，絕對都是神樂昭吾的作品。」

昭吾落落大方地說道，神樂為這樣的父親感到驕傲，很想告訴旁邊的人，自己是他的兒子。

「呃，所以說，這三件作品中沒有贗品嗎？」主持人擠出的笑容中帶著一絲困惑。

「沒錯，」昭吾點了點頭，「全都是真品。」
「你是否要更改結論？時間還很充裕，還可以再一次確認？」
「不需要，對於自己的作品，我甚至記得當初製作時的狀況，不可能搞錯。」
「是喔……」主持人瞥了一眼節目的工作人員。
別吊人胃口了。神樂感到心浮氣躁。既然父親已經說，不需要再確認了，那就應該趕快公布答案。神樂猜想可能因為父親回答得太乾脆了，節目的工作人員感到失望。誰管你們啊！神樂在內心吐著舌頭。
「好，既然你這麼有自信，我們繼續拖延也沒有意義，那我就來公布答案。」主持人似乎終於下定了決心般說道，他的笑容消失了。他舔了舔嘴唇，輕輕吐了一口氣，似乎在調整呼吸，然後宣布：「神樂先生，我想你應該很驚訝，不瞞你說，這三件作品都是贗品，沒有任何一件是真品。」
攝影棚內頓時鴉雀無聲，之後響起一陣喧譁。攝影棚的情況就像是神樂思考狀態的寫照。他腦袋一片空白後，陷入了極度混亂。
不可能。他嘀咕道。
但是，昭吾應該比他更加混亂。昭吾傻傻地站在那裡，瞪大了眼睛，即使在遠處，也可以看到他雙眼充血。
「怎麼可能……有這種荒唐事？」他好像在呻吟般說道，「不可能。」
「但是，神樂先生，真的就是這樣。正如我剛才說的，我們準備的問題很促狹。我們認為把全都是真品，或是全都是贗品時，比真品和贗品混在一起更難以辨別，最後，我們決定全都用贗品，和老師的答案完全相反。」

主持人說話的語氣有所顧慮。神樂也聽出主持人在同情昭吾，這反而更令人感到不堪。

昭吾突然走近作品，拿起茶碗，搖了搖頭。

「我無法相信，不可能有這種事。這是我製作的，是我親手製作的作品。」

「不是，」主持人說，這次說話的語氣帶著冷酷，「我能夠理解你不願相信，但是你錯了，這些都是贗品，是贗品集團用機器人製作的。」

「你說這是贗品……」

昭吾的眼神中帶著殺氣，他高高舉起了手上的茶碗。

工作人員很快察覺了危險，從他身後靠近，從背後制止了他。

「讓我打破，如果不打破，我無法信服。」

昭吾大喊掙扎著，被眾多工作人員制伏了。

神樂和昭吾坐著電視臺準備的車子回到家中，昭吾在車上不發一語，眉頭深鎖，始終閉著眼睛。神樂看到父親的樣子，也不敢對他說話。

神樂父子住在西多摩，當初是買下建於昭和初期的日式老房子後重新裝潢。

一回到家，昭吾就走向畫室。神樂沒有跟著父親，因為他覺得父親的背影在對他說，不要跟過來。

不一會兒，畫室就傳來像是吶喊般的怒吼聲，接著又聽到摔東西的聲音。神樂知道，昭吾在摔自己的作品。

他無法阻止父親，只能從壁櫥裡拉出被子蒙住頭。

不知道過了多久，神樂發現家裡靜悄悄的，聽不到任何聲音。他鑽出被子，走去父親的畫室。

他沿著昏暗的走廊，站在畫室門口。入口是拉門，他打開了拉門。

地上散亂著陶器的碎片，令人聯想到散落在戰場上的屍體。畫室中央的作業檯上也都是碎片。

然後——

昭吾的身影出現在作業檯的上方。神樂起初以為他站在作業檯上，但其實並非如此。父親的雙腳懸在作業檯上方。

神樂聽到聲音抬起了頭。外面很吵，可能是有急診病人送到醫院。這並不奇怪，因為這裡是醫院。

他搖了搖頭，頭痛稍微好轉了。

又想起了不愉快的事。他自虐地笑了笑。每次從隆那裡收回意識時都會這樣，每次都會作走廊和拉門的夢。

但是，那個夢並沒有後續，應該是因為他在看到父親上吊的屍體之後，就失去了記憶。當他再度醒來時，發現自己躺在醫院的病床上。事後才聽說，他在昭吾的畫室睡著了，全身裹著毛毯，在角落縮成一團。

很快趕來的警察發現了神樂，因為搖不醒他，所以就通知了醫院。

警察為什麼會趕到？因為接到了報案電話，報案人在電話中說，父親在家上吊自殺了。

從內容判斷，是神樂打的電話。報案中心的紀錄也顯示，報案人是神樂龍平。

但是，神樂完全不記得了。當警察問他發現屍體後做了什麼事，他也完全無法回答。失去記憶的那段時間，他並不是只有打電話而已。因為當警察進入畫室時，地上已經打掃乾淨。神樂看到的那些陶器碎片都已經清掃乾淨了，那應該也是他做的。

醫生向他說明，應該是承受了太大的打擊，導致精神陷入了恐慌，失去那段時間的記憶，也是很常見的現象。只不過神樂的情況比較特殊，他在這段時間內並沒有做任何違背常理的事，而是非常冷靜，有條不紊地行動。接到報案電話的警察也很佩服他條理清晰地說明了狀況，完全不像是小學生。

神樂現在認為，那時候應該是隆第一次出現，但是，當時完全不知道這件事，只是相信醫生說的，「不需要太在意」。

更重要的是，神樂當時陷入失去父親的悲痛，根本無法思考其他事。雖然他被送去昭吾的親戚家，但他連續好幾天都幾乎不和任何人說話，也不去學校，整天關在房間裡。

起初每天都很悲傷，但在悲傷過後，每天都感到憤怒。他詛咒那些嚴重傷害父親，最後逼得他走上絕路的贗品製造者，他整天悶悶不樂，思考著是否能夠向他們復仇。

憤怒過後，隨之而來的是空虛。原來機器也可以做出值得尊敬的父親的作品。在接受這個事實的瞬間，徹底顛覆了之前的價值觀和世界觀。

人和機器到底有什麼不同？——他開始思考這個問題。除了構成的物質不同以外，有什麼根本的不同嗎？

心到底存不存在？心又是什麼？也許只是大腦這種物質創造出控制行動的程式？最好的證明，就是一旦大腦故障，也會對精神造成不良影響。眾所周知，補充腦內物質有助於改善憂鬱症。

神樂注視著自己的手。他持續看了好幾個小時、好幾天，思考著內臟、大腦和血液的事。不久之後，他的思考對象變成了細胞。

最後，他終於抵達了終點。那就是基因。

他被送進孤兒院後，為了解開基因之謎，開始用功讀書。他在大學專攻基因工程學和生命工程學，隨時思考人和機器到底有什麼不同。

二十一歲那年夏天，神樂終於得出一個結論。人心是由基因決定的，這也成為「人類和機器在本質上並沒有任何差異」這個結論的序曲。

差不多就在那個時期，開始出現一些奇怪的事。他經常會突然失去意識，更奇怪的是，周圍的人並沒有察覺這件事，反而為他失去了那段時間的記憶感到擔心。

神樂也不知道在怎樣的情況下會失去意識，他惴惴不安，很擔心繼續這樣下去，會引發重大的事故。

不久之後，神樂就發現在自己失去意識的同時，會發生的某個現象。在他周遭一定會留下畫作。起初只是隨便亂畫，但漸漸變成了精巧的畫作。

是誰畫的？和他同一個研究室的女生告訴了他答案。

「我走在走廊上，正準備回家，看到研究室還亮著燈，所以就探頭張望了一下，發現你坐在桌子前，而且聽到你正拚命用筆寫著什麼的聲音。因為最近很少有人用筆寫字，所以我很好奇地伸長脖子，想看看你到底在寫什麼，結果發現你在用鉛筆畫畫。因為我不知道你的興趣是畫畫，所以感到很意外，但又覺得不便打擾你，於是沒有向你打招呼就離開了。你以前就喜歡畫畫嗎？」

神樂聽了，感到驚愕不已。因為那個女生說看到他的時候，正是他失去意識的時候。

神樂看了有關人格的研究人物，最後決定去見一個人。他就是水上洋次郎。水上是研究多重人格的權威。

水上在診察神樂後，直視著他的眼睛說：

「你的判斷正確，你的身體內還有另一個人格，也就是說，你有雙重人格。」

聽到敲門聲，神樂回過了神。有人正在用力敲門。

「神樂，你還沒有清醒嗎？隆，你還在嗎？」是水上的聲音。

神樂站了起來，打開了門，水上蒼白的臉出現在他面前。

「發生什麼事了？」

水上眨了眨眼睛後開了口。

「出了大事。」

「什麼事？」

水上用力深呼吸，似乎努力讓自己平靜，然後注視著神樂的眼睛說：
「他們……蓼科兄妹……被人殺害了。」

9

淺間坐在戶倉駕駛車輛的副駕駛座時，接到了木場打來的電話。他們出門打聽NF13的案子，正準備回警視廳，今天也一無所獲。
木場指示他前往新世紀大學醫院。
「那裡發生了什麼事嗎？」淺間問。在NF13的搜查過程中，從來沒有出現過這家醫院的名字。
「發生了事件，是命案。」
「凶器呢？」
「手槍。兩名住院病人遭到了殺害，啊，不對，是病人和她的哥哥。」木場說話時，似乎看著手上的便條紙。
「兇手有可能是NF13嗎？」
「那就不知道了，目前也無法確定是否和之前那幾起案子的手槍一致。」
淺間握著電話，皺起眉頭，看著身旁的戶倉。
「既然這樣，就不需要我們趕過去，先交給轄區警局，如果發現很可能是NF13，再改成共同偵查也不遲啊。」

「問題是沒辦法這麼做。」

「為什麼？」

「這次的事件無法交給轄區警局，不光是這樣，也不是警視廳搜查一課的任何人都可以接手，暫時先由瞭解狀況的人去處理。」

「什麼狀況？」

「現在沒時間和你詳談，總之，你先去醫院，我也馬上過去，搞不好那須課長他們也會一起趕去那裡。」

「搜查一課的課長也要去？到底發生了什麼事？」

「我不是說了嗎？這次的案子非同小可，現在沒時間和你多聊了，你趕快去新世紀大學醫院。」木場說完，掛上了電話。

淺間緩緩搖著頭，對戶倉說了目的地。

「新世紀大學醫院？那是一家以最先進的醫療技術出名的綜合醫院，那裡發生了命案？」

「聽說是病人遭到殺害，聽股長的口氣，似乎還不知道兇手是誰。在大醫院裡，有辦法射殺病人，卻沒有被任何人發現嗎？」

淺間用電話查了新聞快報，沒有找到任何相關的新聞。

「有沒有什麼新聞？」戶倉一邊開車，一邊問道。

「完全沒有，看來消息被封鎖了。」

淺間收起了電話。最近除非封鎖消息，否則在向警方報案的同時，事件內容通常就會流到網路上。

大約十五分鐘後，他們的車子駛入了新世紀大學醫院的停車場，淺間發現這裡和普通的命案現場感覺不一樣。如果在平時，都會有一整排警車占滿馬路和空地，今天完全看不到任何警車。熟悉的警用車都停在停車場，外人根本不知道那些是警用車。

淺間猜想，應該是警視廳和醫院方面隱瞞了這起事件。

走出停車場時，他打電話給木場，木場已經抵達了現場。

「你從正面玄關進來後，往腦神經科的病房走。電梯廳有人站崗，你出示證件之後，一個人來頂樓。」

「我一個人嗎？戶倉呢？」

「讓他在樓下等。」木場不等淺間的回答，就掛上了電話。

淺間把通話內容告訴戶倉後，這名後輩刑警聳了聳肩說：

「看來是一件很棘手的案子，我也不想和這種案子扯上關係。」

「這讓一開始就被指名的我情何以堪？」

「我只能對你說，請你好好加油。」

淺間咂著嘴，走向大樓。

他按照木場的指示，走向腦神經科病房的電梯，看到一名戴著「警備」臂章的便衣刑警站在那裡。淺間認識那名刑警，所以不需要表明自己的身分。

「戒備很森嚴，」淺間對負責警戒的刑警說，「到底發生了什麼事？不就是殺人案嗎？」

「我們也還不知道詳細的情況。」年輕的刑警偏著頭回答，「轄區警局的人都沒來，我第一次遇到這種事。」

「在頂樓嗎？」

「是VIP專用的樓層。」

淺間搭電梯上了樓。七樓是頂樓。

當電梯停下，門一打開，就看到有人駝著背站在前面。看到那個人的矮胖身材，淺間立刻知道是誰。那個男人轉過頭。

「啊喲，終於姍姍來遲了啊。」木場不滿地說。

「我已經火速趕來這裡了，現場在哪裡？」

「這裡，你跟我來，別忘了戴手套。」

前方的門敞開著，木場走進了那道門。門旁有靜脈辨識系統的感應板，也就是說，平時除了相關人員以外，外人無法進入這個房間。

鑑識人員正在鋪著塑膠地板的白色走廊上進行鑑識作業，但他們身上穿的並不是淺間熟悉的制服。

「這些人是誰？」他小聲地問走在前面的木場。

「等一下告訴你。」

走廊中央拉起了兩條封鎖線，木場走在兩條封鎖線中間，淺間也跟在他身後。

走廊前方有一道棕色的門，門旁有對講機，木場用戴著手套的手按了門鈴。

門立刻從內側打開了。淺間並不認識開門的人。他很瘦，看起來五十歲左右，五官輪廓很深。因為他穿著白袍，淺間猜想他是這家醫院的醫師。

「他是我的下屬淺間。」木場向那個人介紹。

男人點了點頭，自我介紹說，他叫水上洋次郎，是腦神經科的教授。

淺間在水上的催促下走進了房間。搜查一課的那須課長和年輕的管理官已經在那裡了，但室內的情況更令淺間感到驚訝。牆邊有一整排電腦螢幕，除此以外，還有大桌子、椅子，和沙發、茶几。

「這裡是怎麼回事？不是病房嗎？」淺間問。

「是病房啊。」水上回答：「只不過是ＶＩＰ病房，病人要放什麼都可以，只要不是會導致病情惡化的東西都沒有問題。」

「到底是怎樣的病人？」

「這件事無法由我來向你說明。」

淺間嘆了一口氣，看著那須。因為他是現場的最高負責人。

「說來話長，真的很長，」那須說：「簡單地說，就是無論對政府、對警方來說，都是極其重要的人物。」

「原來如此，難怪是ＶＩＰ。」淺間看著地上畫的白色人形。總共有兩個人形，一個在沙發旁，另一個在大桌子旁中了槍，周圍都是斑斑血跡。

「現在還不能亂碰。」那須說，「屍體剛搬走，接下來才要正式展開鑑識作業。」

「對了，在外面進行鑑識作業的，是哪裡的鑑識人員？」

那須點了點頭，似乎認為他問到了重點。

「是科警研派來的特別小組。」
「科警研？還真是大費周章啊。」
除了警視廳以外，警察廳也想要隱瞞這起事件。
「屍體還在解剖嗎？」
「沒錯，正在其他病房解剖。」
「遭到殺害的病人是男性嗎？」
「病人是女性，她的哥哥一起遭到了殺害。」
木場在一旁遞上了照片。照片是在這個房間拍攝的，三十歲左右的男子倒在沙發旁，嘴邊蓄著鬍子。頭部中了槍，額頭正中央有一個黑洞。
桌子旁有一具肥胖的女性屍體，胸部中了槍。
「女性死者身上有遭到強暴的痕跡嗎？」淺間問道。
「應該沒有，在這個房間時，突然遭到槍殺，甚至沒有想要逃離的跡象。」
淺間用力抓著頭，「我可以請教一個問題嗎？」
「當然可以，但別亂把頭髮弄得一地，會影響鑑識作業。」
「第一波偵查要怎麼處理？目前的情況來看，似乎無意通知轄區警局，機搜也沒有來這裡，這樣有辦法蒐集到目擊證詞嗎？」
「你不必擔心這個問題，我剛才和刑事部長討論了，這次要避免傳統的大規模四處打聽，這種偵查方式也不可能提升效果。這次要用少數精銳主義的方式辦案，由木場股長負責指揮工作，但想要任命你擔任實質的現場負責人。」

「我嗎？」
「你有什麼不滿嗎？」
「也許課長忘記了，我目前負責一起重要的案子。NF13——連續強暴殺人事件。剛才聽了大致的情況，發現這次的命案和NF13完全沒有關係，這樣仍然要由我來負責嗎？」
不知道是否事先猜到了淺間的疑問，那須露出了淡淡的笑容。
「關於這一點，大家剛才討論了一下。那起事件會交給其他人負責，希望你專心偵辦這起命案。」
「為什麼由我來偵辦？應該有其他人更適合政府相關的案子。」
「這是為了預防消息走漏。」另一個地方傳來聲音，房間深處有另一道門，那道門打開了，淺間認識從門內走出來的男人。白淨的臉上有一雙鳳眼，額頭飽滿。他是警察廳特殊解析研究所的志賀。
淺間撇了撇嘴角，顯示他內心的無奈。
「沒想到你也被找來了，VIP遭到殺害，連辦案的陣容都很豪華啊。」
「事實和你的理解稍有不同。我比警視廳的各位先到這裡，然後我通知了那須課長，所以我不是被找來的，而是我把各位找來的。」
淺間不瞭解他的意思，皺了皺眉頭，志賀看著那須他們問：
「由我說明被害人的情況沒問題嗎？」
「務必請你來說明，」那須說：「因為我們也才剛聽說而已。」

淺間聽到他們的對話，終於恍然大悟。

「被害人和特解研有關係嗎？」

志賀面色凝重地點了點頭。

「你說對了，不，不只是有關係而已。他們是研發目前我們所使用系統的核心人物，不，甚至可以說是系統本身也不為過。」

「核心人物……」淺間嘀咕後，突然對在場的成員產生了疑問。既然和特解研有關，那個人沒理由不出現在這裡，他問志賀：「怎麼沒看到你的搭檔？他怎麼沒來？」

「他來了，只是目前還無法說話。」

「什麼意思？」

志賀默默看向剛才走出來的那道門。

淺間走過去打開門，發現裡面是臥室。臥室內有兩張床，應該是遭到殺害的兄妹之前睡覺的地方。

然而，有一個男人躺在照理說應該沒有人的床上。因為男人閉著眼睛，所以臉上不見平時的陰暗表情，但他正是神樂龍平。

10

特別鑑識小組進入現場勘驗後，淺間和其他人必須移動到其他地方。水上負責的精神分析研究室就在這棟病房大樓的四樓，一行人前往那裡的接待室繼續討論。

「昏倒？神樂看到屍體竟然昏倒了？」淺間看著水上的臉問道。

「對，當我通知他蓼科兄妹遭到殺害時，他立刻去了那個房間。打開房間，一看到那對兄妹的屍體，就當場昏了過去。」

淺間聽了水上的話，聳了聳肩。

「沒想到那麼自信滿滿的人，神經竟然這麼脆弱。」

「他的神經極度細膩。」水上一臉嚴肅地說，「而且很複雜，普通人難以想像。」

水上的語氣聽起來不像是在袒護神樂，淺間直視著水上的臉問：

「什麼意思？」

「關於這件事，」志賀插嘴說道：「不需要現在討論，因為兩者沒有關係，不過，我可以明確地說一件事，被害人對神樂非常重要，所以得知他們遭到殺害，他會當場昏倒也完全可以理解。」

「不要故弄玄虛了，趕快告訴我到底是什麼狀況。遭到殺害的蓼科兄妹到底是什麼人？他們製作了系統的核心，又到底是怎麼回事？」淺間不耐煩地問道。

志賀點了點頭，拿起一旁的資料夾，從裡面拿出一張紙放在淺間面前。上面列印了一則網路新聞，除了報導內容以外，還有一張肥胖的女孩臉部照片。脂肪的重量把眼皮都壓得垮了下來，下垂的臉頰上長了青春痘。不知道是否因為沒有看鏡頭的關係，臉上的表情看起來很冷漠。照片下寫著「蓼科早樹」的名字。

「這就是這起命案的被害人嗎？」淺間問。

「沒錯，但這是她十四歲時的照片，也就是九年前。」志賀回答說：「我不知道你是否已經聽說了，新世紀大學可以跳級升學，蓼科早樹在中學部求學期間，就取得了數學博士的學位，這就是當時的報導內容。」

「喔喔，我記得很久以前曾經聽說過出現了數學天才少女。」

淺間拿起了那張資料，上面介紹了蓼科早樹的博士論文，但他當然完全看不懂上面在寫什麼。

「你給我看她讀中學時的照片也沒用啊，有沒有最近的照片？」

志賀聽了淺間的問話，搖了搖頭。

「沒有其他照片了，因為蓼科早樹絕對不讓別人拍照，當時的這張照片也是記者偷拍的。大學方面表達了抗議，立刻刪除了那篇報導，這張照片是大學方面做為抗議資料保管下來的。」

「她討厭拍照嗎？」

「更正確地說，她討厭被別人看到。」水上回答說，「應該說，她害怕被別人看到。」

「什麼意思？」

「這張照片上看不太清楚，她的右側臉頰有一塊很大的胎記，從整個臉頰一直延伸到脖子，所以是很大的一片，而且是深紫色，根本無法靠化妝掩飾。如果在小時候接受手術，或許可以比較不明顯，但她的父母沒有足夠的經濟能力。」

聽了水上的說明，淺間再度低頭看向照片。雖然蓼科早樹並不知道有相機偷拍，但她側著脖子，似乎想要遮住右臉。她應該也不願讓記者看到她的右臉。

現在就連小學生都帶化妝品出門，但照片中的少女似乎對自己的容貌漠不關心。淺間猜想也許是情非得已。

「因為這塊胎記的關係，蓼科早樹從小就不願和別人接觸。她找不到自我存在的意義，陷入強烈的自我厭惡，她已經心如死水，也許和她的母親在生她的時候去世，以及父親完全不顧家的性格不無關係。她在十一歲時被帶來這家醫院。」水上靜靜地說道。

「是所謂的憂鬱症嗎？」

水上偏著頭說：

「通常會避免輕易使用這個字眼，因為太模糊了，但是，她的情況可以使用這個字眼。強烈的心靈創傷引起了大腦神經損傷，由於在她很年幼時發生，所以出現了和先天性大腦功能障礙相同的症狀。從這個角度來說，很像是自閉症。照理說，自閉症不可能因為環境等外界的因素導致後天發病，也許蓼科早樹本來就有遺傳的要素。」

淺間發出低吟，抱著雙臂，看向也在一旁聽水上說話的那須。

「我不太瞭解你告訴我這些的目的，我有必要詳細瞭解被害人的病歷嗎？」

「非常有必要。」答話的是志賀，「剛才水上教授介紹了蓼科早樹的病歷，但她的病歷也同時是她身為天才數學家的經歷。」

「病歷也同時是經歷？」

「如果蓼科早樹只是普通的自閉症少女，」水上繼續說了下去，「我們應該會對她和其他病人一視同仁，至少不可能給她專用的病房，甚至提供學費和生活費，讓她進入新世紀大學初級部就讀。」

「她從那個時候就是天才了嗎？」

水上用力點了點頭。

「自閉症的兒童中，有些人表現出名為學者症候群的天才性，但是，以剛才所說的嚴格定義而言，蓼科早樹並不算是自閉症，所以我們一開始也沒有針對那方面進行檢查，結果發現她對有意外性的事物有濃厚的興趣。她的哥哥告訴了我們這件事。」

水上說，蓼科早樹的哥哥耕作說：「我妹妹熱愛數學。」她避免和任何人接觸，但大量閱讀數學書籍，主動挑戰各種難題。

「於是，我們請數學教授和她討論數學，代替心理諮詢。雖然她極度厭惡和他人接觸，但聽到對方是數學家就答應了，也因此有了戲劇性的發現。」水上不知道是否回想起當時的事，說話的語氣也越來越激動。

「發現？」

「發現了她具有天才的頭腦。和蓼科早樹對話的教授發現她已經具備了大學教授程度的理解力，而且還在不斷成長。和她面談的教授立刻向大學高層報告了這件事，不久之後，就決定讓她免費入學。形式上是進入初級部，但實質上是參與大學的研究。她在三年後取得博士學位，震驚了社會，但我們從她入學後就持續觀察她，認為是很理所當然的結果。」

「一個讀中學的女生啊。」淺間搖了搖頭，他對數學幾乎一無所知，但至少知道那是很了不起的事，「那名天才少女和特解研有什麼關係？」

「接下來由我來說明，」志賀接了下去，「將國民的ＤＮＡ數據化，建立資料庫，靠些微的線索查出兇手——ＤＮＡ偵查系統是在十多年前開始正式建構，由我和一位基因解析工程學的優秀研究人員為中心進行這項計畫，淺間副警部，你也知道那名研究人員的名字。」

淺間一時不知道他在說誰，但看著志賀那雙像狐狸般的眼睛，終於恍然大悟。

「你是說那位看到屍體就昏倒的老兄嗎？」

「相信你也知道，ＤＮＡ偵查系統由罪犯側寫系統和檢索系統這兩大部分組成。在神樂的努力下，罪犯側寫系統的研究進展順利，但檢索系統遇到了瓶頸。ＤＮＡ包含了各式各樣的資訊，而且，將來有可能必須儲存一億人口，不，也許是超過一億筆的ＤＮＡ資料，必須將所有的資料都數據化後建立資料庫，並且能夠視實際需要進行檢索和比對。光是親子關係的鑑定，就需要熟練的技術，更何況是要讓電腦讀取數據後，作出正確的判定。計算不能太耗時間，但也絕對不能發生誤判的情況。最重要的是，所有的數據資料都必須徹底變成密碼，所謂徹底，就是被外人解讀的可能性是零。如何解決這個難題？我們束手無策，甚至認為必須重新檢討ＤＮＡ偵查系統。」

淺間真希望那個系統就這樣宣告失敗，但他沒有把這句真心話說出口。

「就在那個時候，神樂遇到了蓼科早樹。神樂看了她打算發表的研究論文，受到了極大的震撼。只要運用她的數學理論，不僅可以把為數龐大的ＤＮＡ資料以電腦數據的方式進行處理，而且可以在徹底變成密碼的狀態下做為數據使用。一切就從那裡開始，和蓼科兄妹聯手合作之後，原本幾乎是紙上談兵的想法，一下子變成了現實。蓼科兄妹在那個病房內寫出了我們需要的所有程式，之後的情況，你已經知道了。ＤＮＡ偵查系統開始實際使用，如今已經成為逮捕兇手不可或缺的工具。」

「也有像ＮＦ13那樣的案例。」淺間攤開了雙手，「所以我今天上午也四處奔波，尋找目擊線索，然後就被叫來這裡了。」

「ＮＦ13並不是系統有問題，而是因為數據不足，也可以說是國民的理解不足造成的。」志賀面不改色地說。

「這不重要，總之，我瞭解情況了。反正是對政府和警方都很重要的人物遭到了殺害。」

「我相信你也瞭解了任命你擔任偵查主任的原因了，」那須說，「目前只有極少數人知道，這家醫院和ＤＮＡ偵查系統有密切的關係。這起事件不會對外公開，對外只會說是意外。雖然會成立偵查小組，但不會告訴偵查員，蓼科兄妹在這裡幹什麼。」

「等一下，這樣根本無法進行像樣的偵查啊。」

「有沒有辦法進行像樣的偵查並不是由你來判斷，你只要遵從指示就好。」

淺間在上司面前重重地嘆了一口氣。

「那先要做什麼？從哪裡開始著手？」

「只要你瞭解狀況，接下來可以按照平時的方式偵辦，」那須說：「調查現場，向相關人士瞭解情況，然後檢討鑑識結果，最後進行報告。和平時的案子沒什麼兩樣。」

「我一個人偵辦嗎？」

「我剛才不是說，會成立偵查小組嗎？你要幾個兵都沒有問題，也不必在意預算。

你可以隨時和木場討論。」
「聽到課長這麼說，真是太感謝了，只是要再多搞不清楚狀況的兵也沒有屁用。」
「淺間！」身旁的木場厲聲制止，那須在一旁做出安撫的動作。
「我知道這次的偵辦工作很困難，正因為這樣，才會交給你負責。還是有比你更出色的人選？如果有的話，歡迎向我推薦。」
這種話也敢說。淺間瞪著上司。他們之所以挑選淺間，是因為他已經瞭解了DNA偵查系統的內容情況。
「我要去向刑事部長報告，所以就先告辭了。」那須看了一眼手錶後站了起來，但在走出房間之前，再度低頭看著淺間，「一有狀況，立刻通知我，可以把我的辦公室視為搜查總部。」
那須和管理官一起離開後，木場問淺間：
「你有沒有希望誰加入偵查小組？」
「你全權處理就好。」
「那就由我來決定，決定之後，就讓他們立刻開始偵辦和極機密事項無關的部分，你去向相關人士瞭解情況。水上教授願意提供協助，特別鑑識小組會負責現場勘驗。總之，千萬不要向外人透露事件的相關情況，否則不光是你，連我和課長也會飯碗不保。」木場說完，起身離開了房間。
「我要回研究所了。」志賀也說，「有什麼情況，請隨時和我聯絡。」
兩個人離開後，淺間從上衣內側口袋拿出了香菸，但又立刻放了回去。因為他想起這裡禁菸。

沒想到水上起身後，拿著菸灰缸走了回來。「請用這個。」

淺間瞪大了眼睛。

「可以嗎？」

「當然啊，」水上回答，「這裡是讓病人的精神獲得救贖的地方。為了讓他們敞開心房，只要不違法，必須提供他們需要的東西，比方說，香菸或是數學。」

「太好了。」淺間嘀咕著，把香菸放進嘴裡。

「你接下了一項艱鉅的任務，只要有我可以效勞的地方，請隨時吩咐。」

淺間聽了水上的話，吐著煙，向他鞠了一躬。

「非常感謝，教授，你也參與了DNA偵查系統嗎？」

「不，怎麼可能？我只是蓼科早樹的主治醫生而已，而且只是每週為她進行一次心理諮詢，說白了，就是陪她聊聊天。」

「屍體是你發現的嗎？」

「不是，是警衛發現的。這棟病房專任的警衛。」

「是喔，有沒有叮嚀那名警衛，請他不要對外張揚這起事件？」淺間偏著頭問。

「我想應該沒問題。」

「為什麼？」

「因為這名警衛是特解研決定和蓼科兄妹合作時，志賀所長帶來的，也就是說，他很瞭解狀況。」

「原來是這樣。」

真是徹底啊。淺間不由得想道。

警衛辦公室位在一樓，就在緊急出入口旁。雖然有窗口，但水上直接打開了旁邊的門。

一名身穿制服的年輕警衛坐在桌前寫著什麼。

「這位是警方人員，」水上向年輕警衛介紹淺間，「關於剛才那起事件，打算向富山先生瞭解情況，現在沒問題嗎？」

「應該沒問題。」年輕警衛回答。

裡面還有另一道門，水上敲門之後打開了。

「警方的人想要瞭解情況。」他對著室內說道。

「請進。」房間內傳來一個聲音。水上對淺間點了點頭。

門內是兩坪多大的狹小空間，室內放了一整排監視器的螢幕，一名身穿制服，四十歲左右的男人坐在螢幕前。來這裡之前，淺間就聽水上介紹說，這名警衛姓富山。

房間內有鐵管椅，淺間和水上一起坐了下來。

「請你再說一次發現屍體時的情況。」水上說。

富山點了點頭，轉頭看著淺間說：

「七樓的監視器突然發生狀況。」

「監視器？」

「對。」富山看著背後的螢幕。

「這棟大樓的走廊、電梯內都裝設了監視器，按照規定，我在這裡監視所有的畫面，只要有可疑人物進入，就會立刻前往察看。」

淺間伸長脖子看著畫面，的確看到了電梯和各樓層的走廊。影像很清晰，也顯示了時間。

「也同時錄影嗎？」

「當然。硬碟上記錄了二十四小時的影像。」

「你說七樓的監視器發生了狀況。」

「就是這個螢幕。」富山指著右側最上方的螢幕，螢幕上一片空白。「原本應該顯示七樓走廊的情況。那個樓層一出電梯，就是通往ＶＩＰ病房的出入口，所以進出那裡的人，一定會出現在螢幕上。」

「結果突然沒有畫面了嗎？」

「沒錯，只有顯示時間而已，所以我記下了時間。」富山拿起放在旁邊桌子上的紙片，「傍晚六點十二分。」

「之後呢？」

「我原本以為是螢幕出了問題，所以試著調整了一下，但後來發現好像不是螢幕有問題，於是我決定去察看一下。我調整螢幕只花了大約兩、三分鐘的時間。」

富山在這番話中已經為自己拉起了防護線，避免別人責怪他沒有及時採取行動。

「你去察看情況嗎？」

「對，我去察看時，請原本在外面的人代替我監視螢幕。」

「你搭電梯去了七樓嗎？」

「沒錯。」

「攝影機有異常嗎？」

「憑目測無法看出異狀，但我很擔心ＶＩＰ病房的情況，所以就去了那裡。」

「那裡的出入口有靜脈辨識的自動門禁系統，有沒有任何異狀？」

「應該沒有特別的異狀，所有警衛中，只有我的資料登錄在內，我像平時一樣走了進去，然後按了ＶＩＰ病房的對講機門鈴，但沒有回應。為了慎重起見，我還敲了敲門，也沒有回應。於是我試著轉動門的把手，發現沒有上鎖。」富山停頓了一下，舔了舔嘴唇後繼續說了下去，「所以我就打開門，結果發現了他們兄妹的屍體。」

「之後就馬上報警了嗎？」

富山聽到淺間的問題，搖了搖頭。

「按照規定，如果蓼科兄妹發生狀況時，必須先通知特解研的志賀所長，我按照規定通知了志賀所長，應該是志賀所長通知了警視廳。」

淺間和水上互看了一眼，點了點頭。難怪志賀剛才說，他比警視廳的人更早抵達現場。

「再回到剛才的話題，」淺間說：「在一臺監視器的螢幕畫面消失之前，你同時監視了所有的畫面，當時有沒有在其他螢幕上發現任何異狀，比方說，有沒有拍攝到可疑人物？」

富山稍微放鬆了臉上的表情。

「如果發現任何異狀，我會馬上採取行動。」

那倒是。淺間認為他所言不假。

「但一個人同時監視那麼多螢幕，恐怕難免會有疏漏吧？」

「雖然平時努力注意避免這種情況發生，但並不是完全沒有這可能性。」富山坦承道，「其實我從剛才，就一直在看錄影畫面，還是沒有發現任何異常，你要看一下嗎？」

「可以馬上看嗎？」

富山面對螢幕，開始操作前方操作盤上的開關和旋鈕。好幾個螢幕都同時變成了靜止畫面，隨即開始反向播放。

不一會兒，一直沒有影像的七樓監視器螢幕上也出現了畫面。富山按了暫停。

「你看，是十八點十二分。」他指著右下方說道，「然後影像就消失了。」

淺間點了點頭，確認了其他螢幕。雖然有些樓層有人走動，但看起來並沒有異狀。在那個時間點，沒有人使用電梯。

「可不可以再看更前面的內容？」

「可以啊，只要轉動這個旋鈕就好，你可以轉到你想看的地方。」富山指著操作盤說道。

淺間看著螢幕，小心謹慎地轉動著旋鈕，但是沒有人搭電梯前往ＶＩＰ病房所在的七樓，只有四樓以下有人走動，五樓以上一直都是無人的狀態。

「五樓和六樓有在使用嗎？」淺間問水上。

「六樓目前是電腦室和資料室，蓼科兄妹的房間內有電腦螢幕和鍵盤，靠電纜和六樓的主機連結在一起。」

「平時不會有人進出。」富山在一旁插嘴說，「只有蓼科兄妹偶爾會去而已。」

「那五樓呢？」

「以前曾經是研究室。」富山回答。

「以前是什麼意思？」

「之前人類基因體的研究小組曾經使用那個樓層，」水上回答說，「因為研究告一段落，研究小組搬去了其他地方，所以目前五樓由其他小組自由使用，說白了，其實就是倉庫。」

「這個倉庫很耗經費啊。」

「會遭到這樣的冷嘲熱諷也很正常，只不過因為蓼科兄妹就在樓上，醫院方面不得不小心謹慎。」

「盡可能將ＶＩＰ病房和外界隔離嗎？」

「你說對了。」水上點了點頭。

淺間將視線移回螢幕，繼續轉動著旋鈕。螢幕上顯示的時間距離發現屍體的時間已經超過四個小時。

繼續看也沒有太大的意義。正當他這麼想的時候，空蕩蕩的五樓走廊上突然出現了一個人影。

「喔……」

淺間重播了影像。一個男人走出電梯，沿著走廊來到走廊深處的一道門前，打開門鎖走了進去。

他再度倒帶，在可以看到男人側臉的位置按了暫停。

「這是……」淺間忍不住發出低吟，因為他認識畫面中的那個人。

「是神樂。」水上說，「只有他不是把五樓當作倉庫使用。」

「那傢伙……他去五樓幹什麼？」

水上聳了聳肩。

「恕我無可奉告詳細情況，因為關係到病人的隱私。」

「病人？」

「他是我的病人，會來這裡定期接受治療，今天也一樣。」

「水上教授，你是腦神經科……的醫生吧？」淺間注視著水上的鷹鉤鼻子。

「神樂的大腦並沒有受到物理損傷，但在精神方面，有不同於常人的特徵。遇到這種情況時，掌握症狀最重要。他去五樓就是為了這個目的，那個房間可以說是分析他精神狀態的空間。」

「除了他以外，還有其他人在那個房間嗎？」

「沒有，只有他一個人。他離開後，由我來分析他留下的東西。」

「留下的東西？留下什麼？」

水上聽到淺間的問話，訝異地皺起眉頭。

「和這起事件有什麼關係嗎？」

「目前還不知道，只是想問一下。」

水上緩緩搖著頭，露出凝重的表情。

「我不認為他的症狀和這起事件有關，除非我認為有必要，否則正如我剛才所說，我不會透露病人的病情。」

醫師會說這樣的話很正常，淺間只能點頭。他也不認為神樂的病和事件有關，只是好奇而已。

「對了，你剛才說，他的神經很細膩，而且複雜程度超過普通人的想像。」

「我的確這麼說過。」

「這句話是指他的疾病嗎？」

水上移開了視線，也許在猶豫該不該回答。

「你這麼認為也無妨，只是他很排斥別人認為那是疾病。」

「排斥？正因為知道是疾病，所以才會來接受治療，不是嗎？」

「他認為這是研究，用自己進行神秘的研究……不，就到此結束吧，繼續說下去，只會刺激你的好奇心。」水上說著，在自己面前搖著手。

11

神樂醒來時，一時不知道自己身在何處。他躺著的床和家裡的完全不一樣，因為燈光調得很暗，所以室內光線昏暗，隱約看到沒有任何裝飾的白色牆壁，也讓他感到陌生。

不，並不是完全陌生。之前曾經在哪裡看過相同的牆壁。到底是哪裡？

旁邊傳來動靜，神樂轉過頭，看到一個身穿護理師制服的女人背對著他，不知道在做什麼。

「請問。」他開了口，聲音很沙啞。

女人驚訝地轉過頭。她看起來三十歲左右，圓臉，眼睛也又大又圓，有點厚的嘴唇露出了笑容。她的面前有一臺加濕器，剛才似乎在調節加濕器。

「你醒了嗎？我馬上去叫醫生。」

「請問我為什麼會在這裡？」

她露出一絲困惑的表情，但隨即露出剛才的親切笑容，「醫生會告訴你詳細情況。」說完，她就走出了房間。

神樂看著她離開後的那道門，終於想起來，這裡是病房。

為什麼自己會在病房？到底發生了什麼事？

神樂把手放在額頭上，努力搜尋記憶。

但是，他不需要費力思索，因為下一剎那，各種資訊充斥他的腦海。

最先浮現在他眼前的是悽慘的景象。有兩具屍體躺在那裡。兩個人都遭到槍殺，倒在血泊中。旁邊是好幾臺電腦，正不停地進行演算。

在看到這個景象的同時，響起了水上的聲音。「蓼科兄妹被人殺害……」

神樂在床上坐了起來，雙手抱著頭。

沒錯，那是他們兄妹的屍體。蓼科兄妹被人殺害了。那不是夢，也不是幻覺。從水上口中得知這件事後，自己急忙來到頂樓，穿越走廊，衝進了他們的房間，於是就親眼目睹了他們倒在血泊中的樣子。

之後就是一片空白。再度醒來時，就躺在這張床上。

神樂巡視周圍，自己的東西都放在枕邊。他立刻伸手拿起電話打給志賀。

「神樂嗎？看來你清醒了。」志賀一接起電話就說道，聽他的語氣，應該瞭解目前的狀況。

「蓼科兄妹的情況怎麼樣？」

志賀在電話中倒吸了一口氣。

「如果你是問他們的安危，我只能告訴你絕望的消息。兩個人都幾乎當場死亡。」

神樂覺得意識漸漸模糊，他拚命克制，握緊了電話。

「是誰殺了他們？」

「這是接下來要調查的事。」

「但是，命案一旦公諸於世，外人就會知道，系統的核心部分在這裡。」

「所以我要求警視廳極機密偵查，我們這裡也會盡力協助。等你身體狀況恢復後，立刻協助破案。」

「我馬上加入也沒問題。」

「你以為現在幾點了？今天晚上就算了，你先好好休息。」

神樂拿起手錶，發現快半夜十二點了。

「明天的行程已經決定了嗎？」
「九點要在警察廳開會，主要內容是由科警研的鑑識小組進行報告。」
「九點在警察廳嗎？」
「你不必勉強，但我相信你應該也坐不住。」
「沒錯，但是，到底是誰殺了那對兄妹……」
「這就不知道了，但有一件事很明確。」
「什麼事？」
「蓼科早樹的死亡，將導致ＤＮＡ偵查系統的程式在未來五十年，都無法升級。」
「……是啊。」
「雖然不要說五十年，未來一百年都不需要升級。因為蓼科早樹寫的程式完美無缺。也就是說，這次的事件對我們ＤＮＡ偵查系統沒有任何影響，難道不是嗎？」
「希望如此。」
「如果你這位共同開發者這麼沒信心，可就傷腦筋了，那就明天上午見。」
神樂把電話丟在一旁，再度躺了下來。腦袋隱隱作痛，思考回路好像有好幾處都中斷了。
他對蓼科兄妹的死沒有真實感，所以也不會感到悲傷。即使對他們的死有了真實感，他覺得自己還是不會感到悲傷，而只是感到失落而已。因為對神樂來說，那對兄妹只是設計出優秀程式的裝置而已。蓼科早樹始終無法對神樂敞開心房，她的哥哥耕作也只是忠實地扮演妹妹和神樂之間的窗口。事實上，神樂也只是把他當成窗口而已。

雖然志賀很樂觀，但神樂不認為失去那對兄妹的損失這麼微小，也許今後將會發生巨大的問題，只有他們的能力，才能解決這個問題。雖然並沒有實際的根據，但神樂漸漸感到不安。

對了——

蓼科耕作曾經說，要和神樂談事情。他很少主動要求見面，而且他說是關於NF13的事。神樂想起他曾經說，這件事有點複雜。

NF13是最近發生的連續強暴殺人案兇手的代名詞，雖然兇手在現場留下了許多痕跡，但DNA偵查系統無法比對出相符的對象或是相關的人物。神樂和志賀都認為只是數據不足造成的結果。

蓼科耕作找自己到底有什麼事？恐怕再也無從得知了。想到這裡，就有一種渾身發燙的焦躁感。

這時，傳來了敲門聲。「請進。」神樂不假思索地回答。

門打開了，一個身穿白袍的人走了進來。病房內的光線太暗，看不清楚那個人的臉，但從對方的體格判斷，他知道是水上。

「可以把燈開亮一點嗎？」

「麻煩你了，我也正想這麼做。」

水上操作著牆上的開關，把天花板的燈調亮了。白色的牆壁很刺眼。

「感覺怎麼樣？」水上走到病床旁。

「如果只是指肉體，應該已經沒問題了。」

「在精神上，想必你不可能好過，這對兄妹對你而言的重要性超過任何人，也難怪你會昏過去。」

神樂搖了搖頭。

「太丟人現眼了。照理說，屍體我已經見多了。」

「並不是只有恐懼和激動會導致昏迷，人類的大腦更加複雜。」

「不管怎麼說，都給你添了麻煩。」

「不必介意，反正既沒有叫救護車，也沒有進行任何治療。原本很擔心你在昏倒時有沒有撞到頭，幸好似乎沒有這個問題。」

「我只是昏倒而已嗎？」

「我猜想你應該在擔心這件事，別擔心，你只是昏倒而已。讓你在蓼科兄妹的床上躺了一下之後，就送來這個病房了，只是你遲遲沒有醒來，讓我有點擔心而已。」

「太好了，我還擔心在我失去意識時，『他』擅自做了什麼事，不知道要怎麼向其他人解釋。」

「所以才要使用反轉劑啊，效果受到認同，真是太好了。」

「是啊。」神樂點了點頭。

反轉劑是水上發明的藥，正式名稱是「次人格出現控制劑」。有多重人格者服用該藥物後，能夠有意識地引導出次人格，不僅可以讓醫生順利和次人格進行溝通，也可以預防病人在意想不到的情況下發生人格轉換。

神樂得知自己有雙重人格後，也是因為服用了反轉劑，才能夠專心投入研究，沒有對日常生活造成太大的影響，所以，對他來說，很幸運在初診時遇到了水上這位醫師。

「到底是誰做那種事……」神樂抓著頭髮。

「不知道。很難想像有人殺他們兄妹，會得到什麼好處，但也無法想像有人憎恨他們，因為他們完全遠離了社會生活。」

「蓼科耕作或許還有可能，因為他還和外界的人有交集。」

但是，水上偏著頭說：

「我應該完全掌握蓼科耕作和哪些人有交集，和他接觸的人有一個共同點，那就是都需要蓼科早樹，你不也一樣嗎？」

神樂嘆了一口氣。

「志賀所長認為DNA偵查系統沒有問題，但失去那對兄妹的損失無法估計，這是國家的損失，這種說法一點都不誇張。除了蓼科早樹以外，我不知道還有哪個人能夠用心算的方式，計算出十次方程式的答案。」

水上皺起了眉頭。

「目前只向理學院的院長和校長報告了她的死訊，兩個人都很心痛。因為蓼科早樹是數學界的瑰寶。校長也同時兼任這家醫院的院長，所以就更頭痛了。這次的事將會以意外身亡的方式對外公布，世界各地的數學相關人員一定會抨擊這家醫院的管理體制，追究為什麼無法將意外防患於未然。」

蓼科早樹不僅協助神樂他們的計畫，也同時獨自進行各項研究，由蓼科耕作向全世界發表她的研究成果。雖然蓼科早樹在一般人眼中並不是名人，卻是數學界的超級明星。

「會召開記者會嗎？」

「聽說明天下午會在大學舉行。」水上看著手錶說：「校長會說明相關情況，但我身為蓼科早樹的主治醫生，也必須出席記者會。至於要說是發生了怎樣的意外，還必須和警方討論後再決定。明天一整天應該都不好過，當然，你們應該也一樣。」

「是啊，你說得對。」

「你指哪一件事？」

「那對兄妹的死，無法為任何人帶來好處。」

水上聳了聳肩，露出淡淡的微笑。

「總之，你今晚就好好休息。如果睡不著，我請護理師拿安眠藥給你。」

「不用了，謝謝。」

「晚安。」水上說完，走向門口，但中途停下腳步，轉過頭問：

「那個少女是誰？」

「少女？」

「就是畫布上的少女，穿著白色衣服。」

「喔。」神樂點了點頭。水上說的是「他」的畫。

「我也不知道，正在納悶那個人是誰。」

「不知道是『他』幻想的產物，還是他記憶中的人物。」水上偏著頭。

「會不會是他偷偷把女朋友帶進來？」

「這不可能。我剛才在警衛室看了監視錄影機的影像，你……不，『他』進入畫室之後，沒有人去五樓。」

「既然這樣，那就應該是只存在於『他』腦袋裡的人。」

「下次我來問『他』。只是不知道『他』願不願意告訴我。」水上說完，走出了病房。

「下次」是下個星期。目前每個星期使用一次反轉劑。

12

科警研派來的特別鑑識小組的負責人是四十歲左右的穗高。雖然個子不高，但姿勢很挺拔，看起來很有威嚴，說話時的表情和微微上揚的下巴也充滿了自信。

「調查後發現，七樓的監視器之所以沒有畫面，是因為電纜被切斷了，切斷的地點就在一樓警衛室旁的控制盤。雖說是切斷，但並不是用刀子割斷，而是使用特殊裝置，阻隔流過電纜的電力訊號，就是像這樣的裝置。」穗高把一個黑色小盒子放在桌子上。

「竊賊想要行竊裝有監視器的房子時，在潛入房子之前，會先裝好這個，然後設置定時器，就可以在想要行竊的時間阻隔訊號，也可以遠距離操作。網路上就可以買到。」

「網路上都賣一些亂七八糟的東西。」那須抱怨道。

現在還在說這種話。淺間很想對他吐槽。從幾十年前開始，罪犯就比警察更有效地利用網路。

淺間今天早上才接獲通知，要在警察廳開會。警視廳方面只有那須等三名主管，以及木場、淺間這五個人出席這次會議，警察廳方面卻有來自刑事局、科警研和特解研等超過十名的人員參加。淺間也因此發現，這起命案的偵查工作由警察廳掌握主導權。

穗高繼續說道：

「分析警衛室的監視錄影機影像後發現，在七樓的螢幕沒有影像的期間，只有警衛富山搭電梯前往七樓。影像是在十八點十二分消失，富山在十八點十七分搭電梯抵達七樓，也就是說，兇手是在這五分鐘內行兇。」

「有可能在五分鐘內完成嗎？」志賀抱著手臂。

「應該易如反掌吧。」淺間說，「兩名被害人顯然是在毫無防備的情況下遭到攻擊。兇手一打開ＶＩＰ病房的門就槍殺了他們，然後立刻逃走——通常都會這麼認為。兇手應該是很常用槍的人，至少很常殺人。」

「根據我們的分析，」穗高低頭看著資料說：「從兩具屍體身上的彈痕角度和形狀推測，兇手是站在ＶＩＰ病房的門口，對準站著的蓼科耕作的頭部開槍，接著走向坐在椅子上的蓼科早樹兩、三步，對著她的胸口開槍，證實了淺間副警部的意見。」

「兇手是怎麼逃走的？」那須問。

「兇手進入和離開時，應該都使用逃生梯。」穗高立刻回答，「監視器已經證實，兇手並沒有搭電梯。通往逃生梯的門，通常都從內側鎖住，但在案發之後，發現那道門沒有鎖。另外，門把上並沒有採集到指紋。」

「既然平時從內側鎖住，不是無法從外面進入嗎？」那須皺著眉頭。

「只要事先打開鎖就好了，兇手也可能有備用鑰匙。」

聽到淺間的回答，那須露出沉思的表情。

「果真如此的話，兇手就是醫院內部的人。」

「也可能是有醫院的人做為內應。」

淺間的話音未落，門打開了，一個男人走了進來。他走到穗高身旁，把一份資料交給他的同時，向他咬耳朵。穗高立刻露出凝重的表情。

「有一件重要的事要向大家報告，」穗高站起來說，「是關於行兇的手槍，根據殘留在被害人體內的子彈確認了手槍，是美國製造的三十二口徑手槍。從子彈的特徵判斷，認為和目前警視廳正在偵辦的連續強暴殺人事件——特解研稱為NF13的事件所使用的是同一把槍。」

13

警察廳的會議結束後，神樂比志賀早一步回到了位在有明的研究所。一個小時後，志賀才回到研究所，兩個人面對面坐在會議桌前。

志賀把一個玻璃盒放在桌子上。盒子裡有一根毛髮。神樂拿起盒子，凝視著盒內。

「這是……」

「這是鑑識小組交過來的，聽說附著在蓼科早樹的衣服上，在胸口附近。從外觀就知道不是她自己的頭髮，也不是蓼科耕作的。」

「是兇手的嗎？」

「目前認為這種可能性最高。蓼科早樹身上的衣服是案發兩個小時前，洗衣店送回來的，警衛送去了他們的房間。之後，沒有人去過他們的房間。鑑識小組認為，很可能是兇手在槍殺蓼科早樹之後，走過去確認她是否斷氣時，頭髮掉落在她身上。」

「會不會沾到了之前就掉落在地上的頭髮？」

聽到神樂提出的疑問，志賀搖了搖頭。

「不可能，因為蓼科早樹是胸口朝上倒在地上，幾乎當場死亡，所以不可能翻身。而且你可能不知道，蓼科耕作每天早上都會打掃房間，幾乎不可能有他們兄妹以外的頭髮掉落在房間內。事實上，鑑識小組也斷言，在房間內採集到的所有頭髮都是他們兄妹的，除了這根以外。」

神樂把玻璃盒放在桌子上。

「要解析這根頭髮的ＤＮＡ嗎？」

志賀點了點頭，靠在椅子上，輕輕吐了一口氣。

「這下子應該可以破案了。無論是動機還是犯罪手法，聽兇手親口交代最直接了。」

聽他的語氣，好像已經抓到了兇手。

「你對今天上午的事有什麼看法?」神樂問。
「哪一件事?」
「就是科警研的穗高先生說的話,兇手使用的手槍和NF13的一致。」
「真是太驚訝了。」
「這代表這次的兇手和NF13是同一人嗎?」
「通常可以這麼認為。」
神樂偏著頭。
「NF13是連續強暴殺人事件的嫌犯,這個人為什麼能夠突破森嚴的警備,殺害蓼科兄妹呢?而且蓼科早樹並沒有遭到強暴。」
志賀揉著脖子後方,似乎認為這種事並不重要。
「所以啊,最好讓兇手自己交代清楚。總之,請你趕快解析,如果和NF13一致,就沒有爭論的餘地了。」
神樂雖然無法釋懷,但還是點了點頭。志賀說的話完全正確。
「還有一件事,」志賀豎起了食指,「這件事在今天上午的會議中並沒有提到。鑑識小組說,在調查蓼科早樹使用的電腦後發現,上面留下了她正在設計新程式的痕跡。」
「新的程式?是關於哪方面的程式?」
「不知道,雖然有痕跡,但程式本身並沒有留在電腦內。程式的名稱叫『貓跳』。」
「貓跳?貓跳滑雪的貓跳?」

「蓼科早樹應該不會研究滑雪，你有沒有什麼頭緒？」
神樂搖了搖頭。
「我完全沒有聽說過，可能是她個人的研究，和DNA偵查系統並沒有任何關係。」
「我也這麼認為，總之，你把這件事記在心上。」
「我知道了。」
「解析頭髮大概需要多少時間？」
神樂看了手錶，時間是下午一點多。
「我馬上交給分析組，核酸序列要到傍晚才能出爐，之後會輸入系統，最快晚上十點左右就可以有結果。」
「是喔，所以你在系統分析出答案的十點之前都有空吧？」
「是啊，有什麼事嗎？」
志賀露出比剛才稍微柔和的表情說：
「我想難得我們一起吃頓飯，你沒有特別的事吧？」
「是沒有……但只有我們兩個人嗎？」
志賀聽了神樂的問題，搖晃著肩膀苦笑著。
「兩個大男人吃飯也不好玩吧？我想介紹一個人給你認識，當然是女生，而且既年輕，又算是，不，應該是很漂亮，我可以拍胸脯保證。」
「女生嗎？」神樂忍不住皺起眉頭。
志賀露出納悶的表情打量著他。

「我搞不懂，你以前在科警研時，就最受女職員的歡迎，但你完全沒有傳過任何緋聞，你該不會對女生沒興趣？」

「我在戀愛方面很正常，雖然沒有向所長報告過，但我曾經交過女朋友。只是和女生第一次見面時，我會不知道該怎麼和對方相處，所以覺得壓力很大，而且還要一起吃飯……」神樂嘆了一口氣，「會食不知味。」

「所以，你是很容易緊張。不必擔心，有我在，而且你以後和她在工作上也會有密切的接觸。」

「工作？是怎樣的女生？」

「不久之前，在美國研究ＤＮＡ的罪犯側寫。雖然在美國長大，卻是百分之百的日本人，日文當然也很流利。她接下來這段時間會在我們研究所工作，學習我們ＤＮＡ偵查系統的技術。」

「我第一次聽說這件事。」

「因為蓼科兄妹發生了那樣的事，所以一直沒機會說，不過也是臨時決定的。一方面有ＮＦ13的事，你也需要助手。」

「我一個人也——」

神樂的話還沒說完，志賀就伸手制止了他。

「這是所長命令，不得違抗。」

「……好吧。」神樂小聲回答。

「我和她約好七點在青山見面，你到附近時，再打電話給我。」志賀說完後站了起來，直接走了出去。

神樂聳了聳肩，撇著嘴，再度拿起玻璃盒子。

最後一次見到蓼科耕作時，他說有關於ＮＦ13的事要和自己談，而且還補充說，內容有點複雜。

蓼科兄妹知道有關ＮＦ13的情況嗎？如果認為是因為這個原因遭到殺害，似乎很合理，只不過他們到底知道什麼？之前以為是因為數據不足，才無法找出ＮＦ13，難道不是這樣嗎？

神樂搖了搖頭，站了起來，他告訴自己，一切要等到解析這根頭髮的ＤＮＡ之後才能見分曉。

14

淺間將視線從螢幕上移開，用雙手按摩著眼睛。雖然是快轉的畫面，但持續看二十四小時的監視畫面，眼睛難免會疲勞。

他把代替菸灰缸的空罐拉了過來，拿起了菸盒。才剛買的香菸，已經有一大半都空了。

「你菸抽得很兇啊。」一旁的富山驚訝地說道。

「啊，不好意思。」

淺間正準備把菸放回菸盒，富山慌忙搖著手說。

「你別放在心上，我並不是在挖苦你，只是覺得對身體不太好。」

「我在三十年前就知道對身體不好，但怎麼也戒不掉啊。」

「我有一個朋友也一樣，無論去哪裡，都要先確認那裡有沒有吸菸的地方。你不必介意，如果因為不能抽菸的壓力，導致影響了工作效率，那就是本末倒置了。」

「對不起，那我就失禮了。」淺間又叼了一支菸。警衛室原本禁菸，但富山特別同意他可以抽菸。

吐了一口煙之後，淺間再度看向螢幕。

「無論怎麼看，都沒有看到任何人靠近。」

「七樓嗎？」富山也從旁邊探頭張望。

「緊急逃生口那裡。雖然有好幾個人去了七樓，但完全沒有人靠近緊急逃生口。只有在案發前一天晚上十點左右，有一名年輕警衛靠近。」

「那是巡邏的時候。」

「對，我也向當事人確認了，當時緊急逃生口的門是鎖住的。當然，如果他是兇手，情況又不一樣了。」

富山輕聲笑了笑。

「我認為他值得信賴。」

「我也沒有懷疑他，在案發當時，他在家裡睡覺，這個星期他上晚班。」

「我們每兩個星期輪班一次。」

「真辛苦啊。所以，案發前一天晚上十點，緊急逃生口的門是鎖著的，直到案發之前，都沒有人靠近。如果兇手是從緊急逃生口進出，到底是怎麼打開門鎖的？」淺間抓著頭，「我問了好幾次，但七樓緊急逃生口的鑰匙真的只有三把而已嗎？」

「只有三把而已。醫院本館的事務局內有一把，這裡有一把，還有一把在負責建築物維修那家公司的窗口那裡，至少我聽說是這樣。」

淺間叼著菸，點了點頭。他已經從建造這家醫院的建築公司窗口聽說了這件事，但凡事都有表面文章和隱情，他猜想其中會不會有什麼秘技，所以才向富山確認。

三把鑰匙的下落也已經確認，的確保管在富山所說的地方，當然也沒有被動過的痕跡。鑰匙內部有IC晶片，所以不可能複製。

既然這樣，只有一個方法打開緊急逃生口的門。那就是有人從內部打開。

問題是並沒有任何人靠近緊急逃生口。這到底是怎麼一回事？

螢幕上顯示的是命案即將發生之前七樓的情況。數字顯示為十八點十一分，當數字變成十八點十二分後不久，畫面就變成一片漆黑。

「我已經說過好幾次，在畫面消失的兩、三分鐘後，我就去了七樓。」富山說。

「我知道，電梯的監視器也證明了這件事，你到七樓時是十八點十七分。」淺間把香菸的灰彈進了空罐內。

十八點十二分到十七分之間的五分鐘，是兇手可以自由使用的時間。兇手可能在這段時間內從緊急逃生口進入，槍殺了蓼科兄妹後，再度從緊急逃生口逃走。

共犯會不會也是在這個時候打開了緊急逃生口的門？但是，目前已經確認，在監視器的螢幕畫面消失後，只有富山搭電梯上樓。也就是說，當時共犯就已經在七樓了。

原本靠在椅背上的淺間坐直了身體，把香菸在空罐中捻熄了。

還有一個可能性——

蓼科兄妹的其中一人，或是兩個人都是共犯。

不，共犯這個字眼不夠貼切。但可以認為他們並不知道自己會遭到殺害，所以才會開了門，讓某個人進來。為什麼不搭電梯？因為不想讓別人知道，那個人去了蓼科兄妹的房間嗎？但是，有監視器，即使走緊急逃生門，警衛室的人也會看到那個人走進蓼科兄妹的房間。

難道那個人——蓼科兄妹的其中一人，也知道監視器停擺了嗎？但他們應該知道，一旦發生這種情況，警衛會立刻趕到。難道他們打算讓入侵者在此之前逃走嗎？他們如此大費周章，到底要讓誰進來？而且只有短短的幾分鐘而已。

「怎麼了嗎？」淺間突然沉默不語，富山擔心地問道。

「不，沒事。」淺間露出親切的笑容，準備伸手去拿香菸，但覺得不太好意思，中途把手縮了回來。

雖然好像看到了一線光明，但微弱的光明像仙女棒一樣漸漸消失。這次的事件很棘手，被害人有太多不解之謎。

「不好意思，影響了你的工作。」淺間站了起來。

「好像沒幫上什麼忙。」富山語帶遺憾地說。

「不不不，」淺間搖著手，「因為這裡有監視器，所以才能確定兇手的行動，問題在於監視器沒有拍到的部分，我們必須查明真相，卻完全沒有著力點，真是太窩囊了。」

「千萬別洩氣，請你們一定要趕快逮捕兇手。我和那對兄妹雖然沒有太深入的交往，但我很喜歡他們，他們真的很純真，難以想像現在還有像這樣的年輕人。」

「有什麼令你印象深刻的事嗎？」

「有很多啊，最近曾經發生了這樣一件事。我朋友送我巧克力，但我不吃甜食，所以就拿去送給那對兄妹，不過，妹妹當時關在裡面的房間，之後她哥哥向我道謝，說他妹妹很高興。我問他，是不是喜歡巧克力，他回答說，是喜歡巧克力的袋子。」

「袋子？」

「巧克力裝在一個漂亮的袋子裡，我記得是藍色的條紋圖案，上面繫了一個小蝴蝶結。聽哥哥說，他妹妹很喜歡這種可愛的東西，但如果穿在身上，或是使用那麼可愛的東西，會被人嘲笑，所以從來沒有自己買過。」

「為什麼會被人嘲笑？」

「因為，」富山吞吐了一下後，繼續說道：「因為她很在意臉上的胎記啊，她好像認為，像自己那樣的人喜歡可愛的東西，別人會覺得很滑稽。我猜想她小時候可能遇到過這種事，想到這裡，就覺得她很可憐。」

淺間想起之前水上介紹過蓼科早樹的身世，因為臉上有胎記的關係，導致她變得很內向，也因此培養了特異的才能。

「所以，在別人眼中只是一個很簡陋的袋子，對妹妹來說，是很重要的東西。之後我去他們房間時，看到那個袋子摺得很整齊放在那裡，忍不住有點感動。」

淺間點了點頭。如果不瞭解被害人的情況，會以為是年幼少女的故事。當然，富山能夠發現這些小事的感性也很值得尊敬。

「我並沒有洩氣，一定會抓到兇手。」淺間斷言道，「日後還會向你請教很多，到時候還請你多幫忙了。」

「好，隨時都沒問題。」富山站直了身體說。

淺間走出警衛室，認為有必要多瞭解被害人的情況。

15

神樂在晚上七點整來到青山。他走在青山大道的人行道上，打電話給志賀。志賀指定了離他所在的位置走路只要幾分鐘的日本料理店。

一小段坡道下方，有一棟數寄屋式的房子。神樂進去之後，立刻被帶進了包廂，志賀和一名年輕女人面對面坐在包廂內，正在等他。

「對不起，讓兩位久等了。」神樂低頭打招呼。

「我來介紹一下，這位就是我白天和你提過的白鳥小姐。」

「我姓白鳥。」年輕女子面對著神樂跪坐著，拿出了名片。名片上印著「白鳥里沙」的名字。

神樂也拿出自己的名片，然後重新打量著她。她有一頭齊肩的漂亮黑髮，五官很有日本味。雖然是單眼皮，但眼尾上揚，注視著神樂的眼神也很銳利。

神樂坐在志賀身旁。雖然是榻榻米包廂，但腳可以伸到桌下騰空的空間。

「頭髮的情況怎麼樣了？」志賀問。

「已經按照原定計畫，確認了核酸序列，目前正在同時進行罪犯側寫和資料庫的比對工作，如果快的話，兩個小時後，結果就會出爐。我已經設定完成之後，會自動將粗略結果傳到我的手機上。」

志賀心滿意足地點了點頭，然後轉頭看向白鳥里沙。

「神樂從DNA偵查系統的開發階段就開始參與，可以說比任何人更瞭解系統的全貌，只要有不瞭解的地方，任何事都可以問他。」

白鳥里沙露出微笑，用好奇的眼神看向神樂。

「不光是CIA和FBI，美國的各大組織都對日本的DNA偵查系統興趣濃厚，尤其對檢索系統有極大的關心，我希望能夠學習這方面的知識，還請你多多指教。」

「只要我力所能及，當然鼎力相助……但有所謂智慧財產權的問題，所以還必須請示上級。」

志賀緩緩搖了搖頭。

「關於專利的問題，都已經談妥了。今後，日本將和美國合作建構整個系統，打算建立雙方共享資料庫的架構。更長遠的計畫是希望能夠管理全世界人口的DNA資料，無論在哪裡發生刑案，都可以立刻進行比對。這是我以前就曾經和你談過的構想，我們又朝夢想邁進了一步。」

「實在太棒了。」白鳥里沙說話時很用力，「一旦真的實現，或許可以打造一個沒有犯罪的世界。當然，我相信必須等到遙遠的未來才能真正實現，因為光是蒐集全世界人口的DNA資料，就需要花費好幾年的時間。」

「這件事仍然是令我們頭痛的問題，神樂為了這件事也很努力，最重要的是，一般民眾很難理解，他們似乎認為會變成可怕的管理社會。」

「美國開始用DNA進行罪犯側寫時，也曾經遭到很多反彈，大部分民眾對於藉此確定嫌犯人種這件事很排斥，但我認為目前應該已經得到了民眾的理解，最重要的是讓成果說話。」

白鳥里沙在說這番充滿自信的話時，房間的紙拉門打開了，服務生走了進來。看到服務生俐落地放滿桌子的菜餚，白鳥里沙發出了感嘆的聲音。

啤酒也送了上來，志賀為白鳥里沙的杯子裡倒酒後，也準備為神樂倒酒。神樂用手蓋住了杯子。

「不好意思，我等一下還要工作。」

「我知道，但機會難得，大家一起乾杯吧。」

「乾杯嗎？」神樂垂下視線。

「是啊，你有什麼意見嗎？」

「不是有什麼意見，才剛發生那樣的事件，乾杯似乎不太妥當。」

志賀拿著啤酒瓶，露出凝重的表情。

「這是為歡迎白鳥小姐而乾杯，不要那麼不近人情。」

「志賀所長，我覺得神樂先生的話很有道理。我很感謝你的心意，但今天還是免了吧。等破案之後，我們再來好好乾杯。我今晚也不喝酒。」
神樂驚訝地眨了眨眼睛，「不，妳不需要這麼做，妳請隨意喝。」
「那怎麼行，我打算從今天晚上開始協助你。既然你不喝，我當然也不能喝。」雖然她的嘴唇綻著笑容，但眼神很銳利。
志賀拿著啤酒瓶，皺起了眉頭。
「真傷腦筋，不喝酒的歡迎會嗎？」
「志賀所長，你請喝吧。」白鳥里沙拿起手邊的啤酒瓶，遞到志賀面前，「就當作是歡迎會兼作戰會議，神樂先生，對不對？」
「那我就來一點吧。」志賀拿起了杯子。
沒有乾杯的聚餐終於開始了。白鳥里沙每吃一口菜，臉上就露出豐富的表情，表達了有點誇張的感動。
神樂加入他們談話時，不時看著手錶。系統轉寄結果的時間快到了。
「你果然很在意工作的事。」白鳥里沙說。
「不，沒有啦。」
「當然會在意啊，畢竟不是普通的事件。」她露出嚴肅的表情，「蓼科早樹小姐在美國也很有名，她遭到殺害，不光是對日本，也是全世界的損失。」
「我已經向她說明了大致的情況，」志賀對神樂說，「也告訴她這是只有相關人員才瞭解實情的秘密事件。」
「我也很受打擊，因為我正準備來學習ＤＮＡ偵查系統，結果創造這套系統的人竟然遭到了殺害，真不知道該說什麼。」白鳥里沙露出悲傷的眼神搖了搖頭，「這必然成為我協助你的第一起事件，說起來真的很諷刺。」

神樂驚訝地看著志賀。

「這次的事件我可以一個人進行。」

志賀在自己面前揮著筷子。

「既然她已經來了，就讓她幫忙，還是有什麼問題？」

「不，那倒不是……」

「我剛才也說了，我打算從今天晚上開始，就擔任你的助理，請多指教。」白鳥里沙再度深深鞠躬。

神樂無奈之下，也只能簡短回答：「請多指教。」

志賀開始向白鳥里沙介紹蓼科兄妹的情況。雖然他說話的語氣，好像是他發現了蓼科早樹的能力，但神樂並沒有插嘴。

在料理差不多上到後半段時，神樂的手機響了。他從上衣內側口袋裡拿出電話，志賀和白鳥里沙也停止交談，看著他的手。

「系統傳來什麼結果了嗎？」志賀問。

「罪犯側寫似乎已經結束了。性別是男性，血型是ＡＢ型的Ｒｈ陽性，身高一百七十五，誤差為正負五公分——」神樂把液晶螢幕上顯示的內容讀出來後抬起頭說：「不符合。」

志賀不發一語地皺起眉頭。

「不符合什麼？」白鳥里沙問。

「不是ＮＦ13的意思，之前罪犯側寫的結果，血型是A型，推測出的身高較矮。」

神樂再度低頭看著液晶螢幕，「體型和頭髮的顏色也不一樣……」

「所以，殺害蓼科兄妹的並不是ＮＦ13嗎？但是，為什麼手槍一致？兩個不同的人使用了同一把槍嗎？」志賀抱著雙臂。

「會不會是共犯？」白鳥里沙問。

「很有可能。」神樂點了點頭，「ＮＦ13犯的案子和這起事件的性質完全不同，有某種關係的兩個人，基於不同的目的使用了同一把槍殺人的說法最合理。」

「檢索系統的結論呢？」

「目前還沒有出爐。」

「啊呀啊呀，明天的會議上一定會議論紛紛。」志賀一臉沮喪，繼續吃了起來。

神樂滑動著液晶畫面。雖然他並不記得ＮＦ13的所有內容，但除了血型、體格和頭髮的顏色以外，還有幾項特徵也完全不同，應該可以斷定完全是不同的人物。

最後，畫面上出現了根據ＤＮＡ推測的容貌。神樂一看，簡直懷疑自己看錯了，忍不住倒吸了一口氣。

「怎麼了？」白鳥里沙問。她似乎在吃飯的同時，也很注意觀察神樂。

「不，沒事……」神樂把手機放回口袋。

「還有其他問題嗎？」志賀也停下了筷子。

「不是，罪犯側寫的結果只有一部分的內容傳到手機，詳細情況要回研究所後才知道……」

「在明天開會之前準備好，要讓警視廳那些死腦筋的傢伙也看得懂。」

「我知道了。」

「警視廳的人都很死腦筋嗎？」白鳥里沙問志賀。

志賀用鼻子哼了一聲。

「高考組的人還不至於，但那些從第一線升上來的傢伙中，有不少人仍然相信辦案就是要四處打聽，我們會慢慢教育他們。」

「呃，所長……」神樂打斷了他們的談話，「不好意思，我可以先告辭嗎？檢索系統的結果快出來了，我想馬上開始工作。」

「這麼急幹嘛？再坐一下吧，主菜還沒上來呢。」

「其實，我在傍晚已經吃了東西，所以現在很飽。雖然美食當前，真的有點可惜。」

「是喔……」

志賀一臉難以釋懷的表情，白鳥里沙也一臉訝異地看著神樂。

「兩位慢慢用，不好意思，我先走一步。」

神樂不等他們發問，就鞠躬站了起來，打開紙拉門時，剛好和服務生擦肩而過。

「先生，廁所在這裡。」

神樂不理會服務生對他說話，走向玄關。

走出餐廳，搭上計程車，對司機說了聲「去有明」之後，神樂拿出手機，再度打開了剛才的圖片。出現了一張男人的臉。

怎麼會這樣——？

圖片中的臉很像神樂。

16

神樂衝進研究室，站著操作系統的電腦。首先在螢幕上打開了ＤＮＡ的罪犯側寫結果，上面羅列的身體特徵和他完全一致，然後，他又在螢幕上打開合成照。

雖然髮型不同，但男人的正面合成照就是神樂。由於是３Ｄ合成照，所以可以改變角度，他從各個不同的角度打量著合成照，無論怎麼看，都是自己的臉。

他又接著進入了ＤＮＡ檢索系統，結果應該已經出爐了，他敲打鍵盤的手指發著抖。

不一會兒，結果顯示在螢幕上。檢索的結果如下。

神樂龍平　符合率九十九．九九％——

神樂一陣暈眩，在椅子上坐了下來。他感到輕微的頭痛。

現場採集到的毛髮是神樂的，這件事已經不容置疑。為什麼會有這種事？他絞盡腦汁思考著。

神樂回溯記憶。案發之前，他曾經去過蓼科兄妹的房間，難道是當時掉落的頭髮？之後因為某種原因，沾到了蓼科早樹的衣服上？

不對。他搖了搖頭。

自己去他們房間只有短短一、兩分鐘而已，而且只是打開門，走進房間而已。即使真的掉了頭髮，也不可能沾到蓼科早樹的衣服上。而且，聽志賀說，早樹身上的衣服是在案發兩個小時之前剛送去的。

難道是鑑識小組不小心把神樂的毛髮混入採集物中嗎？那些鑑識人員都是佼佼者，不可能犯這種初級的疏失。

他完全搞不清楚狀況，為此煩惱時，手邊的燈亮了。有人進入了研究室。但是，除了神樂以外，只有志賀能夠自由出入這裡。難道是志賀回來了嗎？

他屏住呼吸，聽到了聲音。

「神樂先生，你在這裡嗎？」

是白鳥里沙的聲音。神樂慌了手腳，不能讓她看到罪犯側寫和比對的結果。

白鳥里沙敲了這個房間的門，他慌忙按了操作板上的幾個按鍵。

「神樂先生，」門外響起說話的聲音，「你在這裡嗎？」

「是，請問是哪一位？」神樂大聲問道。

「聽聲音是神樂先生，我是剛才和你見面的白鳥。」

「等一下，我剛好在忙。」

操作板上的小門打開了，一塊十公分見方的薄板退了出來，上面以數位資料的形式記錄了DNA序列的資料。神樂他們稱這塊薄板為D卡。

神樂把D卡放進衣服的口袋後，跑到門口，把門打開一條縫。白鳥里沙對他露出笑容。

「太好了，這棟建築物太複雜，我有點迷路了。雖然志賀所長已經詳細向我說明過了。」

「妳怎麼會來這裡？」

聽到神樂的問題，她露出笑容，同時有點意外地眨了眨眼睛。

「你不是在工作嗎？既然這樣，我就要來幫忙啊。我可不是特地從美國來日本吃美食的。」

「志賀所長呢？」

「他知道我要來這裡，進來時的密碼也是他告訴我的。」

她似乎想要擠進來，神樂伸手制止了她。

「我很感謝妳來幫忙，但今天晚上不用了，我一個人就行了。妳剛到，應該很累了，明天再開始工作也不遲。」

「那怎麼行？你不是在解析殺害蓼科兄妹的兇手嗎？這麼重要的案例，當然應該從一開始就參與。」白鳥里沙雙眼發亮地說。

這個女人真麻煩。神樂很想這麼說，但還是忍住了。

「不好意思，今晚就請妳忍耐一下，我想一個人處理。」

「那至少讓我參觀一下。」

「不好意思，容我拒絕，會影響我工作。」

白鳥里沙收起了笑容，單眼皮的雙眼露出銳利的眼神注視著神樂。

「關於我來特殊解析研究所學習技術一事，日美政府之間已經談妥了。照理說，你無權拒絕，但我之所以這麼有禮貌地拜託你，是對你們確立了這麼優秀的技術表達敬意。如果你堅持不讓我參觀，我只能馬上聯絡志賀所長。」
神樂搖了搖頭，一旦聯絡志賀就完蛋了。
「好吧，那我就實話實說了。」
神樂把門打開後請她進來。
她巡視著放了一整排巨大電子儀器的房間後，誇張地聳了聳肩。
「這裡就是你們智慧的結晶啊，有一種很奇妙的感覺。雖然被沒有生命的機器包圍，卻感到很神秘。」
「妳過獎了。正如妳所說的，這些都只是機器而已，所以也會出狀況。」
「出狀況？」白鳥里沙兩道漂亮的眉毛之間皺了起來。即使露出凝重的表情，也無損她的美貌。
「系統出了一點問題，所以今天無法請妳幫忙。」
「出了什麼問題？」
「以目前的現象來說，就是檢索系統無法發揮功能，出現了錯誤。」
「你試試看。」
「我已經試了很多次。」
「我想親眼看一下。」白鳥里沙站在主鍵盤前，回頭看著神樂，「快啊。」
神樂嘆了一口氣，走到她身旁，然後打開旁邊的抽屜，拿出一張D卡。
白鳥里沙睜大了眼睛。
「這就是傳聞中的D卡嗎？將DNA資訊轉換成電腦容易處理的形式，這也是你們偉大的功勞之一。」

「不是我們的功勞，是蓼科早樹的功勞。」

「殺害蓼科早樹的兇手的ＤＮＡ資料寫在這張Ｄ卡上嗎？」

「沒錯。」

這當然是說謊。神樂手上拿的是在採集樣本時，不慎混入了採集者的皮脂，犯下了很初級的疏失、混合了好幾個人ＤＮＡ資料的失敗品。

神樂把假卡放進儀器中，按照正常的步驟開始操作鍵盤。白鳥里沙在一旁點頭注視著，她似乎已經知道這個裝置的使用方法。

「通常需要兩個小時左右，檢索結果才會出爐。」

「沒關係，即使要等十個小時也沒關係。」

「這句話真令人安心啊，但現在不需要這種決心。」

「什麼意思？」

「妳看了就知道了。」神樂請白鳥里沙坐在鐵管椅上，「要不要坐下？雖然不需要十個小時，但至少要等十分鐘。」

「十分鐘？」她納悶地偏著頭，坐了下來。

神樂也坐在椅子上。雖然他努力表現得從容不迫，但內心還是很慌張。

白鳥里沙從皮包裡拿出記事本，露出嚴肅的眼神看著裝置，不知道開始寫什麼。

「妳真用功。」

「是嗎？我只是完成自己的工作而已。」她頭也不回地回答。

她的輪廓並沒有很深，高挺的鼻子不像日本人。雖然只畫了淡妝，但皮膚像陶瓷般白皙而富有光澤。她的美貌在歐美人中，應該也算是美女。

「妳為什麼會選擇這種工作？」神樂忍不住問道。

「像我這樣的人，不能做這種工作嗎？」

「剛好相反，我認為妳可以勝任所有的工作。世界上有很多更加光鮮亮麗的工作，我認為妳更適合那些工作。」

白鳥里沙停下了正在寫筆記的手，看著神樂。她的眼神很冷漠。

「如果你是因為外貌而說這種話，就大有問題。」

「的確有人因為外貌而導致能夠選擇的職業受限。比方說，蓼科早樹如果臉上沒有胎記，可能不會成為數學家。因為我不認為妳有什麼原因非選這個職業不可，所以才會這麼問。如果妳覺得回答很麻煩，可以不必回答。」

「並不麻煩，理由很簡單，就是與其被別人支配，不如成為支配的一方，這樣比較沒有壓力。」

「支配？」

「如果說管理，可能你比較容易理解。美國開始實際運用DNA罪犯側寫時，雖然我年紀還很小，但我覺得以後一切都會受到管理。偽身分證、假名字、假護照，無論偽造任何東西，都失去了意義。只要活在世上，就無法偽造基因。既然由國家管理基因，就等於人生受到了支配。自由這個字眼也就失去了意義。」

「既然妳這麼說，可以加入反對勢力啊。」

白鳥里沙嘴角露出笑容。
「過去有多少反對勢力改變國家方針的例子？國家管理國民的ＤＮＡ已經成為世界的潮流，沒有人能夠阻止，我才不希望自己的人生浪費在這種徒勞無益的事上。」
「所以妳決定成為支配的一方嗎？」
「我知道即使成為支配的一方，仍然會受到管理。但是，我希望能夠瞭解系統，瞭解系統的實際情況。這樣的話，即使發生了什麼狀況，至少能夠接受，自己也要負一點責任。」
「我充分瞭解了。」
神樂點頭回答時，螢幕的畫面出現了變化。各種數據穿越畫面，最後出現了「錯誤」的文字和錯誤代碼。
「妳也看到了。」神樂對白鳥里沙說，「不知道為什麼，系統無法檢索。不知道是數據有問題，還是系統發生了狀況。」
「ＮＦ13之前在檢索系統中不是也找不到相符的資料嗎？」
「如果這個資料是ＮＦ13，就會顯示『NOT FOUND No.13』。因為目前已經輸入了ＮＦ13的資料，雖然不知道那個人是誰，但至少知道是否吻合。」
白鳥里沙抱著手臂。
「如果是系統故障，會是什麼原因呢？之前也曾經發生過類似的情況嗎？」
「電腦系統故障的原因不勝枚舉，至今為止，當然也曾經發生過各種狀況。我打算重新檢查一下整體系統，也許需要重新灌程式，果真如此的話，就需要幾天的時間進行調整。」

「好像很複雜，我一定會幫忙。除錯有助於充分瞭解整個系統。」

「謝謝，但今天晚上就不必了，我也想去向從毛髮中萃取ＤＮＡ的分析小組瞭解一下情況。我準備除錯時，一定會通知妳，在此之前，就請妳等我的通知。」

白鳥里沙聽了神樂的話，不滿地微微揚起尖下巴，但嘴角立刻浮現了笑容。

「好吧，大約是什麼時候？」

「目前還無法斷言，這兩、三天內應該可以聯絡妳。」他在說話的同時結束系統，剛才的假Ｄ卡也彈了出來。

「明天要怎麼辦？」白鳥里沙問。

「明天？」

「不是要在警察廳開會嗎？我記得你要在會議上報告解析的結果。」

神樂差一點咂嘴。他幾乎忘了這件事。

「目前這種狀況，根本沒辦法報告。我會向志賀所長說明。」

「你會去參加會議嗎？」

「要看實際情況，但目前打算去參加。」

「志賀所長說，會安排讓我也參加會議。」

神樂注視著白鳥里沙，點了點頭，吐了一口氣。

「那我們明天在警察廳的會議室見。」

「好，那就明天見。」白鳥里沙注視著神樂，收起下巴。

17

離開研究所後，神樂和白鳥里沙分別搭了不同的計程車。他確認了D卡還在上衣口袋裡。

她今天晚上可能就會向志賀報告，志賀一定會覺得很奇怪。姑且不論初期，最近系統從來沒有出過狀況，但志賀應該不可能馬上懷疑神樂。

自己還剩下多少時間？神樂思考著這個問題。如果隱瞞順利，也許可以撐過明天一整天，卻很難繼續隱瞞下去。真正的D卡在神樂手上，要重做一個很簡單。

二十四小時——這是神樂所剩下的時間，必須在這段時間內查明真相。

神樂在一棟俯視東京灣的大廈公寓旁下了計程車，自從在特殊解析研究所工作後，他一直住在那棟大廈公寓內。

位在二十樓的套房四周都是玻璃。並不是他想要住在這裡，而是研究所為他準備的住處。雖然視野佳是最大的賣點，但即使是大白天，他也都會把窗簾拉起來。

除了最低限度的家具和用品以外，家裡什麼都沒有。神樂從桌上拿了報告紙和筆，坐在雙人沙發上。

他注視著報告紙後，深呼吸了一次。拿起了筆，首先寫下了這句話。

致自稱為隆的人——

雖然他並不喜歡這個名字，但既然「他」用這個名字，也只能這麼叫他。如果不清楚寫明這封信訴諸的對象，「他」應該也會感到困惑。

蓼科早樹的衣服上為什麼會有神樂的頭髮？假設警方這麼問他，他無法回答這個問題。因為在蓼科兄妹遭到殺害時，他失去了意識。

如果只是失去意識，問題還比較簡單，但他的情況特殊。雖然失去了意識，但身體未必什麼都沒做。不，身體的確在活動，只是控制身體的不是他，而是「他」。

因此，關於頭髮的事，「他」應該知道某些事。聽水上說，雖然神樂不知道「他」的意識發揮作用期間的事，但「他」觀察神樂的行為，也瞭解自己周遭發生了什麼事。既然這樣，「他」應該察覺到神樂目前六神無主。

神樂再度拿起了筆。

客套話就省略不說了，應該也不需要說明為什麼寫這封信給你，有一件事，無論如何都要問你，當然是關於蓼科早樹的事。

寫到這裡，他停了下來。他重新看了自己寫的內容，發現文體有似曾相識的感覺。神樂之前也曾經寫給「他」一封信。得知自己的身體中還有另一個人格存在時，水上要求他這麼做。

「隆雖然能夠看到你的行動，卻不瞭解你的內心，你必須坦誠告訴隆，自己帶著怎樣的心情，努力接受另一個人格。你們在未來相當長的一段日子中，必須相互理解，有時候必須彼此忽略。萬事開頭最重要，不必虛張聲勢，把真實想法寫在信上。」

神樂至今仍然能夠清楚地回憶起當時寫給「他」那封信的內容。

初次見面。這樣寫或許有點奇怪，姑且不論你的情況，但我之前完全不知道你的存在，所以真的是「初次見面」。

得知自己身體中還存在了另一個人格，我驚訝不已，完全不知道為什麼會發生這種事。水上教授接下來將找出其中的原因，如果你知道什麼，希望你告訴我。你好像是在爸爸去世時出現的，如果你可以告訴我當時的情況，或許有助於我釐清一些頭緒。

目前的我非常不知所措，老實說，我不知道該怎麼和你相處。說句心裡話，我很希望趕快擺脫這種狀況，也就是希望你趕快消失。

我這麼寫，你一定很不舒服。但是，水上教授要求我寫實話，據說只有這樣，我們才能夠和睦相處。因為就連教授也不知道這種狀態會持續多久，也許一輩子都會這樣。果真如此的話，的確必須在一開始，就讓彼此瞭解內心的真實想法。

既然目前無法馬上擺脫這種狀況，我們就必須考慮一下現實。也就是說，未來的生活中，如何才能夠避免對雙方造成不利。

首先，我來寫一下我的希望和提議。

第一，原則上，我不希望周遭的人知道你的存在。當然，目前除了水上教授以外，沒有人知道我們的事，大家只知道我的人格，也以為這是我所有的人格。我不認為改變這種情況有什麼好處。但我想你恐怕無法接受，因為既然周圍的人眼中的神樂龍平是我的人格，在你支配肉體時，你也必須扮演我的人格。關於這個問題，我們需要好好溝通。

第二，不要干涉和影響彼此的生活。我會按自己希望的方式生活，我相信你也一樣，但既然我們共用同一個肉體，某些方面就必須讓步。希望你能夠明確地告訴我，包括你希望怎樣生活在內的各種想法。

第三，也許這是最重要的問題。那就是關於我們治療的問題。如果接受了水上教授的治療，治好了這種症狀，可能意味著我們其中一方或是雙方都會消失。即使這樣，我仍然打算繼續接受治療，不知道你對這件事有什麼想法。

寫信給自己很奇怪，但我認為你是另一個人，希望你也能夠坦誠地告訴我你的想法。

之後，透過水上把這封信交給了「他」。聽水上說，「他」拿到信之後，「幾乎面不改色地快速看完了信」。只要思考一下就不會感到意外，因為神樂在寫信時，「他」也醒著，透過神樂的眼睛，看到了信上寫了什麼內容。

「他」看完信之後，把信紙翻了過來，直接在上面寫回信。神樂反覆看了好幾次，所以也記得「他」的回信內容。

「又不是我的錯。」這是回信的第一句話。

又不是我的錯，雖然我的存在讓你感到困擾，但我也不知道為什麼會這樣。

回答你的問題。

關於第一個問題，我也有同感。我也不想被其他人知道，也不想和任何人接觸，所以對你來說，並沒有任何問題。

第二個問題，我也有同感，我對你的人生沒有興趣。
我完全不在意第三個問題，我會在屬於我的時候，用我的方式度過。就這樣。

神樂看了回信後很火大。自己的措詞很客氣，那傢伙的回應竟然這麼冷漠。「他」的筆跡也和神樂的不同，字跡潦草雜亂。

之後就不曾有任何書信往來，而是透過水上，交流彼此的想法，最後決定了幾件事。首先是名字。為了和神樂加以區別，「他」自稱為「隆」。當神樂得知「他」想要叫這個名字時，覺得「他」太矯情了。

隆提出要有一個可以繪畫的環境，希望能為他準備指定的顏料、畫布和房間，同時還要求，任何人不得擅自走進那個房間。

神樂提出了人格反轉的週期。他希望兩個星期一次。隆對此回答說，如果是兩個星期一次，那希望自己的人格能夠維持超過十個小時。根據以往的經驗，使用反轉劑時，只能維持五個小時的人格。神樂和水上商量之後，決定將人格反轉的週期定為一個星期一次。

至今為止，雙方都沒有破壞這個約定。所以，只有少數幾個人知道隆的存在，「他」不曾造成神樂的困擾，神樂也沒有給「他」添任何麻煩。

在這個世界上，有一個熱中於畫畫的陌生人——對神樂來說，隆只是這樣一個人。因為絕對不會遇見，所以無視「他」並不是一件困難的事。只有在研究基因和心靈的命題時，才會意識到他的存在。

神樂再度低頭看著書面報告。

他覺得是因為受到上次回信的影響，自己這封信才會寫得這麼直言不諱。可能在無意識中覺得既然對方是那種態度，自己也不必太客氣。

他繼續寫了下去。

我相信你應該也知道了，蓼科早樹的衣服上有我的頭髮。因為我完全不知道是怎麼一回事，所以原因應該在你身上。希望你馬上向我說明，到底是怎麼一回事。我先聲明，這裡沒有繪畫的工具，你可能會覺得無聊，但只能請你忍耐了。我等你的回答。

神樂重新檢查了內容後站了起來，打開書桌的抽屜，從裡面拿出一個像是香菸盒的盒子，走回了沙發。

他放好菸灰缸，從盒子裡拿出很像香菸的反轉劑。

調整呼吸後，把反轉劑叼在嘴上，拿起了打火機，點了火，讓肺部吸了滿滿的煙後吐了出來。然後重複了好幾次。

他靠在牆壁上，古董石英震盪器時鐘發出滴答滴答的聲音。

神樂皺著眉頭，把反轉劑從嘴邊移開後注視著。

真奇怪——

平時這個時候，早就已經失去了意識，從來不曾耗費這麼長的時間，但現在腦袋仍然很清醒，甚至沒有意識朦朧的感覺。

他在菸灰缸中捻熄了剛才那支反轉劑，猶豫了一下，又拿出一支新的反轉劑放在嘴上。他和剛才一樣點了火，用力吸了一口，然後閉上眼睛，努力使心情平靜。

但他很快就睜開了眼睛，快速吸了幾口之後，把煙吐了出來，再度把變短的反轉劑在菸灰缸內捻熄了。

他感到輕微的頭痛，但只是這樣而已，意識仍然很清晰，和吸反轉劑之前完全一樣。

神樂站了起來，在房間內徘徊。他打開窗簾，注視著自己在玻璃窗上映照的身影。外表當然沒有任何變化。

這是怎麼回事？人格為什麼沒有反轉？

神樂想打電話給水上，但距離上次使用反轉劑還不到兩天，如果水上問及為什麼再度使用反轉劑，他一時想不到適當的藉口。

他看向放在桌上的反轉劑盒子，打算再吸一支。但是，水上嚴格禁止他連續服用反轉劑，他已經吸了兩支，繼續使用太危險。而且，既然兩支無效，第三支恐怕也一樣，他認為應該有其他的原因。

他走去盥洗室，用冷水洗臉，正視鏡子中的臉。

「怎麼了？」神樂對著鏡子問，「為什麼偏偏今天不出來？趕快出來，向我解釋清楚。」

說了這句話之後，他恍然大悟。

神樂以前從來沒有想過「他」是否能夠控制人格反轉這件事，一直以為只要使用反轉劑，「他」就一定會出現。但是，假設不是這樣——

「他」看了信的內容。一旦出現，就必須回答問題，所以他決定不現身。如果是因為「他」的意志導致人格無法順利反轉，就代表「他」有隱情，無法回答神樂的問題。

神樂瞪著鏡子中的臉。

「你殺了蓼科兄妹嗎？」

就在這時，玄關的門鈴響了。聽聲音不是在大門按門鈴，而是在房間的門口。

神樂皺起眉頭。他不曾同意任何人可以不請自來，更何況現在已經是三更半夜了。

他走去玄關，從貓眼向外張望。

一名少女站在門口，但看不清楚她的臉。

神樂偏著頭，打開了門。

「你好。」少女說著，露出微笑。

神樂沒有說話，注視著她。她的年紀不到二十歲，頭髮很長，穿了一件白色洋裝。

神樂見過她的臉。

她就是畫布上的那名少女。

18

「妳……是誰？」神樂問。聲音有點沙啞。

長髮女生露出不可思議的表情看著他。

「不是他……」

「他是？」

「雖然是同一張臉，但並不是他。我知道了，你是神樂，對不對？」她雙眼發亮地說：「太驚訝了，沒想到可以見到你。我從他口中聽說過你的事，他說你是不敢說真心話的膽小鬼。」

神樂也知道她口中的「他」是誰。

「妳好像和隆說過話。」

「對，和你的另一個人格說過話。」她偏著頭，嫣然一笑。

神樂感到困惑，照理說，只有極少數人知道他有雙重人格。

「妳是誰？」

「我叫鈴蘭。」

「鈴蘭？」

「這是他為我取的名字。這不重要啦，可不可以讓我進去？這裡有點冷。」她皺起眉頭。

神樂遲疑了一下，最後說：「請進。」把門用力打開了。雖然他不太想讓來路不明的女生進來，但有很多事想問她。

自稱是鈴蘭的女生一走進房間，直接在沙發上坐了下來，拿起了放在桌上的雜誌，但很快就放回了原位。她沒有東張西望地打量房間，一雙黑色眼睛看著神樂。

「你也坐下吧。」

神樂把電腦桌前附輪子的椅子拉了過來，在她對面坐了下來。「妳的本名叫什麼？」

「啊？」

「妳的本名啊。妳剛才說暱稱是鈴蘭，我希望妳告訴我本名。」

她不悅地嘟著嘴。

「他從來沒有問過我這種問題，因為名字有什麼意義？只是代號而已。他叫隆，我叫鈴蘭，這樣就夠了。」

「很抱歉，我不是『他』，所以希望妳告訴我真名。」

「如果我不說呢？你就把我趕出去嗎？但你不是想問我很多問題嗎？比起我的本名，我覺得還有很多更重要的事。」

她的語氣聽起來似乎樂在其中，好像在調侃神樂。

「好吧，那就先不問本名這件事。鈴蘭小姐，請妳告訴我妳和『他』之間的關係。妳是隆的什麼人？」

她靠在沙發上，蹺起一雙細腿。

「當然是女朋友啊，但是，別人都不知道我的事，所以你也不要告訴別人。」

「隆的女朋友？」神樂搖了搖頭，「不可能。」

「為什麼？」

「因為隆除了水上教授以外，並沒有和其他人接觸。如果妳是他的女朋友，那妳告訴我，你們是在哪裡認識的？」

「這很簡單啊，是在畫室認識的。」

「畫室？」

「不是在腦神經科病房的五樓嗎？你應該也知道。」

「隆畫畫的房間嗎？」

「對，我們就是在那裡認識的，你應該也知道，他在畫我的畫。」

沒錯。眼前的鈴蘭正是畫布上的樣子，服裝和髮型也都一樣。

「我不懂。」神樂說，「除了我們以外，其他人禁止進入那個房間，妳不可能在那裡和他見面。如果妳進出那個房間，監視錄影機一定會拍到。」

鈴蘭聳了聳肩，偏著頭說：

「那根本是小事一樁，攝影機只是機器的眼睛，只能從光學的角度捕捉事物，要騙過機器很簡單，超簡單。」

「要怎麼做？」

神樂問，她不耐煩地皺著眉頭。

「神樂，這種問題有什麼意義？我和他怎麼見面根本不重要，還是你在看戀愛劇時，非要搞懂情侶之間約會和聯絡的方式嗎？通常不是會在意兩個人如何相互吸引，怎樣度過在一起的時間嗎？至少我是這樣。」

神樂嘆著氣。

「我從來不看戀愛劇，但是算了，我不再追問你們是怎麼見面這件事了，反正我以後也會知道。那我換一個問題，你們在一起時幹什麼？妳和他聊什麼？」

鈴蘭開心地瞇起眼睛。

「對嘛對嘛，就是要這樣問。我們在一起的時間很美好，說得具體一點，就是他在畫畫時，我在一旁看著他。對我們來說，這是最幸福的時光，不會受到任何人打擾的寶貴時間。」

「在我使用反轉劑轉換人格後，你們兩個人每次都這樣嗎？」

「對啊，在他消失時，我也會離開畫室，所以我一直以為不可能見到你。」說完，她抱起纖細的雙臂，打量著神樂的臉，「但是太奇怪了，為什麼今天是你？為什麼不是他呢？」

「我還想問這個問題呢，我吸了兩支反轉劑，卻完全沒有任何變化，到底是怎麼回事？」說完，他搖了搖頭，「即使問妳，妳也不可能知道。」

「我以為可以見到他，所以才會來這裡。」

「關於這件事，我也想問妳。妳為什麼會來這裡？為什麼覺得會見到他？妳應該不知道我使用了反轉劑吧？」

鈴蘭為難地皺起眉頭。

「我必須要向你解釋嗎？」

「我很想瞭解。」

「說實話，其實我也不太清楚，如果硬要說的話，就是聽到了呼喚。」

「呼喚？」

「他呼喚我。」鈴蘭說：「隆會呼喚我，呼喚我的心靈。我感應到之後，就會去他指定的地方，於是就會見到他。」

「難以相信，簡直就像是心電感應。」

「不行嗎？現代科學已經證明，的確有心電感應這件事，你不願意接受嗎？」她露出了意味深長的笑容，「我記得隆曾經說，神樂只相信計量器和電腦認同的東西，還說你的生活方式很不方便。」

神樂抱著雙臂，注視著鈴蘭的臉，想要分辨她是真的在說心電感應的事，還是只是玩弄他而已。但是，她仍然保持著笑容，似乎不想被他看透心思。神樂甚至無法分辨出那是別有用心地笑，還是發自內心地樂在其中。

「所以，妳是因為聽到他的呼喚來這裡嗎？」

「當然啊，所以覺得他不在這裡很奇怪，到底是怎麼回事？」

「他怎麼呼喚妳？」

「我無法用說的解釋，心電感應就是這麼一回事。」

神樂抓著頭。眼前這個女生掌握了重大的關鍵，他卻無法問出任何有用的資訊。

「隆在畫畫時，妳也在旁邊，對嗎？他有沒有告訴妳，為什麼要畫畫？」

「有啊，他說是在解放靈魂。」

「是喔，還真酷啊。」

「他似乎知道自己為什麼會存在，關鍵好像就隱藏在他的畫中。」

「存在？關鍵？他的畫中隱藏了雙重人格的秘密嗎？」

「他說，只要神樂發現了關鍵，就可以解開所有的謎。但他也說，你應該不可能發現。你好像不瞭解他的畫有什麼意義。」

「哪一幅畫？他不是畫了很多嗎？」
「他畫的是看不到的東西。比方說，你不是知道他畫了很多手嗎？」
「手的畫嗎？我知道啊，而且的確不瞭解其中的意義。」
「那是你也看到，卻也看不見的東西，所以才會搞不懂其中的意義。」
神樂用右手的拳頭按著自己的太陽穴。
「簡直就像是禪問答，妳說話為什麼要這麼拐彎抹角，不能直截了當嗎？」
鈴蘭露出悲傷的眼神搖了搖頭。
「不好意思，我無法進一步說明。關於這個問題，你只能靠自己解決，否則就無法擺脫詛咒。」
「繼心電感應之後，又是詛咒嗎？和妳說話會頭痛。」
「那就不要說了？」
「不行，我還想問關於他的事。不瞞妳說，我寫了封信給他，但因為反轉劑無法發揮功效，所以我正感到傷腦筋，我希望妳代替他告訴我。」
「好啊，只要我能回答。」
「妳一定能夠回答。因為妳直到最後都和他在一起，請妳告訴我他當時的情況。」
「情況？和平時沒什麼不一樣啊。那天，他按照之前的約定為我作畫。因為這是我第一次當繪畫的模特兒，所以有點害羞，但還是覺得很高興。他打量我的眼神很溫柔，就讓我的心也感到溫暖了。」
「他在畫畫時說了什麼？」

「說了很多啊，一些陌生國家的事。」

「陌生國家？」

「只存在於他腦海中的國家，沒有歧視，也沒有戰爭，更沒有犯罪。人們對大自然充滿敬意，大家攜手一起生活。雖然沒有文明的利器，卻具備了更勝於文明利器的智慧。」

「那是繪本中的世界。」

聽到神樂的感想，鈴蘭露出寂寞的微笑。

「他曾經說，神樂一定覺得那是天方夜譚，但對隆來說，目前的現實才不真實，也很納悶為什麼大家喜歡這種好像科幻般的世界。他說，他也不喜歡你的工作。」

「所以呢？他說想要破壞這個世界嗎？」

鈴蘭收起了笑容，露出了嚴肅的眼神。

「他不會有這種激進的想法，只是感到難過而已。」

神樂把視線移開後，再度看著她。

「他一直都在畫畫嗎？沒有做其他事嗎？比方說，他有沒有離開房間？」

「怎麼可能有這種事？他想要一直在那個房間畫畫，沒有其他想做的事。你應該也知道這一點。」

「妳什麼時候離開的？妳剛才說，在他的意識消失之前，妳都會和他在一起，那天也一樣嗎？」

「是啊，看到他靜靜地閉上眼睛，然後陷入沉睡之後，我才離開那個房間。」

「那時候是幾點？」

鈴蘭露出思考的樣子，然後微微攤開雙手，似乎表示投降。

「我不知道時間，因為我沒有手錶。」

「手機呢？」

「沒有，因為我不想被網路束縛。」

「妳竟然能夠在現代社會中生存。」

「這並不是什麼困難的事，大家都有問題。」

神樂看著鈴蘭一派輕鬆地說話，不由得陷入了思考。雖然不知道她有沒有說謊，假設她說的是實話，也無法斷言隆和命案無關。也許隆只是假裝睡著，在她離開房間後又醒來，去了蓼科兄妹的房間。

「隆有沒有提過蓼科兄妹的事？」神樂問鈴蘭。

「哪方面？」

「任何事都無妨，妳剛才不是說，隆不喜歡我的工作嗎？所以他是不是也不喜歡蓼科兄妹？」

鈴蘭把右手放在臉頰上。

「他們只是在做自己喜歡的事而已，隆對這件事應該不會感到不高興，因為熱愛數學和電腦並不是壞事，重要的是如何使用，不是嗎？」

「所以，我們的使用方法錯了嗎？」

「不知道，」她撥起了長髮，「我認為你應該自己思考這個問題。」

神樂感到心浮氣躁，他站了起來，低頭看著鈴蘭。

「妳說話很自以為是啊，妳到底是誰？妳看起來像高中生，到底從哪裡來的？妳的父母是做什麼的？」

神樂努力讓聲音充滿威嚴，但鈴蘭絲毫不感到害怕。她仍然露出意味深長的微笑，一臉納悶地抬頭看著神樂。

神樂正想繼續靠近她時，他的手機響了。

「有電話。」鈴蘭說。

「我知道。」

神樂走向電腦桌，拿起了放在桌上的手機。電話是志賀打來的。他背對著鈴蘭接起了電話。「喂？我是神樂。」

「我是志賀，現在方便說話嗎？」

「沒問題。」

「我聽白鳥說了，系統好像出了狀況。」

「是啊，不知道是什麼原因。」

「怎麼會這樣？如果是初期，還情有可原，最近幾乎沒有發生問題啊。」

「可能因為數據增加，對某個部分造成了負擔。總之，我明天會盡全力進行調整。」

「關於這件事，你似乎也拒絕了白鳥提出的要求，她很想協助你解決問題。」

「我想靠自己查明原因。」

「不要凡事都想自己搞定，她不是客人，必須成為你的理想搭檔。而且系統必須趕快恢復正常，這是很好的機會，讓她協助你，這是我的命令。」

「……好吧。」

「明天的會議上，我會妥善加以說明，雖然可能會被數落幾句。」

「對不起，那就麻煩你了。」

掛上電話後，神樂咬著嘴唇。白鳥里沙果然馬上就向志賀報告了。不能讓她協助檢查系統，一旦這麼做，就會發現系統並沒有任何異狀。只有查明自己的頭髮為什麼會出現在蓼科早樹的衣服上，才能打破目前的僵局，而那件事只有隆清楚。

「關於剛才的事──」神樂轉過頭。

鈴蘭不見了。神樂慌忙在室內尋找，但他住的是套房，既然在浴室和廁所都不見她的人影，代表她已經離開了。

神樂打開玄關的門走了出去，搭電梯來到一樓，快步穿越大廳。但是，即使來到馬路上，也不見她的身影。

19

淺間在半夜兩點多，接到木場的電話。他正在家裡喝威士忌的純酒，這幾年，他不喝點酒就無法入睡。

木場在電話中要求他立刻趕去新世紀大學醫院的警衛室。

「鑑識小組似乎有新發現，明天就要開偵查會議了，你趕快去瞭解詳細情況。」

木場似乎不打算去。淺間意興闌珊地回答了一句：「知道了。」就掛上了電話。他很慶幸在入睡之前接到電話，如果睡著之後接到電話，說話的聲音應該會更不悅。

他搭計程車來到醫院，鑑識小組的三名成員在警衛室內，其中一人是鑑識小組的負責人穗高，警衛富山也在。富山穿著便服，應該也是被臨時找來的。

「我們都很命苦啊。」淺間對富山說。

「不，我無所謂……」

「因為分析耗費了一點時間，所以拖到這麼晚，」穗高說：「明天上午不是要開會嗎？淺間先生，你是偵查工作的負責人，所以我想在那之前，向你報告情況。」

穗高強調了「負責人」這幾個字，似乎在暗示淺間不要為三更半夜被叫來這裡抱怨。

「我認為這樣的判斷很恰當，你說的分析是指？」淺間問道。

「就是這個，我們發現了這個。」穗高說著，拿出一個二十公分見方的扁平金屬盒，上面有好幾個連著電線的接頭。

「在哪裡發現的？」

「在整合監視器訊號的控制板旁邊。之前曾經說過，七樓監視器的電纜被人用遠距離操作的方式阻隔了，結果又發現了另一個機關。我們沒有想到會有雙重機關，所以沒有及時發現，這是我們的疏失。」

「先別急著承擔責任，是怎樣的機關？」淺間催促他繼續說下去。

「百聞不如一見，親眼看一下最清楚。」

穗高把手上的盒子交給了身旁的下屬，下屬俐落地將盒子連在螢幕上。

「好了，」穗高對富山說，「請你像平時一樣使用監視器的螢幕。」

富山一臉茫然地坐在監視器螢幕前，打開了操作盤的開關。所有螢幕的電源都打開了，螢幕上出現了影像。因為是深夜，所有的樓層都空無一人。

「請你們注意七樓的螢幕。」穗高說。

螢幕上是淺間也熟悉的畫面。那是通往蓼科兄妹房間的入口，和平時不同的是，有什麼東西放在靜脈辨識的感應板上。仔細一看，是一隻熊娃娃。

「那是？」淺間問。

「是我放的，好像是不久之前住院的女童遺忘的，因為留在警衛室，所以我借用一下。」穗高回答。

「為什麼要放在那裡？」

「等一下就知道了。」

穗高拿出電話，單手操作著。

「準備好了嗎？請仔細看著畫面。」說完，他最後按了一個按鍵。

淺間凝視著螢幕，發現影像閃了一下。下一剎那，他忍不住「啊！」地驚叫了一聲。前一刻還在畫面上的熊娃娃消失了。

淺間回頭看著穗高，穗高笑了笑。

「請再仔細看一次。」他再度操作電話。

熊娃娃又出現了。但是，除此以外，沒有任何變化。

「這是怎麼回事？」淺間問。

「你目前看到的是真實的影像，是七樓目前的情況。」

「那剛才的呢？」

穗高聽到淺間的問題後，操作電話。熊娃娃又消失了。

「這是假的影像。」

「假的？」

「剛才那個盒子裡有記憶卡，記憶卡中的影像資料代替了監視器所拍到的畫面，顯示在螢幕上。應該是在其他時間拍的影像。」

「裝在控制板上嗎？」

「沒錯。我們在調查之後發現，可以像這樣用電話進行控制，也就是說，只要是瞭解這個機關的人，可以隨時隨地騙過監視器。」

「為什麼要設置這種機關……？」

穗高搖了搖頭。

「我們也不清楚，這會導致監視器失去作用，所以顯然不是醫院方面設置的。」

「是兇手裝的嗎？」

「這樣想應該比較合理。」

「既然這樣，用遠距離操作的方式切斷監視器的電纜又是怎麼回事？」

穗高皺著眉頭說：

「八成是為了欺騙我們的幌子。當螢幕突然黑掉，查明是電纜被切斷之後，通常就不會繼續調查監視器，同時會判斷兇手是在這段時間內行兇，有助於兇手製造不在場證明。事實上，兇手可以在任何時間行兇，因為七樓處於完全不受監視的狀態。」
淺間發出低吟。
「怎麼會這樣！這麼一來，偵查工作又回到了原點──裝設這個裝置大約需要多長時間？」
穗高偏著頭。
「目前看來，這個裝置是手工製作的，能夠製作這樣的東西，必定具備了相當高的技術。如果只是裝設，恐怕不需要三十分鐘，但是應該花了不少時間準備。我認為應該是熟悉內部情況的人所為，這點應該不會錯。」
淺間撇著嘴。
「如果在會議上報告這件事，上面那些人恐怕會大吃一驚。」
「應該吧，或許還有其他令人驚訝的事。」
「什麼意思？」
「只要使用這個裝置，不光是七樓，還可以瞞過其他監視器。比方說，可以在電梯的監視器播放假的影像，兇手就可以搭電梯了。」
淺間搖了搖頭，嘆了一口氣。
「能夠馬上確認這件事嗎？」
「我們接下來會馬上進行分析，一定會趕在明天的會議之前完成的，雖然可能必須熬夜。」
「太辛苦了，那就拜託了。」淺間發自內心地說了這句話，向穗高鞠了一躬。

聽了淺間的報告後，幾個上司果然都眉頭深鎖。

「所以說，這代表七樓的監視器影像消失的那段時間已經不重要了嗎？上次的會議中認為，蓼科兄妹就是在那段時間內遭到殺害的。」那須用不悅的語氣問道。

「如果監視器的影像是偽造的，當然就意味著這樣的結果。」淺間回答。

那須用力咂著嘴說：

「那些人是在搞什麼？還算是科警研的特別鑑識小組嗎？竟然沒有發現這麼重大的事，簡直是廢物。」

「恕我反駁，他們真的很出色。一般的鑑識人員，在查出螢幕黑掉的原因之後，就不會再繼續查下去了，但他們繼續調查，才會發現播出偽造影像的裝置。」

那須聽了淺間的反駁，露出不悅的表情。

「希望這個發現有助於破案。志賀，你那裡的情況怎麼樣，不是說好今天要報告DNA的解析結果嗎？」

志賀一臉尷尬地站了起來。

「很抱歉，因為系統出現故障，今天無法向各位報告，兩、三天之後，結果一定會出爐。」

「系統故障？怎麼回事？」

「昨天晚上，我接到神樂的聯絡，他目前應該正在修復。真的很抱歉。」志賀鞠躬道歉。

難怪神樂今天沒來。淺間看著志賀旁邊的座位想道，志賀身旁坐了一位以前沒見過的年輕女人，只知道她是從美國來這裡學習ＤＮＡ偵查系統。

「怎麼會這樣？案情毫無進展，根本不需要這麼一大早來開會。」

「不能說毫無進展，」淺間說：「設置的那個裝置相當特殊，不是外行人能夠輕易做出來的，而且，兇手對醫院內部情況相當熟悉。這兩條線索有助於縮小嫌犯的範圍。」

那須很不甘願地點了點頭。

「看來這次只能靠這種腳踏實地的方式辦案了。」

就在這時，門打開了，一個男人走了進來。是穗高。他的表情很嚴肅。

「怎麼了？如果是監視器播放了偽造影像的事，剛才已經聽淺間說了。」那須說。

「關於這件事，發現了新的線索，我可以現在報告嗎？」穗高的聲音有點緊張。

「可以啊，你說吧。」

穗高走向會議桌，打開夾在腋下的資料夾，巡視在場的所有人之後，緩緩地開了口。

「我們在詳細調查了裝設在監視系統控制板上的裝置後，發現除了七樓樓層的監視器以外，還有其他螢幕也播放了偽造的影像。」

淺間張大了眼睛。

「是電梯嗎？」

「不，電梯的螢幕沒有任何異狀，是五樓的監視器播放了偽造的影像。」

「五樓？那個樓層有什麼？」淺間小聲嘀咕。

「那個樓層沒有任何設備，」穗高回答，「只有一個人使用那個樓層，就是特解研的神樂主任解析員。在分析影像之後，發現在案發當天，連續五個小時播放了偽造的影像，目前推測命案也是在這段時間內發生的。」

20

昏暗的走廊一如往常，走廊上有一整排拉門。神樂走在拉門前。走廊沒有盡頭，拉門也不計其數。

他帶著不祥的預感打開了拉門。

那個房間內有一面大鏡子，鏡子中出現了神樂的身影。但是，他發現那並不是自己。

「你為什麼不現身？」神樂問。

「因為我不想現身。」鏡子中的他回答，「我已經受夠了，別來煩我。」

「我希望你告訴我一些事。」

「我什麼都不知道。」

「怎麼可能？請你老實告訴我，我想要資訊。」

「資訊、資訊，你滿腦子就只有這些事嗎？你有沒有聽過，上了年紀，聽力變差，反而會長壽嗎？知道的資訊越多，並不一定會越幸福。不看、不知道、不記得——有時候這樣反而比較幸福。」

「那對自己所愛的人呢？通常不是會想要知道對方的一切嗎？」

「正因為不瞭解對方的一切，所以才會受到吸引，一旦知道，愛就結束了。所謂愛，就是填補欠缺的資訊。」鏡子中的他遞上一幅畫，上面畫著手。「你知道這是在畫什麼嗎？」

「這是誰的手吧？」

聽到神樂的回答，他難過地搖了搖頭。

「你什麼都沒看到。」

他轉過身，打開鏡子中的拉門，走出了房間。

「等一下，我需要你的協助。」

「我不是說了，我已經受夠了嗎？」

「等一下，喂——」

神樂的頭用力垂了下來，他醒了過來。他坐在計程車的後車座，計程車在新世紀大學醫院前停了下來。

只有讓隆現身，才能解決各種疑問。他決定去向水上求助。既然反轉劑無法發揮效果，就只能靠他了。

他走下計程車時，電話響了。一看螢幕，是志賀打來的。他應該正在警察廳開偵查會議。

「我是神樂，會議結束了嗎？」

「對，剛才結束，」志賀說，「你人在哪裡？家裡嗎？」

神樂原本想回答「不是」，但立刻閉了嘴。如果說自己在醫院，志賀一定會問他為什麼要來醫院。而且昨天晚上通電話時曾經對志賀說，今天要修復系統。

「我在路上。」神樂回答，「正要去研究所。」

「是嗎？辛苦了，我這裡結束之後，也會馬上回去。」

「我知道了。」

神樂掛上電話後，咬著嘴唇。志賀只要一看系統，就知道神樂動了手腳。必須趕快向隆問清楚——他這麼想道，走向醫院大門時，手機又響了。這次是白鳥里沙打來的。

神樂不想理會這通電話。因為他覺得白鳥會要求一起修復系統，但最後還是接起了電話。她一定和志賀在一起，如果不接電話，反而容易啟人疑竇。

「我是神樂。」

「我是白鳥，你現在人在哪裡？」白鳥里沙問道，她似乎壓低了聲音。

「志賀先生沒有告訴妳嗎？」

「我沒有和志賀所長在一起，請你告訴我現在在哪裡。」雖然她說話很客氣，但語氣似乎很緊張。

「我正要去特解研，我不是說了嗎？系統需要緊急修復。」

她停頓了一下之後問：

「系統真的出了狀況嗎？」

神樂大吃一驚，握著電話的手滲著汗。

「什麼意思？」

「如果系統真的發生了狀況，你打算去修復，現在去研究所或許沒問題，但如果不是這樣——是你基於某種理由刻意讓系統故障，現在去研究所很危險。因為你很可能會遭到拘捕，志賀所長和淺間副警部已經一起去研究所了。」

神樂渾身發熱，心跳也加速起來。

「為什麼會這樣？」他努力假裝平靜。

「你完全不知道嗎？」

「你果然心裡有底。」

神樂無言以對，但這種態度等於已經回答了問題。

「等一下，我完全不知道妳在說什麼。」

「我認為你不需要對我掩飾，也沒有意義。如果我希望你被警方逮捕，就不會打這通電話通知你了。」

她說得對。神樂把電話放在耳邊，嘆了一口氣。

「要用什麼罪嫌逮捕我？」

「當然是殺人啊，你涉嫌殺害蓼科兄妹。」

神樂換了一隻手拿電話，空著的手握著拳頭。

「有什麼證據嗎？」

「你並沒有感到驚訝。通常聽到自己涉嫌殺人，都會驚慌失措。你之所以沒有驚慌，代表之前就預料到這種情況了。」

「即使預料到，也未必就是兇手。」

「你說得沒錯，但為什麼會預料到呢？是不是做了什麼會讓人懷疑的事？」

神樂陷入了沉默，白鳥里沙繼續追問：

「這件事似乎和系統出狀況有關。」

神樂咬緊牙關後開了口：

「妳說得對，是我故意讓系統故障的。」

「果然是這樣，你昨晚的態度明顯很奇怪。」

「是因為我破壞了系統，所以才懷疑我嗎？」

「不是，目前還沒有確認系統是否因為人為因素導致故障，所以志賀所長和其他人才會去研究所。」

「既然這樣，為什麼懷疑我？」

「我只能告訴你，又發現了新的事證，但光是這樣，應該不至於逮捕你。所以，如果系統是真的出了狀況，你打算去修復的話，即使現在去研究所也沒有問題。但是，如果系統修復之後，會發現對你不利的數據，情況就不一樣了。」

神樂舔著乾澀的嘴唇。

「也許妳無法相信，但我真的不知道。」

「我剛才也說了，如果我懷疑你，就不會這麼做了。請你相信我說的話，不要去研究所。」

「別擔心，我說去研究所是騙妳的，我目前在醫院門口，我已經來到新世紀大學醫院了。」

電話中傳來白鳥里沙用力吸了一口氣的聲音。

「那裡也有危險。因為考慮到你可能不會去研究所，所以警方已經派人去了你可能會前往的地方。你趕快離開那裡。」

「如果妳說的話是事實，的確應該離開這裡。」神樂一邊講電話，一邊緩緩離開了醫院。他向周圍張望，並沒有看到警察。

「我有必要說謊嗎？而且是這麼大費周章的謊言。」

「正因為我不這麼認為，所以才決定聽從妳的指示。但是，我有一個疑問，妳的目的是什麼？雖然我很感謝妳救了我，但我想先瞭解這件事。」

「我當然有目的，只是現在不方便告訴你。你指定一個熟悉的地方，我們約在那裡見面。最好是能夠混入人群，監視器比較少的地方。」

現在，鬧區幾乎到處都是監視器，神樂想了一下之後，指定了位在郊區的一家大型書店。雖然那裡也有監視器，但監看監視器的人，只有發現有人偷書時，才會瞪大眼睛。

「沒問題，我三十分鐘後應該可以到。你等一下把手機關機，因為一旦開機，警方的追蹤系統就會追蹤到你。」

「我當然知道，可別忘了我是科警研的人。」

「對喔，如果發生什麼意外，導致你無法前往約定的地區，去找一臺電腦發電子郵件給我。你知道我的郵件信箱吧？」

「我知道。」

「那就一會兒見。」白鳥里沙說完，掛上了電話。
神樂關機後，快步離開了醫院。剛好有一輛空車經過，他舉手攔了下來，但在跳表之前，他就下了車，攔了另一輛計程車。因為他想起醫院大門前裝了監視器。

21

這是淺間第二次造訪這棟建築物。寫著「警察廳東京倉庫」的看板仍然又小又難找。這當然是故意的。
「沒想到研究最先進科學辦案的機構竟然在這種鳥不生蛋的地方。」戶倉看著鐵門說道。
「就是啊！我第一次來的時候也嚇到了，但當時我連這裡是什麼地方都不知道。」淺間回答說。
剛才和警衛說話的志賀回到他們身邊。
「神樂好像還沒到。聽警衛說，他昨天深夜離開，之後就沒有來過這裡。昨晚是和白鳥一起離開。」
淺間看著手錶。
「自從你打電話給神樂後已經超過三十分鐘了，如果從他家來這裡，應該早就到了。」
「是啊。」志賀一臉愁容點著頭。
淺間向戶倉使了一個眼色，戶倉從內側口袋拿出手機，按了按鍵後放在耳邊，但立刻搖了搖頭，「還是打不通。」

淺間皺著眉頭點了點頭。神樂很可能已經關機了。

「志賀先生，你應該沒有說什麼不必要的話吧？」

「不必要的話？」

「會讓神樂起疑心的話，他在接到你的電話之後就關機，也未免太奇怪了。」

志賀噘起了嘴。

「他說他在來研究所的路上，我只是對他說，我也馬上回研究所。你不是在旁邊聽到了嗎？」

「之後有沒有又打電話給他？」

志賀露出不悅的眼神，把手機遞到淺間面前。

「你可以查通話紀錄，也可以去電話公司調查。」

淺間苦笑著，把手機推了回去，「我只是確認一下。」

志賀收起手機，用力嘆了一口氣。

「昨天晚上和他通電話時，他說要全力修復系統。」

「事到如今，不得不認為系統出現故障這件事也很可疑，很可能是神樂動了手腳，以防自己的行為敗露。」

「你似乎認定神樂是兇手。」

「沒這回事，我只是在談論可能性的問題。」

「他不可能殺害蓼科兄妹，一定是搞錯了。」

「我也希望如此，但在現階段，他的確是重要關係人。」

志賀可能無言以對，板著臉，什麼話都沒說，走進了研究所。淺間和戶倉也跟在他身後。

經過有各種保全系統的通道，終於來到特殊解析研究室前。志賀通過靜脈辨識系統後，門打開了。

一走進室內，戶倉立刻發出驚呼聲。放在中央的巨大裝置完全符合淺間的記憶。

「簡直就像是科幻的世界。」戶倉抬頭看著裝置，小聲嘀咕道。

「我第一次看到時，也說看起來像是可以去太空的裝置，結果被取笑了。」

這時，戶倉的手機響了。他簡短地說了兩、三句之後，轉頭看著淺間說：

「B小組已經到了新世紀大學醫院，神樂今天沒有去過那裡。」

「好，讓他們繼續在那裡待命。」

淺間拿出自己的手機，聯絡前往神樂家中的偵查員。為了方便起見，稱那個小組為A小組。

「公寓的監視器拍到神樂今天一大早出門的樣子，之後就沒有回來過。」A小組的成員接起電話後說道。

「有沒有去他家裡檢查？」

「還沒有，也沒有搜索票……」

「那倒是，你們先留在那裡，等待進一步指示。」

淺間掛上電話後，走向志賀。志賀正在電腦螢幕前快速敲打著鍵盤，他的表情很嚴肅。

「有沒有發現什麼？」淺間問。

志賀低吟了一聲後開了口：

「這不是系統出狀況，而是人為地讓系統讀取錯誤的數據，偽裝成系統故障。」

「可以修復嗎？」

「很簡單，因為實際上並沒有發生故障。」

「是神樂幹的嗎？」

「只有這個可能，但是，他為什麼要這麼做……」

「如果系統正常，可能會出現不利於他的結果。」

「但是，他負責解析蓼科兄妹命案的ＤＮＡ……」

「解析蓼科早樹衣服上的毛髮嗎？」

「對。」

「結果出爐了嗎？」

「罪犯側寫已經完成了，昨晚和白鳥一起吃飯時，他就向我報告了結果，只剩下和已登錄的ＤＮＡ數據比對的檢索結果。據白鳥說，神樂告訴她，系統在那時候發生了故障。」

「搞不好檢索結果已經出爐了。」

「這……也許吧。」

「無法確認嗎？」

「很遺憾，無法確認，因為紀錄已經刪除了。」
「那要不要重新比對？應該可以吧？」
「可以是可以，只是無法馬上知道結果。」
「你的意思是？」
「因為需要下載了ＤＮＡ資料的Ｄ卡，但現在Ｄ卡不見了，被抽走了。」
「神樂帶走了。」
「有這個可能。」志賀的語氣不太自在。
「有辦法重新製作Ｄ卡嗎？」
「可以，只是需要半天的時間。」
「那就趕快去安排，用最快的速度完成。」
志賀很不甘願地拿起電話，不知道打去哪裡，似乎是製作Ｄ卡的部門。
「傍晚之前可以完成。」志賀掛上電話後說。
「很好，只要放進檢索系統，就可以知道神樂想要隱瞞什麼。」
「淺間先生，如果神樂與本案有關，他的行動不是很奇怪嗎？」戶倉說：「他應該可以預料到，只要進行ＤＮＡ解析，就會出現不利於自己的結果，他卻是在結果出爐之後，才開始慌了手腳。」
「可能他原本打算巧妙掩飾，只是失算了，所以才慌忙銷毀數據，假裝系統發生了故障。這樣解釋不是就很合理了嗎？」
「不，神樂按照正常的步驟進行解析，」志賀說，「即使真的出現了不利於他的結果，我認為他也事先完全不知情，所以才會慌了手腳。」
淺間聳了聳肩。
「為什麼會慌張？如果沒有做虧心事，無論出現怎樣的結果，他都可以坦蕩蕩。」
「神樂本身並沒有做虧心事，但並不是完全沒有頭緒——他有複雜的隱情。」
「什麼複雜的隱情？」
志賀想要回答，但又閉了嘴，然後再度開口說：
「在回答這個問題之前，我想先確認一件事。」
「確認什麼？」
「罪犯側寫的結果資料可能還留著，我確認一下，馬上就好。」
淺間想了一下，點了點頭。
「沒問題，你似乎有什麼想法，那就交給你了。」
當志賀再度操作電腦時，淺間的手機響了。是B小組的成員打來的。
「醫院的監視器拍到了神樂，是設置在大門的監視器。」
淺間用力握住了手機。「今天上午嗎？」
「對，顯示的時間是上午十點十七分。」
「十點十七分？不就是剛才嗎？」
「就在我們抵達前不久，根據監視的影像，神樂原本打算進去醫院，但後來攔了計程車離開了。」
「找到那輛計程車了嗎？」

「已經查到計程車行了。」

「好。」淺間嘀咕著，他的雙眼盯著志賀面對的電腦螢幕。電腦正根據罪犯側寫逐漸合成照片。

在合成照完成的同時，志賀轉頭看著他，雙眼布滿了血絲。

合成照酷似神樂龍平。

「無論如何，都要找到那輛計程車。」淺間對著手機命令道。

22

神樂走進自動門，巡視著店內。這家大型書店除了書籍以外，還有豐富的影音產品，每個區域都有客人，也許是因為附近有好幾所學校的關係，所以大部分都是看起來像學生的年輕人。

白鳥里沙在一樓和二樓之間的樓層，她把手肘架在欄杆上看著一樓。兩個人立刻四目相接。

神樂走上樓梯，走到她身旁。

「你可能需要稍微變裝一下。」白鳥里沙打量著他的全身後說道，「因為公寓的監視器應該已經拍到你這身衣服了。」

神樂拉了拉自己的襯衫，微微點頭。

「離開這裡之後，我馬上去買。」

「你身上有現金嗎？」

「有一些，也有提款卡。」

白鳥里沙皺著眉頭，搖了搖頭。

「絕對不要使用提款卡，」白鳥里沙說，「一旦你想領錢，警方就會採取行動。同樣地，也絕對不要使用其他任何ＩＣ卡，也不能用電話。你必須認為，這個世界上所有的網絡，都會用來追捕你。」

神樂搖了搖頭。

「我完全搞不清楚狀況，為什麼警方開始懷疑我。聽妳剛才所說，我在系統上動手腳的事並沒有曝光。」

「很簡單，在新世紀大學醫院的腦神經科病房大樓，發現了欺騙監視器的裝置，警方認為該裝置很可能用來製造不在場證明。」

白鳥里沙告訴神樂，新世紀大學醫院腦神經科病房的七樓和五樓的監視器，被人安裝了隨時可以播放假影像的裝置。在命案發生的那段時間內，五樓的監視器播放了假影像。

「我根本不知道那個東西。」神樂搖了搖頭。

白鳥里沙偏著頭，露出觀察的眼神看著神樂。

「姑且不論你有沒有說謊，但我認為發生了出乎你意料的事，你才會在系統上動手腳，是嗎？」

神樂確認周圍沒有人在偷聽他們說話後，皺著眉頭，點了點頭。

「妳說對了，在分析蓼科早樹衣服上沾到的那根頭髮後，電腦顯示出荒謬的結果，沒想到竟然是我的頭髮。」

白鳥里沙瞪大了原本就很大的眼睛。

「真是太刺激了。」

「我搞不清楚是什麼狀況，完全不知道是怎麼一回事。」

她露出滿臉疑問的表情。

「真的是這樣嗎？既然這樣，你為什麼不實話實說，卻選擇在系統上動手腳？」

神樂無法回答她的問題。白鳥里沙看到他無言以對，嘴角露出笑容。

「看來你並不是完全沒有頭緒，相反地，你很清楚。雖然你完全不知情，但自己很可能是兇手。」

神樂看著她問：

「妳知道我的症狀？」

「志賀所長曾經告訴我關於那位叫隆的畫家的事。」白鳥里沙很乾脆地回答。

23

淺間曾經看過畫架上的畫布。他第一次來研究所時，就看過這雙好像捧著什麼東西的雙手。

「那個神樂……是雙重人格？」淺間抱著手臂，看著畫布上的畫。

三個人在研究室深處的房間。那是神樂的辦公室，中央放了一張會議桌，還有書架和櫃子，和淺間上次來的時候幾乎沒有任何不同。

「因為靠藥物控制了人格的轉換，所以並不會對日常生活造成影響，我也幾乎不曾和自稱是隆的另一個人格接觸過。你第一次來這裡的時候，我打開這個房間門時，裡面不是有人大聲吼叫嗎？那就是隆。」

淺間點了點頭，他清楚記得當時的事。

「之後進來這個房間時，只有神樂在，但他說，畫畫的並不是他，那個人已經離開了。因為這裡並沒有其他出口，當時我就覺得很奇怪。」

「因為很難向你說明，而且也不認為有這個必要。」

「我能理解你的解釋，但目前的情況不一樣了。」淺間指著放在會議桌上的照片，那是列印出來的電腦合成照。無論怎麼看，都像是神樂龍平。

志賀露出痛苦的表情。

「正如戶倉先生說的，如果神樂知道自己和殺害蓼科兄妹有關，就不會認真解析DNA，在此之前，就會動手腳。我相信看到這樣的結果，他比任何人更驚訝。」

「也就是說，神樂的另一個人格——隆是兇手的可能性很高。」

「雖然我不願意相信，但似乎只能這麼認為。」

淺間抬頭看著站在一旁的戶倉。

「你通知A小組，去調查神樂的房間，沒有搜索票也無所謂，出問題的話，我來負責。」

淺間看到戶倉開始打電話，將視線移回志賀身上。

「請你告訴我神樂可能會去的地方，和所有跟他有關的朋友、熟人和親戚。」

「要逮捕他嗎？我相信他本身並不知情。」

「這也是無可奈何的事，」淺間點了點頭說：「不管是哪一個人格的意志，都是他的身體採取了行動。」

24

「反轉劑沒效？也就是說，你無法把他——把隆叫出來嗎？」白鳥里沙皺著眉頭。

他們來到書店內的咖啡廳。神樂喝著黑咖啡，白鳥里沙喝奶茶。

「我也不知道為什麼會這樣，所以我打算去大學醫院向水上教授請教。」

「目前這種狀況，只要你靠近新世紀大學，馬上會遭到逮捕。」

神樂喝著咖啡，咂著嘴。

「即使遭到逮捕，刑警審訊我，目前的我也完全答不上來。無論如何，都要把隆叫出來。」

「水上教授或許有辦法把他叫出來嗎？」

「我也不知道，但除此以外，我想不出其他方法。」

白鳥里沙露出思考的表情後點了點頭，似乎下定了決心。

「好吧，這件事，我會想辦法。」

「想什麼辦法？」

「我去問教授為什麼反轉劑無效。別擔心，我不會讓警方和教授發現我曾經和你接觸。」

神樂再度打量白鳥里沙的臉。

「我忘了問最重要的事，妳為什麼要幫我？妳有什麼目的？」

白鳥里沙坐直了身體，把杯子緩緩舉到嘴邊，喝了一口奶茶後，把茶杯放回了茶托。

「終於進入了正題。我之所以幫你，是因為如果你被警方逮捕就傷腦筋了。我有事要問你，或者是隆。」

「什麼事？」

「關於蓼科早樹最後設計的程式──『貓跳』。」

「啊……」

神樂的確聽過這個名稱。在偵查過程中，鑑識小組在蓼科早樹的電腦中發現了這個程式，只是神樂並不知道那是什麼。

神樂如實告訴了白鳥里沙，她緩緩收起了下巴。

「是嗎？志賀所長也不知道，蓼科兄妹可能沒有把這個程式的事告訴任何人。」

「妳知道『貓跳』的內容嗎？」

聽到神樂的問話，她微微偏著頭。

「不能說我知道，只能說，我推測出一些事。」

「沒關係，希望妳告訴我妳推測出什麼事。」

她露出意味深長的微笑。

「現階段還無法告訴你，在找到『貓跳』，同時確認內容後，你自然就知道了。」

神樂看著白鳥里沙端正的臉，把咖啡杯舉到嘴邊。她的臉上仍然保持微笑。

「真奇怪，」神樂說，「美國派妳來學習我們的偵查系統，但聽妳的口氣，好像比我們更瞭解蓼科早樹最後設計的程式。這到底是怎麼回事？」

「你的疑問很合理，但很遺憾，目前無法告訴你答案。只是希望你瞭解，我並沒有說謊，我的確是美方派來學習你們的系統的，只不過我還有另一個任務。簡單地說，就是要看到DNA偵查系統完成。」

神樂皺起了眉頭。

「這是什麼意思？」

「就是字面上的意思。嚴格來說，你們目前使用的系統尚未完成，還需要最後一個零件才能完成，也可以說是程式。」

「就是『貓跳』嗎？」

「我認為很有可能。」

神樂抓著頭。

「我搞不懂，我從來沒有聽說系統尚未完成這件事，為什麼美方知道？」

白鳥里沙終於收起了臉上的笑容，她猶豫了一下，最後還是開了口。

「這是某位數學家提供的消息，他和蓼科兄妹定期用電子郵件聯絡。根據他們往來的電子郵件，發現系統尚未完成。」
「那位數學家叫什麼名字？」
「恕我無可奉告。」
神樂吐了一口氣。
「重點卻隱而不說嗎？算了，沒關係，我剛才也說了，我對『貓跳』一無所知。蓼科兄妹並沒有告訴我他們做了那種東西，所以，我也無法向妳提供任何線索。妳是因為想要瞭解關於『貓跳』的線索才會幫助我，顯然讓妳失望了，但妳現在要怎麼處理我？把我交給警察嗎？」
白鳥里沙悠閒地喝著奶茶，但好像並不是在思考該怎麼辦，而是在故弄玄虛。
「我原本就猜想你可能不知道『貓跳』，這件事本身並不值得驚訝。目前的問題是，『貓跳』下落不明，鑑識小組只發現蓼科早樹曾經寫了『貓跳』這個程式的痕跡。」
「我們也這麼聽說。」
「『貓跳』到底去了哪裡？我希望你能夠推理一下，推理之後，把『貓跳』找出來。因為我認為你和蓼科兄妹的接觸最密切，所以只有你才能完成這件事。」
神樂把咖啡杯放回桌上，凝視著白鳥里沙。
「所以妳才幫助我嗎？」
「你能接受嗎？」
「只是關於這一點而已，但無法接受所有的事。更何況我根本就沒聽說系統尚未完成這件事，系統很順利地發揮功能，到底哪裡有問題？罪犯側寫完美無缺，檢索系統無法比對出的案例也大幅減少了……」神樂說到這裡住了嘴。因為他發現自己剛才說的這番話中，就暗示了系統還有不夠成熟的部分。

白鳥里沙再度露出笑容，似乎看穿了他的內心。

「你似乎想到了什麼。」

「NF13……該不會是指那個案例？」

「連續強暴殺人事件——不是還沒有解決嗎？我聽說在現場發現了兇手留下的諸多痕跡，但你們連兇手的尾巴都沒有抓住。我無論如何都不認為這單純是數據不足的結果。」

「是因為程式有缺陷，所以才會比對不出來嗎……？」

「你難道不認為這麼想比較合理嗎？」

「如果有這樣的缺陷，除了NF13以外，應該會有更多無法比對出來的案例，但是目前為止，並沒有出現這樣的情況。」

「只是目前的狀況而已，不是嗎？無法預料今後的情況。」

神樂抓著頭，然後停下手，注視著白鳥里沙。

「兇手殺害蓼科兄妹，會不會就是為了『貓跳』？」

白鳥里沙瞪大了眼睛。

「當然有這種可能。」

「既然這樣，不是該認為兇手已經把『貓跳』帶走了嗎？」

「這種可能性相當低。」

「為什麼？」

「蓼科耕作告訴我剛才提到的數學家，他們已經完成了『貓跳』，並且保管在安全的地方。兇手在殺害他們兄妹後，並沒有在室內翻箱倒櫃，更何況根本沒有充足的時間。無論是誰殺了他們兄妹，『貓跳』應該仍然藏在某個地方。」

神樂一口喝完已經變涼的咖啡。

「既然妳已經掌握了那麼多線索，為什麼不找志賀所長商量？只要交給警察廳，也許能夠很快就找到『貓跳』。」

「正因為無法這麼做，所以才會協助你。我們希望你能夠找到『貓跳』。」白鳥里沙說話雖然很小聲，但語氣很堅定，可以感受到她的焦急和煩躁。

神樂注視著白鳥里沙。

「所以，雖然表面上說，日美雙方共同建構這個系統，要建立雙方共享的資料庫，但美國還是想要搶先一步。」

「這個方針並沒有改變，只是對於改善問題的態度，美國和日本並不一定是相同的步調。」

「話當然是這麼說啦。」

「『貓跳』就是這麼微妙的東西。」白鳥里沙說完，看了一眼手錶說：「時間不多了，請你馬上回答我，如果你願意協助我們，我們也會向你提供奧援。你的決定如何？」

神樂嘆了一口氣，搖了搖頭。

「我根本沒有選擇的餘地，一旦拒絕，就會遭到警方的逮捕。」

「我們不會報警，但你很難繼續逃下去。所以說，你答應了？」
「但是，我真的毫無頭緒，也是剛才第一次聽說『貓跳』。」
「你要思考，蓼科兄妹會把『貓跳』藏在哪裡。我說了很多次，只有你才能做到。」
神樂用指尖按著雙眼。
「我開始頭痛了。」
「這個給你。」
聽到白鳥里沙的說話聲，神樂抬起了頭。她的手上拿著電話。
「這是和我聯絡用的電話，盡可能不要打其他電話。非使用不可時，不要提自己的真名。」
「我知道了。」
她從皮包裡拿出一個信封。
「手機裡已經有電子貨幣，但有時候也會需要用現金。」
神樂接過信封一看，裡面裝了一疊紙鈔，應該超過一百萬。如果不是目前這種狀況，他恐怕會吹口哨。
「這個也給你。」她遞上一把鑰匙和一張紙。紙上畫了地圖，「這是公寓的鑰匙，房間號碼是一二〇八，在十二樓。這是給你暫時躲藏的地方，但小心不要被監視器拍到臉。」
「準備真周到啊，簡直就像是事先就知道我會被警察追捕。」
「你想太多了，這個年頭要緊急準備一個躲藏的地方太簡單了。」

「萬一妳協助我的事被警察廳發現怎麼辦？」

「這種事，不需要我這種小嘍囉擔心。」

「妳的意思是，政府高層已經談妥了嗎？」

白鳥里沙沒有回答這個問題，再度看了一眼手錶。

「那就祝你好運，我會定期聯絡你，所以盡可能不要關機。」

「等一下，我還有一件事想問妳。妳認為我是殺害蓼科兄妹的兇手嗎？還是認為我不是兇手？」

白鳥里沙露出意外的表情看著神樂。

「你應該沒有殺他們兄妹。至於隆，就不清楚了。」

「如果隆是兇手的話怎麼辦？」

她聳了聳肩。

「我對誰是兇手沒有興趣，我只想知道『貓跳』在哪裡。如果隆知道答案，無論如何我都想要問清楚，只是目前無法做到。」

「我認為隆並不知道『貓跳』的事。」

「果真如此的話，他是不是兇手就更不重要了。走吧。」

她站了起來。

神樂和白鳥里沙在店內道別後，走出了書店。他想起附近有一家大型購物中心，沒有搭計程車，直接走了過去。

他在購物中心買了衣服、鞋子和墨鏡，去廁所變了裝，把身上原本的衣服裝進紙袋，離開購物中心後，丟去附近公寓的垃圾場。

他拿出白鳥里沙給他的地圖，躲藏的公寓在江東區。

25

淺間來到神樂龍平的公寓大廈，偵查員已經完成了室內的搜索，但沒有找到任何有助於瞭解神樂去向的東西，也沒有發現任何證明他殺害蓼科兄妹，或是能瞭解殺人動機的東西。

唯一的收穫，就是發現了看起來像是神樂寫的信，內容如下。

致自稱為隆的人。

客套話就省略不說了，應該也不需要說明我為什麼要寫這封信，有一件事，無論如何都要問你，當然是關於蓼科早樹的事。

我相信你應該也知道了，蓼科早樹的衣服上有我的頭髮。因為我完全不知道是怎麼一回事，所以原因應該在你身上。希望你馬上向我說明，到底是怎麼一回事。我先聲明，這裡沒有繪畫的工具，你可能會覺得無聊，但只能請你忍耐了。我等你的回答。

淺間已經知道，隆是神樂的另一個人格。也就是說，這封信是神樂寫給另一個自己的信。從信的內容來看，神樂本身對殺害蓼科兄妹一事毫不知情，淺間認為這件事或許不需要懷疑。正因為神樂認為自己和命案無關，所以才會按照正常的步驟解析ＤＮＡ，沒想到電腦顯示的結果竟然是他自己，他才會慌了手腳，謊稱系統發生了故障。

問題是，神樂接下來會如何行動——

淺間從窗戶往下看，戶倉走了過來。

「根據監視器的影像，神樂並沒有帶行李出門，護照也在抽屜裡，他出門時，應該還不打算逃跑。」

「那他去了哪裡？從新世紀大學的入口附近離開後，沒有去特解研，而且是無故曠職，也沒有回家，更沒有和志賀他們聯絡。」

「會不會出門之後，想到自己可能會遭到逮捕，決定躲起來。」

「即使是這樣，那傢伙目前在幹什麼？只是躲起來而已嗎？他也是警察廳的人，知道這樣不可能逃太久。」

「但是，他應該不會貿然採取行動吧？」

「是嗎？我倒認為他會有所行動。他並不是單純的殺人事件嫌犯，除了是嫌犯，也同時是偵探，是追捕躲藏在自己身體內兇手的偵探。」淺間在一旁的沙發上坐了下來，茶几上放著菸灰缸。他注視著菸灰缸。「菸灰缸裡有兩根菸蒂。」

「是啊。」

「根據調查，這不是普通的香菸，應該就是所謂的反轉劑。神樂寫信給隆，為了讓隆看這封信，所以吸了反轉劑，這樣的推論很合理吧？」

「我也有同感。」

「你認為神樂從隆的口中問到了答案嗎？」

「不清楚。」戶倉偏著頭。

「我們去新世紀大學一趟吧，只能去向最瞭解隆的人打聽了。」淺間從沙發上站了起來。

淺間和其他人來到新世紀大學的精神分析研究室，在走廊上發現有人比他們搶先一步。是白鳥里沙。

「你是淺間副警部吧？今天上午見過。」她站了起來，微微欠身打招呼。今天上午在警察廳的會議室內見過面。

「妳為什麼會在這裡？」淺間問。

她露出微笑。

「我來向水上教授請教神樂先生和隆的事，你們的目的應該也一樣吧？」

淺間和戶倉互看了一眼時，門打開了，水上探出頭。

「你們都在啊，那剛好，就一起進來吧。」

淺間他們跟著白鳥里沙走進了研究室，裡面有一張小桌子，兩側各有一張椅子，並沒有其他椅子。淺間和戶倉只好站在旁邊。

「由誰先問？」水上輪流看著白鳥里沙和淺間他們。

「副警部先請吧，」白鳥里沙禮讓道，「因為他是偵辦本案的實質負責人。」

「那我就不客氣了。」淺間站在那裡，雙手放在桌上，「請問你知道神樂龍平涉嫌殺害蓼科兄妹這件事嗎？」

「我聽志賀所長說了，正確地說，並不是懷疑神樂，而是懷疑隆。」
「沒錯，目前已經有好幾項狀況證據和物證，所以我想請教一下。如果隆是兇手，你認為他的動機是什麼？」
水上坐直了身體，露出嚴肅的眼神看著淺間。
「我完全不瞭解。不，我根本不認為隆會殺人。」
「兇手的家人通常都這麼說。」
水上搖了搖頭。
「我的意思並不是說，他不是那種會殺人的壞人，而是在討論這個問題之前，你們必須知道，他是盡可能避免和他人接觸的。即使對我，他也不輕易打開心房。你能瞭解嗎？不願意接近人群的人，根本不可能產生殺人的動機。」
「但是，正如我剛才所說的，目前已經有幾項證據顯示他有嫌疑。」
「不可能，我可以斷言，一定搞錯了。」雖然水上的語氣很平靜，但可以感受到他強烈的意志。
淺間舔了舔嘴唇，向前探出身體。
「我們去了神樂家裡，發現了一封信。」
「信？」水上皺起眉頭。
「神樂寫給隆的信。」
淺間從上衣口袋裡拿出一張紙，是那封信的影本。淺間把影本遞到水上面前。
「請問你有什麼看法？神樂自己也懷疑隆。」

「考慮到神樂的心情，這也在情理之中。」
「什麼意思？」
「在這個世界上，你最相信誰？」
「我嗎？我……這個嘛。」淺間忍不住露出苦笑。因為他覺得自己不相信任何人。
水上點了點頭，似乎洞悉了他的內心。
「你似乎不太相信別人。」
「我的工作就是懷疑別人。」
「也就是說，你只相信自己，是不是這樣？」
「可以這麼說吧。」
「神樂連自己都無法相信。」水上說，「對神樂來說，他永遠不會見到隆，根本無法直接瞭解隆是怎樣的人。他完全無法預料隆的想法，也不知道隆會採取什麼行動。對於隆已經做過的事，如果沒有人告訴他，他也不可能知道。所以，他當然無法控制隆的行動，即使聽到隆殺了人，他也無法否認。多重人格的人有著你我難以理解的痛苦。」
淺間皺著眉頭。水上的這些話的確讓人難以理解，但是，他認為沒必要理解這些事。
「可不可以請教你反轉劑的問題？」淺間說：「使用反轉劑之後，可以維持隆的人格多長時間？」
「因人而異，隆的話大約五個小時。」

「一支可以維持五個小時嗎？」

「沒錯。」

「所以兩支就是十個小時。」

「兩支是什麼意思？」水上問。

「目前神樂失蹤，我們推測也許是出於隆的意志，現場留下了兩支反轉劑。」

水上訝異地看著他。

「真的是反轉劑嗎？」

「沒錯，這裡有照片。」

淺間拿出電話，讓水上看了液晶螢幕，畫面上有一個丟了兩根菸蒂的菸灰缸。

水上露出凝重的表情。

「這……太奇怪了。」

「哪裡奇怪？」

「因為每週只能使用一支反轉劑，連續反轉人格，有可能引起精神錯亂。但是，從照片來看，他的確連續使用了兩支反轉劑，以前從來沒有發生過這種情況。為什麼會這樣……？」水上偏著頭，盯著手機螢幕。

這時，在一旁聽他們談話的白鳥里沙插了嘴。

「會不會是使用第一支時沒效？」

淺間看著她端正的臉。

「對不起，我突然插嘴。」她用手捂住了嘴。

「有這種可能。」水上說：「妳說得對，很可能第一支沒有發生反轉。神樂很清楚連續使用反轉劑的危險性，除非有重大的情況，否則他不可能使用第二支。」

「反轉劑會沒效嗎？」淺間問。

「偶爾會發生。」

「是什麼原因？」

「有兩個可能的原因。」水上豎起兩根手指，「第一種可能，是多重人格的症狀好轉的時候，也就是另一個人格消失，所以無法進行人格反轉，這是好現象。另一種可能，就是另一個人格基於某種原因拒絕現身的情況，這種情況就無法稱為好現象。很遺憾，神樂目前應該屬於這種情況。」

「你的意思是，隆拒絕現身嗎？」

「這種可能性很高。」

「即使使用了反轉劑，隆的人格是否出現，也完全取決於隆本身的意志嗎？」

「並不是這樣，最重要的是潛意識。或許大家會認為隆這個人借用了神樂的身體，但其實並不是這樣，是神樂的大腦創造了隆，這是無可爭辯的事實。當神樂的潛意識不希望隆醒來時，反轉劑也許就無法發揮效果。」

淺間撇著嘴角，用力咂著嘴說：「真麻煩啊。」

「我能夠理解你搞不太清楚，但這絕對不是神樂的錯，是因為各種心理上的要因導致了這種複雜的情況，請你理解這一點。」

淺間嘆了一口氣，他很想回答，如果理解能夠破案，自己會盡全力理解。

「如果反轉劑無效，就無法叫隆出來了嗎？」白鳥里沙問。
「使用催眠療法，或許可以叫他出來。但無論如何，必須把神樂帶來這裡才行。」
「你知道神樂可能會去哪裡嗎？」淺間問水上。
「不知道，他最近幾乎都是在研究所和住家之間往返。如果要去其他地方，就是來這家醫院。」
「他今天上午的確來過這家醫院門口，但不知道為什麼，沒有走進醫院，去了其他地方。你認為是怎麼回事？」
水上露出為難的表情偏著頭。
「他來這裡，也許是想問我反轉劑為什麼沒有發揮效果，但我猜不透為什麼中途又離開了。」
淺間咬著嘴唇。這時，水上拿在手上的電話響了。
「不好意思。」淺間打了聲招呼，把電話拿了回來。他打開門，來到走廊上時接起了電話。手機螢幕上顯示是木場打來的。
「我是淺間。」
「是我，」木場說，「之後有沒有發現什麼狀況？」
「逃走的不是隆，而是神樂。」
「什麼？什麼意思？」
淺間把水上剛才說的內容告訴了木場，不知道木場有沒有聽懂，他只是「喔」了一聲。
「目前正在尋找神樂的下落，但並沒有任何線索，也許只能去飯店和旅館調查看看。」

「好，那就請求其他府縣的警察協助。」
「拜託了，你就是為了這件事找我嗎？」
「不，還有更重要的事，你那裡結束之後，回來找我。」
「有什麼事嗎？」
「你來了再說，盡可能快一點回來。」木場說完，就直接掛上了電話。

26

公寓位在河邊，打開窗戶，就可以看到旁邊亮起路燈的橋。三坪大的套房內只有兩條毛毯和一張小桌子，還有一臺筆電。

神樂吃完了便利商店買的晚餐，用筆電查了有關自己的消息，但完全沒有任何有關蓼科兄妹命案的報導。他駭入了警察廳的系統，結果也一樣。

神樂躺在地板上，仰望著天花板，回想著和白鳥里沙的對話。

「貓跳」到底是什麼？

有好幾個匪夷所思的問題。首先，為什麼蓼科兄妹向神樂他們隱瞞了DNA偵查系統尚未完成這件事。整個系統在一年多前就已經完成到目前的狀態，之後，蓼科耕作好幾次斷言，「系統很完美，沒有任何需要修改的地方」，難道系統有他們也沒有發現的缺失嗎？既然這樣，在他們發現時，為什麼沒有告訴神樂他們？

假設「貓跳」是為了改善系統的缺失而開發的程式，為什麼沒有交給神樂？有必要

「保管在安全的地方」嗎？

想到這裡，神樂的腦海中閃過一件事。他坐了起來。

他想起了案發之前和蓼科耕作的對話。蓼科耕作問他，系統的情況怎麼樣？神樂回答說很順暢時，蓼科耕作再度確認，真的很順暢嗎？而且還聊到了NF13。

沒錯。蓼科耕作當時想要告訴神樂系統的缺失和「貓跳」的事。

如果真如此的話，蓼科耕作應該已經做好讓神樂看「貓跳」的準備，所以應該就放在身邊。既然這樣，為什麼警方沒有發現？果然被殺害他們兄妹的兇手拿走了嗎？

想到這裡時，對講機的門鈴響了。

神樂嚇了一跳，注視著玄關的門。這時，門鈴再度響起。

他躡手躡腳地慢慢走到門口，小心翼翼地從貓眼向外窺視，避免發出任何聲音。下一剎那，他懷疑自己看錯了。

因為他看到鈴蘭面帶笑容地站在門外。

他目瞪口呆地打開門鎖，把門打開。

鈴蘭笑著微微偏著頭說：「你好。」

「妳怎麼……？」

「什麼？」她一邊問，一邊走過神樂的身旁，走進了房間。

「這次住在這樣的房間啊。雖然有點小，但如果只是簡單過日子，這種環境反而比較好。」她站在窗邊，低頭看著窗外，「哇，可以看到河流，那座橋好漂亮。」

神樂瞪著她的背影。

「這是怎麼一回事？」

「什麼怎麼一回事？」鈴蘭繼續看著窗外。

「妳怎麼會知道我在這裡？」

「又要問這個？上次不是已經說過了嗎？」

神樂走向她，抓住她的肩膀，硬是讓她轉過身。

「妳說是心電感應？難道妳以為我會相信這種話？」

「好痛……」

她痛苦地把臉皺成一團，神樂鬆開了手。

「我只是想知道真相，妳不要糊弄我。」

「我沒有糊弄你，你為什麼不相信我？」

鈴蘭露出悲傷的眼神，神樂忍不住動搖起來。她看起來的確不像在說謊，但是，他也不可能輕易相信所謂的心電感應。

「妳……到底是誰？」

「這個問題上次不是也說過了嗎？我是隆的女朋友，所以可以感應到他的波長。雖然你自己好像沒有察覺，但其實你身上有隆的氣息。」

神樂搖著頭，注視著她的臉。

「不好意思，我無法相信。」

「那你認為是為什麼？你覺得我為什麼會知道這裡？如果你凡事都要用邏輯說明才能夠接受，那你可以推理一下啊。」她抬眼看著神樂，她的眼神很銳利。

「只有白鳥知道這裡，如果妳和她是一起的，就可以消除疑問了。」

「白鳥？那是誰啊？我不認識這個人。」鈴蘭冷冷地說，她的態度看起來不像是裝出來的。

心電感應、隆的波長——真的有這種事嗎？

神樂陷入了思考，鈴蘭問：「我可以坐下嗎？」

「好啊。」他回答。

鈴蘭坐在地上，抱著膝蓋靠在牆上。神樂靠在對面的牆上坐了下來，和她面對面。

「那我換一個問題，妳來這裡幹什麼？有什麼目的？」

鈴蘭抬起頭，稍微放鬆了嘴角。

「那還用問嗎？當然是為了來看隆，我想見他。」

「在這個問題上，我們的想法一致。我也和妳一樣，有事要找他，有很多問題要問他，但他不現身。他讓我背負殺人的嫌疑，自己卻躲在殼中不現身。反轉劑也沒有效果，到底該怎麼辦？我真的一籌莫展。」神樂看著她的臉一口氣說完後，嘆了一口氣，

「我並不是把氣出在妳頭上。」

「他讓你背負殺人的嫌疑……他也是無辜的，他根本沒有殺人。」

「妳憑什麼斷言？妳說，那天妳看到他睡著之後，離開了房間，但他可能是假睡。」

「他不可能做這種事。」

「誰知道呢？我和妳不一樣，我並不相信他，也沒有理由相信他。」說到這裡，神樂想起一件事，「上次見到妳時，我曾經問妳，妳是如何躲過監視器，去腦神經科病房

五樓的那個房間和隆見面的。妳回答說，攝影機只能從光學的角度捕捉事物，要騙過機器很簡單，還記得嗎？」

「我記得。」

「當時我並不明白妳這句話的意思，之後才查明，有一種裝置，可以在監視器螢幕中播放假的影像。在蔘科兄妹房間所在的七樓和妳與隆見面的五樓都有這個裝置，那是隆幹的嗎？」

鈴蘭鬆開了抱著膝蓋的手，把兩腿伸直。

「即使我說不是，你也不會相信吧？」

「那到底是誰幹的？」

鈴蘭垂下眼睛，終於放棄似地微微點頭。

「是啊，是隆幹的，讓我可以自由地和他見面。因為那棟建築物禁止外人進入。」

「妳終於願意說實話了嗎？既然這樣，希望妳全都告訴我。五樓的裝置用這種浪漫的理由或許說得過去，但無法解釋為什麼在七樓也裝設了相同的裝置。兇手利用這個裝置，躲過警衛的監視，殺害了蔘科兄妹。兇手是知道這個裝置的人，也就是隆。」

「不是，他不會做這種事。」鈴蘭猛然站了起來，低頭看著神樂，「拜託你不要懷疑他，請你相信他，他可是你的分身。」

「他才不是分身，而是病巢。」

「病巢……」鈴蘭皺著眉頭。

「是寄居在這裡的病巢。」神樂指著自己的腦袋，「總有一天，我要把他趕出去，但在此之前，無論用什麼方法，都要讓他說實話。」

鈴蘭緩緩搖著頭，然後轉身走向門口。

「妳要去哪裡？」

她停下了腳步。

「今晚我要回去了，即使和你在一起，好像也不會有什麼好事。」

神樂立刻站了起來。

「那可不行，話還沒有說完呢。」他抓住鈴蘭的雙肩，「妳是不是知道什麼？不要隱瞞，趕快從實招來。」

「放開我。你為什麼一下子就這麼粗暴？」她抬頭看著他，雙眼充血，眼淚快要流出來了。「如果你再動粗，我就要大叫了，如果大吵大鬧，警方上門的話，你會很傷腦筋吧？」

神樂把雙手縮了回來。

「我並不是想弄痛妳，只是想知道真相。」

「我說的都是實話，完全沒有隱瞞。」

「那我最後再問一個問題，隆有沒有在妳面前提過『貓跳』這個字眼？」

鈴蘭的表情沒有任何變化，只有睫毛眨了幾下。

「我不知道。」

「真的嗎？『貓跳』是一個程式，是蓼科早樹寫的程式，我無論如何都必須找到，如果妳知道什麼，請妳告訴我。」

鈴蘭的臉上露出一絲笑容，好像是憐憫的表情。

「神樂，你對我們一無所知。我和隆之間不會聊這種事。我上次不是說了嗎？他只是畫畫，我只是看著他畫畫，我們只聊他腦袋裡的世界，在那個世界，根本沒有程式那種東西。」

神樂重重地嘆了一口氣，肩膀垂了下來。

「好吧，我知道了，妳走吧。」

鈴蘭穿好鞋子，打開了門，但又回頭叫了一聲：「神樂，對不起，我沒辦法幫上忙。我以後不可以再來看你了嗎？」

「並不是不可以，只是不知道什麼時候能夠見到隆。」

「這樣也沒關係。我想和你在一起，因為可以感覺到隆的存在。」

神樂點了點頭。

「如果是這樣，隨時都歡迎。」

「謝謝，那就改天見。」

「嗯。」神樂回答，鈴蘭放心地露出微笑，走出了房間。

神樂鎖好了門，感到很奇妙。雖然完全不知道她是誰，自己卻不會懷疑她，有時候甚至還會相信她。

這時，手機響了。一看螢幕，是白鳥里沙打來的。

「公寓還住得習慣嗎？」白鳥里沙劈頭問道。

「沒有問題，有一件事想要確認一下，除了妳以外，沒有任何人知道這裡吧？」

「當然啊，我甚至沒有告訴上面的人。有什麼問題嗎？」

「不，我只是想確認一下。」

他不認為白鳥里沙在說謊，這代表鈴蘭果真是靠心電感應找到這裡嗎？

「我去見了水上教授，他說反轉劑有可能沒效，而原因很可能在於你本身，你的潛意識抑制了隆現身。」

「我的潛意識嗎？為什麼突然會這樣？」

「這就不知道了，我並沒有告訴教授我和你保持聯絡，所以只能問到這裡。」

「怎樣才能解除這種狀況？」

「只有催眠療法能夠把隆叫出來。」

神樂聽著電話，搖了搖頭。

「我必須被警察逮捕，才能去接受催眠療法。如果能夠順利把隆叫出來也就罷了，但萬一不行的話怎麼辦？」

「我知道，我也認為催眠療法的風險太大了。而且，目前還需要你做其他事。」

「去找『貓跳』嗎？但目前完全沒有任何線索。」

「有一件事想要告訴你，上個月，蓼科兄妹離開醫院三天，你知道他們去哪裡嗎？」

「我知道，他們去參加在釜山召開的數學研討會。雖然不是什麼大型的會議，之前他們也都缺席，但蓼科早樹說這次想要去參加——」

「他們沒有去參加。」白鳥里沙打斷了他的話。

「啊？」

「蓼科兄妹並沒有去參加會議。」

「怎麼可能……」

「千真萬確。因為我想到他們兄妹可能在那次會議上告訴了別人『貓跳』的事，所以調查了出席者，發現他們並沒有參加。」

「他們假裝去參加會議，結果去了其他地方嗎？」

「應該是這樣，所以我在問你，是否知道什麼線索。」白鳥里沙的聲音中帶著焦躁。

神樂的腦海中立刻浮現幾個想法，他深呼吸後說：

「我知道了，雖然目前無法立刻回答妳，但我會想一想，一有結果，就會馬上聯絡妳。」

「拜託了，我只能靠你了。」

「妳不要給我這麼大的壓力。」

神樂掛上電話後，忍不住點著頭。

一定是那裡。蓼科兄妹一定是偷偷去那裡——

27

淺間感覺臉頰的肌肉緊繃，渾身發熱。

「這是怎麼回事？」他把雙手撐在桌子上，低頭看著坐在椅子上的木場，「請你再說一次，我聽不懂。」

木場為難地咂了一下嘴。

「你不要這麼生氣，我也搞不懂是怎麼一回事。這是上面的命令，所以也無可奈何。」

「要我們撤離這個案子，到底是怎麼回事？我們不需要繼續辦案了嗎？」

「應該是吧，偵查的指揮權轉移到警察廳了。他們說，需要的時候，會請求我們的協助。」

「這不就意味著現在不需要嗎？」

「並不是這個意思，他們希望我們將全力投入尋找神樂這件事上。」

「找到神樂之後，就不關我們的事了嗎？連事實真相都不會告訴我們吧？」

木場傷透腦筋地抬頭看著淺間。

「殺害蓼科兄妹所使用的手槍和NF13相同這個事實，就已經夠讓人驚訝了，沒想到特解研的主任解析員神樂竟然有嫌疑，難怪警察廳會驚慌失措。你稍微成熟一點。」

「但神樂並不是NF13，DNA不一樣。」

「只不過應該有某種關聯，之前以為只是因為系統的資料不足，所以無法比對出和NF13相符的資料，既然主任解析員牽涉其中，情況就完全不一樣了。也許是因為神樂在系統動了什麼手腳，才會導致無法查出兇手。」

「股長，我剛才在電話中也已經說了，涉嫌殺害蓼科兄妹的並不是神樂，而是名叫隆的另一個人格，那個傢伙和特解研並沒有關係。」

木場不解地皺起眉頭。

「我不知道什麼不同人格，但他們共用一個身體，既然這樣，不是有辦法做到和神樂相同的事嗎？」
淺間搖了搖頭。
「神樂靠反轉劑控制隆的出現，隆不可能在神樂不知情的情況下擅自破壞系統。」
木場不耐煩地揮了揮手。
「這種事不重要。總之，NF13和蓼科兄妹的命案都由警察廳負責指揮，目前先找到神樂，其他事就不必多想了。」
淺間嘆著氣，搖了搖頭。
「有沒有對神樂發布通緝令？看樣子恐怕很難吧。」
「警察廳指揮要秘密偵查。」
淺間聳了聳肩，默然不語地轉過身走去門口，木場也沒有叫住他。
回到自己的座位時，戶倉正在寫報告。
「你的電腦裡有NF13的資料嗎？」淺間問。
「有啊，只是還沒有整理。」
「你存進隨身碟，帶來這家店。」淺間把一張名片放在桌上。
「把警方的資料帶出去？這違反了規定喔。」戶倉在說話時，露出不懷好意的笑容。
「那又怎麼樣？我們也沒有老實到願意配合對他們有利的遊戲規則玩這場比賽。」
「他們是誰？」
「等一下告訴你，我在那裡等你。」淺間拍了拍戶倉的肩膀，轉身走了出去。
「雲之糸」酒吧的所有座位都有網路設備，也可以自由使用自己帶來的軟體。

淺間一邊喝著琴蕾雞尾酒，一邊看著新聞快報，戶倉背著肩背包走了進來，坐在他旁邊。

「真快啊。」

「我把筆電一起帶來了。」

「真大膽啊。」

「反正同樣是違反規定，而且用這種莫名其妙地方的電腦讀取警方的偵查資料，萬一在離開之前無法清除留在硬碟裡的資料怎麼辦？」

「竊取ＮＦ13的資料有什麼好處？」

「那就不知道了，這個年頭，有些人只要聽到是資料，就什麼都想要。」戶倉向服務生點了啤酒後，從皮包裡拿出筆電，打開電源。「股長對你說了什麼嗎？」

「是啊，說了一大堆。」

淺間把和木場的談話告訴了戶倉。戶倉一邊聽著，一邊把ＮＦ13的資料叫了出來。

「這起命案，警察廳一開始就很囂張，現在終於來搶奪指揮權了。明明是我們連續好幾個星期都在追查ＮＦ13……」

「必定有什麼隱情，而且是不方便對外公開的隱情。」淺間注視著電腦螢幕。

至今為止，有三起被認為是ＮＦ13犯下的事件。最初在八王子，之後在千住新橋，第三起是在北品川。被害人都是年輕女子，頭部被手槍射中，同時有遭到強暴的痕跡，體內也發現了被認為是兇手的精液。所有的槍枝和子彈都一致，精液分析也相同，也就是說，可以斷定三起強暴殺人案是同一兇手所為。

DNA罪犯側寫的結果顯示兇手是「血型A型Rh陽性、身高是一百六十公分，正負誤差五公分，肥胖傾向強烈」，特解研也已經完成了引以為傲的合成照。圓臉、眼皮浮腫，嘴角下垂，如果年紀比較大，髮際很可能已經後退。

淺間認為這些解析結果的可信度很高。之前根據DNA偵查系統辦案，已經順利逮捕了好幾個人，兇手無論外貌和性格都和解析結果完全吻合，無一例外。

同時，也向媒體公布了兇手的合成照，張貼在公共場所的明顯位置。不知道是否因此奏了效，幾乎每天都會收到目擊情報。然而，到目前為止，所有的線報都是搞錯對象，甚至有的人和合成照完全不像，令人深刻體會到，人的眼睛有多麼不可靠。

雖然已經有這麼多證據，為什麼仍然無法抓到兇手？

「仔細思考一下，就覺得很奇怪。」淺間注視著電腦螢幕嘀咕道。

「哪裡奇怪？」

「千住新橋事件之後，公布了這張合成照，北品川事件是在那之後發生的。」

「是啊，所以很懊惱，被害女子竟然沒有看到合成照。如果看到的話，當兇手靠近時，應該就會發現。」

「不，如果要說的話，應該是兇手。我很納悶兇手為什麼沒有看到合成照，如果看到的話，通常不會再犯案。」

「應該……沒有看到吧。」

淺間搖了搖頭。

「不可能，你倒是站在兇手的立場想一想。他接連攻擊女人，一定睜大眼睛注意電視和網路，想要瞭解警方偵查到哪一個階段，也當然會知道警方公布了合成照。」

「即使這樣，兇手仍然毫不猶豫地繼續犯案……的確很奇怪，到底是怎麼回事？」

「如果合成照和兇手完全不像呢？」

「啊？」戶倉皺起眉頭。

「我的意思是，如果合成照完全是另一個人的臉，兇手當然就高枕無憂了，可以大搖大擺四處尋找下一個獵物。」

「如果完全是不同的長相，當然是這樣沒錯，但即使整形，也很難完全變臉啊。」

「不是自己變臉，而是改變合成照，變成有點像，卻不太像是兇手的臉。」

「有辦法做到嗎？」

「不知道，我只是假設有辦法做到的話。」淺間找來服務生，又點了一杯琴蕾雞尾酒，「一旦這麼想，就覺得檢索系統有問題。」

「有什麼問題？」

「聽特解研說，即使當事人的ＤＮＡ資料沒有登錄，只要有血緣關係的家人和親戚登錄，系統就會顯示出他們的名字，但是，ＮＦ13完全沒有顯示任何結果。原本以為沒有任何和兇手有血緣關係的人登錄，但可能根本就搞錯方向了。」淺間從口袋裡拿出香菸，確認這家店可以抽焦油量低於一毫克的香菸後，把菸放進嘴裡，點了菸，吐出沒有太多菸味的煙。「如果有人在系統中動了手腳，導致系統不會出現任何和兇手有關的結果呢？兇手就可以毫無顧忌地在現場留下精液和毛髮。」

琴蕾雞尾酒送了上來，淺間接了過來，喝了一大口。身體熱了起來。

「如果這個假設成立，兇手顯然有內應。神樂果然是共犯嗎？」

「如果神樂是共犯，很多事都可以合理解釋了。因為主要是由他負責操作系統，他完全可以在系統上動手腳，讓警方查不出NF13的真實身分。如果是這樣的話，他為什麼不隱瞞自己，竟然還傻傻地讓系統合成了自己的照片。」

「這一點的確很奇怪。」戶倉偏著頭納悶。

淺間想起了神樂的臉，他為無法查出NF13的身分感到懊惱不已。當時的表情不像是裝出來的。

「他會不會是遭人設計？」

「遭人設計？遭到誰設計？」

「不知道，我總覺得這起事件的背後似乎很複雜，也許和DNA偵查系統本身有關係。」

「難怪警察廳這麼緊張。」

「好！」淺間站了起來，「光是想像沒有用，我們直接去確認。」

「要去哪裡確認？」戶倉慌忙整理筆電問道。

「當然是DNA偵查系統啊。」淺間說完，露齒一笑。

大約三十分鐘後，淺間和戶倉出現在有明，看著「警察廳東京倉庫」的看板，和警衛交涉。

「為什麼不行？我們今天早上才來過這裡，為什麼現在不能進去？」

淺間像連珠砲似地問道，警衛無奈地垂下眼尾。

「雖然你這麼說，但上面吩咐不能讓任何人進去。如果你非要進去不可，就要辦理相關的手續。」

「要怎麼辦理？」

「這裡屬於警察廳管轄，所以請向警察廳申請許可。」

淺間和戶倉互看了一眼，警察廳似乎急著想要讓淺間他們遠離這起事件。

「好，那你把所長找來，找志賀所長。既然你不讓我們進去，那就請所長來這裡。」淺間指著地上說。

警衛皺著眉頭，拿起了電話，小聲地說了幾句後，看著淺間說：

「所長說，要和你在電話中談。」

「我想當面和他談。」

「所長正在忙，無法繼續通融了……」

淺間哼了一聲，接過警衛遞過來的電話。

「我是淺間，志賀先生，這到底是怎麼一回事？我們這幾個小時之間，不是還合作無間嗎？」

「你的上司沒有向你說明嗎？」志賀的聲音很冷漠，也沒有起伏。

「他說了一些莫名其妙的話，在蓼科兄妹遭到殺害之前，一直都是由我們負責ＮＦ13的偵查工作，現在突然要我們收手，我們當然無法接受，希望瞭解明確的原因。」

「我能夠理解你的心情，但現在無法顧慮偵查員的心情。這並不是無視你們，有很多事需要你們幫忙，所以請你們等待進一步指示。」

「是系統的問題嗎？」

「你說什麼？」志賀的語氣有點慌張。

「這次的事件是不是和DNA偵查系統本身有關？說得更清楚一些，那個系統有重大的秘密，對不對？」

「你說的話真有意思，你要怎麼想像是你的自由，但如果你想要找碴，我們也會有所考慮。」

「太有意思了，這次打算對我採取行動了嗎？那就說來聽聽——」

「我正在忙，恕不奉陪了。」志賀說完，掛上了電話。

淺間注視著手上的電話片刻，交還給警衛。

「志賀所長說什麼？」戶倉一邊走，一邊問道。

「和上午開會時的態度完全不一樣。我們去新世紀大學期間，似乎發生了狀況。」

「不知道是什麼狀況？」

「不知道，既然這樣，我們只能做一件事。」

「你打算怎麼做？」

戶倉問道，淺間看著他的臉，停下了腳步。他回頭仰望著「警察廳東京倉庫」的房子。

「既然DNA偵查和特解研都無法相信，那就不依賴這些進行偵查，用傳統的明察暗訪的方式打聽線索。反正我們本來就擅長這種偵查方式，既然這樣，就用我們自己的方法找出NF13。」

28

神樂壓低帽子，遮住了眼睛，走向售票機。幸好沒有人排隊。他站在售票機前，拿出了手機。那是白鳥里沙給他的手機，神樂確認之後，發現裡面儲存了相當金額的電子貨幣。和現金一樣都是逃亡資金，不，應該是「貓跳」的偵查資金。他決定毫不客氣地使用這些錢。

他正在東京車站，打算去某個地方。

他購買了往北的車票和指定席特急車票。這班車似乎沒有太多人搭乘，他買到兩人座的靠窗座位。

他看了一眼手錶，傍晚五點多。列車二十分鐘後出發。

他走去商店，準備買便當時，發現有人站在他面前。因為帽簷壓得很低，所以看不清對方的臉，但他之前見過那件白色洋裝。他緩緩抬起視線。

果然不出所料，鈴蘭一臉嚴肅地瞪著神樂。

「妳真是神出鬼沒啊。」神樂嘆著氣說。

「你要去哪裡？」

「去某個地方。昨天不是和妳說過嗎？我要找名叫『貓跳』的東西，也許去那裡可以找到。」

「我也要一起去，帶我去吧。」

神樂搖了搖頭。

「那不行，不好意思，帶像妳這樣的女生一起去會造成行動不便。妳可能不瞭解，但我目前正在逃亡。」

「不要，我要和你一起去。」

「不行。」神樂走向驗票口。

「如果你不帶我去，那我就去告密。」

神樂停下腳步，回頭看著她，「告密？」

「我會大喊大叫：『神樂龍平在這裡』，還要打電話給警察，告訴他們你搭哪一班車。」

神樂咬著嘴唇，抓住鈴蘭的右手，把她拉到柱子後方。

「好痛！我不是叫你不要動粗嗎？」

「不都是妳逼我的嗎？妳為什麼老是做一些讓我困擾的事？」

「因為我認為是為你好。拜託，帶我一起去。你之後一定會很慶幸帶我一起去。」

她再三拜託，神樂隔著帽子抓了抓頭。

「我不是去玩，是去找東西的，而且也不知道會花多久時間。」

「沒關係，只要和你在一起，我就很幸福。」

「妳不是因為我，而是因為可以和隆在一起，才會感到幸福吧？」

「不行嗎？而且，我也喜歡你。」

神樂微微搖了搖頭。他無法預料接下來會發生什麼事，單獨行動比較自由，但他也想帶她同行。

「妳就這樣出遠門沒問題嗎？妳應該有家人吧？」

「沒關係，別擔心。」

「妳一個人住嗎？」

「嗯，我一個人，永遠都是一個人，直到認識隆。」她點了點頭。

神樂聳了聳肩。

「我去買車票，妳在這裡等我。」

鈴蘭聽到神樂這麼說，露出興奮的表情說：「嗯！」

神樂走回售票機，再次購買了車票。他買了自己旁邊的座位。

大約二十分鐘後，他們坐上了往北的列車。車廂內沒什麼人，離開東京車站時，只坐了四分之一的乘客。

神樂讓鈴蘭坐在靠窗的座位，自己在靠通道的座位坐了下來。

「等一下要去的地方有什麼嗎？」鈴蘭問他。

「簡單地說，那裡以前是蓼科兄妹的老家。蓼科早樹十一歲時，被送至新世紀大學的精神分析研究室，但在此之前，就住在那裡，只不過原來的房子已經拆掉了。」

「是這樣啊，那她的父母呢？」

「她的父母都已經離開人世了，所以蓼科兄妹在離老家不遠處買了房子，那是一棟新建的別墅。」

「為什麼？」鈴蘭偏著頭。

「因為他們想要有自己的城堡。蓼科早樹的天才能力獲得肯定之後，他們仍然被迫生活在新世紀大學醫院的管理之下。我差不多就是在那個時候認識他們。蓼科早樹創造的理論讓我深受感動，請她協助建構DNA偵查系統時，蓼科耕作提出了一個條件，那就是希望能夠提供只有他們兄妹單獨相處的時間和空間。他們的精神已經疲憊不堪，我回答說，我無法提供場所，但會協助他們安排時間。因為只要用適當的名義，為他們向警察廳和醫院申請外出就好，所以並不是什麼困難的事。只不過除了我以外，並沒有人知道這件事，我甚至向志賀所長隱瞞了這件事。蓼科兄妹得到了自由時間後，偷偷買了房子，不時去那裡埋頭研究。蓼科早樹創造的劃時代理論，其實並不是在醫院的VIP病房，而是在那個藏身處創造出來的。」

鈴蘭不時眨著眼睛，或是點著頭。神樂注視著她，低聲告訴她這些事。不知道為什麼，他竟然毫不排斥把這些連志賀所長都不知道的事告訴鈴蘭，雖然毫無根據，但他確信她不會背叛自己。

「是這樣啊，任何人都不喜歡在別人的監視下過日子。」鈴蘭說，「所以，我們要去他們的藏身處嗎？」

「就是這樣。」

神樂靠在座椅上看著前方，這時，他發現有一雙眼睛從前方的座椅縫隙看著他們。是前排的乘客。也許是神樂說得太投入，不知不覺越說越大聲了。

那名乘客似乎為和神樂四目相接感到尷尬，立刻站了起來。神樂以為這個身穿西裝、年約四十的男性乘客會向他抱怨，但他頭也不回地走在通道上，在前面五排左右的座位坐了下來。

「他可能覺得我們說話很吵。」鈴蘭壓低聲音說。

「我並不覺得剛才說話很大聲。」神樂偏著頭。

「年輕男女在後排座位竊竊私語，即使聲音不是很大，也會很在意。他一定很羨慕我們。」

「但其實並不是別人以為的愉快旅行啊。」

「是嗎？我很愉快啊，能夠和你單獨旅行，我很興奮。既然機會難得，我們就好好樂在其中。」鈴蘭興奮地說。

「是啊，如果太嚴肅，反而會引人注意，也許必須假裝成情侶享受小旅行。」

在車上賣便當的小姐推著推車走了過來，推車上放著便當和飲料。

神樂叫住了賣便當的小姐。

「先吃點東西，妳想吃什麼？」他問鈴蘭。

「我都可以，你決定就好。」

「那我來看看。」神樂向推車內張望。

「有釜飯便當，可以嗎？」

「好啊。」鈴蘭回答。

神樂向賣便當的小姐點了兩個釜飯便當和裝在寶特瓶內的日本茶。賣便當的小姐看了一眼鈴蘭後，說了價格。

釜飯便當還熱熱的，神樂忍不住小聲歡呼起來。這不是裝出來的。他發現自己漸漸發自內心地享受這趟旅行，不由得偷偷苦笑起來。

29

雖然空氣清淨器和排煙機已經開到最大，但狹小的室內仍然煙霧彌漫。因為淺間吐煙的速度超過了淨化的速度。

「你差不多該節制一點吧？離開始營業只剩下三十分鐘了，如果店裡仍然有菸味，會被討厭香菸的客人罵。」穿著黑色襯衫和牛仔褲的丸沼玲子在吧檯內抱著雙臂。

「即使開始營業，也未必馬上就會有客人上門，更何況有時候一整晚都沒有一個客人。」淺間從菸盒裡又拿出一支菸，想要叼在嘴上，但立刻被玲子搶走了。「妳幹嘛啊？」

「我跟你說過很多次，本店沒有吸菸店的許可證，如果客人去投訴說店裡有菸味，就會有很多麻煩事。如果你非抽菸不可，那就去其他店。」

淺間撇著嘴。

「我知道了啦，再讓我抽最後一根。」

「不行。」玲子拿走了裝滿菸蒂的菸灰缸。

淺間咂著嘴。

「沒有菸，我根本沒辦法動腦筋。」

他面前的吧檯上放著NF13的相關資料，這是戶倉為他列印出來的。筆電和電子書閱讀器的畫面太小，無法同時看好幾份資料。淺間向來都習慣把資料排在面前，俯瞰整體，尋找破案的關鍵。

這種時候，他通常都會來這家店——「朗德」。原本是丸沼玲子的母親開了這家只有吧檯的酒吧，她只是偶爾來幫忙而已。但她母親在十年前病倒了，她繼承了這家最多只能容納八名客人的小店。

「既然不能抽菸，那只能喝酒了。給我波本酒，隨便什麼都好，要純酒。」

「沒關係嗎？你等一下不是還要回警視廳？」

「沒關係，很多刑警都滿身酒氣。」

「是喔。」玲子應了一聲，伸手拿酒櫃上的野火雞酒瓶。

「真的很久沒看到你這樣了，你已經有幾年沒有像這樣看資料了。」

「因為最近我已經不是刑警了。」

「是喔，那你是什麼？」

「算什麼呢？硬要說的話，算是電腦的手下吧。按照電腦發出的指示行動，逮捕電腦預測的對象。我的上司一定覺得人類的經費比機器人便宜，所以才會用我們這些人。」

玲子噗哧一聲笑出來後，把純酒的酒杯放在淺間面前。

「機器人不會喝酒，也不會在酒吧發牢騷。那為什麼現在又用以前的方式辦案呢？」

「因為發生了一些事，只是無法告訴妳詳細情況。嗯，算是我小小的反抗吧。」淺間把酒杯舉到嘴邊，嗅聞著獨特的香氣，喝了一口波本酒，覺得體溫一下子上升了，他很希望這種刺激能夠讓腦細胞稍微活躍一些。

「朗德」從晚上八點開始營業，在營業的五分鐘前，淺間開始收拾吧檯上的資料。他無意影響店裡做生意，如果被突然闖入的客人看到資料也很不妙。

他把資料收進皮包後，門打開了，但走進來的不是客人，而是戶倉。

「打擾了。」戶倉打著招呼，在淺間旁邊坐了下來。

「上面那些人怎麼樣？有沒有說我什麼？」

「我說你要單獨調查神樂的人際關係，所以目前股長似乎接受了這種說法，只是不知道能夠撐到什麼時候。因為一直找不到神樂的下落，上面的人很著急。」

「知不知道警察廳方面的動向如何？」

戶倉皺著眉頭，搖了搖頭。

「消息完全封鎖了。因為NF13而成立的三個共同搜查總部也呈現實質凍結狀態，這種情況太異常了。」

「也就是說，警視廳內，只有我們在偵查NF13。」

「就是這樣——淺間先生，這是威士忌嗎？」

「是啊，你也喝點什麼吧。今天晚上不會再回去了吧？」

「那我要健力士啤酒。淺間先生，你這裡的情況怎麼樣？有沒有什麼成果？」

淺間噘起嘴，搖了搖酒杯。杯子裡的冰塊發出了嘎啦嘎啦的聲響。

「我都快把資料看出洞了，卻沒有發現任何線索。我覺得第一波偵查太粗糙了，沒有認真在周邊進行調查，所以沒有任何目擊證詞，甚至不瞭解被害人的行蹤。轄區警局和機搜那些人不知道在幹什麼。」

玲子把裝了黑啤酒的杯子放在吧檯上，表面浮著一層綿密的啤酒泡。戶倉津津有味地喝了之後，用手背擦了擦嘴巴上的啤酒泡。

「話不能這麼說啦，每一起事件都在被害人體內發現了精液，既然有兇手的DNA，接下來就只要等特解研的報告——這就是最近的偵查方針，事實上，也靠這種方法破了很多案。只要聽到兇手留下了精液，轄區警局和機搜當然不可能出動。」

「問題是特解研根本不可靠，他們被引以為傲的DNA偵查系統擺了一道，這下就沒戲唱了。」淺間咬牙切齒地說完後，輕輕點了點頭，「我懂了，原來是這麼一回事。」

「怎麼一回事？」

「兇手留下精液的理由。之前我一直以為，兇手知道DNA偵查系統查不到他，所以就恣意逞慾，但也許有不同的意義。兇手一旦留下精液，警方就會大意，第一波調查不會太投入，導致兇手不僅躲過了DNA偵查系統，也順利逃過了傳統型的偵查網。」

戶倉拿著酒杯，點了點頭。

「雖然很不甘心，但這番推理似乎很有道理。」

「既然這樣，就只能等待兇手下一次犯案。無論如何，有用的線索實在太少了。」

淺間拍了拍一旁的皮包。

「對了，我差點忘記了。」戶倉把手伸進了西裝的內側口袋，拿出一張摺成四摺的紙，「雖然不知道有沒有用，但我發現了補充的資料，所以帶來了。是有關在千住新橋的堤防上發現的那具屍體的資料。」

淺間接過來後，打開一看。上面是一張照片的影本，照片拍攝了屍體的耳朵，還附有說明。

「右側耳朵有一小片燙傷的痕跡……喔。」淺間小聲說道。耳垂的稍微上方的確有一片暗紅色。

「因為死因很明確，被害人的頭髮也很長，所以驗屍和解剖時並沒有發現，送到遺體安置室後，有人發現了這個狀況。左側耳朵的損傷很嚴重，不知道是否有燙傷的痕跡。」

「耳朵燙傷嗎？怎樣才會燙傷耳朵？」

「我在想，會不會是電恍器。」戶倉說，「電子恍惚器不是會把電極夾在耳朵上嗎？」

淺間偏著頭問：「是嗎？」

「難道不是嗎？」

「電恍器使用的是極其微弱的電流，應該不會燒焦皮膚。」

「是這樣嗎？」

「這是之前聽沉迷於電恍器的高中生說的，雖然會有刺刺的觸電感覺，但不會感到熱。」

「那應該就不是了。」戶倉失望地說。他原本可能對自己的觀察很有自信。

「可以插嘴一下嗎？」玲子突然問道。

淺間看著她的臉問：「什麼事？」

「對不起，我雖然無意偷聽你們談話，但聲音還是傳進了耳朵。」

「沒關係，我們不會在這裡談不能讓妳聽到的事，而且也知道妳的口風很緊。妳想說什麼？」

玲子遲疑了一下，才終於開了口：

「我最近聽說過電恍器燙傷耳朵的事。」

淺間把身體轉向她。

「真的嗎？什麼時候的事？」

「就是最近，好像是兩、三天前，聽幾個年輕小姐聊天時提到。」

「她們使用電恍器燙傷了嗎？」

玲子搖了搖頭。

「她們似乎也不是很瞭解情況，只是聽說有奇怪的傳聞。」

「傳聞？」

「據說有方法可以增加電恍器的電流。正如你剛才說的，通常都是使用微弱電流，但使用這種方法之後，電流就變得很強，比以前的電恍器刺激好幾倍，恍惚感也很強烈。只不過聊這件事的小姐並沒有親自體驗過，聽說使用這種加強版的電恍器會燙傷耳朵。」

淺間再度看著照片。聽玲子這麼說之後，覺得燙傷的痕跡的確有夾子的形狀。

「加強版的電恍器。」

「這名被害人是很乖巧的專科學校學生，不像是會玩電恍器的人。如果真的使用，不是被兇手慫恿，就是遭到逼迫。」戶倉說，「也就是說，兇手可能是使用電恍器上癮的人。」

「果真如此的話，要如何鎖定兇手？」

淺間問，戶倉皺著眉頭。

「問題就在這裡。網路黑市到處可以買到電恍器，幾乎不可能查到哪些人向業者購買……」

淺間拿起杯子，但在端到嘴邊之前，看著玲子問：

「聊這件事的小姐有沒有看過加強版的電恍器？」

正在洗杯子的玲子偏著頭說：

「聽她們聊天的感覺，好像也沒見過，只是其中一個人從哪裡聽說的傳聞。」

「所以說，市面上很可能還沒有很多。」

「我上網查一下。」戶倉開始操作手機。

戶倉的手指迅速按著螢幕，但隨即嘆了一口氣，似乎決定放棄了。

「找不到，我查了幾個網站，目前還沒有這方面的消息。」

「太有趣了。」淺間把波本酒一飲而盡，把空杯子放在吧檯上。「如果兇手使用了連黑市也沒有的商品，那就是很大的線索。」

「要去秋葉原找找看嗎？」

「不，去淺草橋。」淺間猛然站了起來。

大約三十分鐘後，淺間和戶倉出現在一棟老舊大樓的二樓。這個事務所掛著「東京都安心生活研究所」這種好像中規中矩，但一看就知道有問題的招牌，狹小的室內放著各種電子儀器和光學儀器。

「太驚訝了，沒想到淺間先生竟然知道超恍器的事。我想生活安全部和組織犯罪對策部的人都還不知道超恍器具體是什麼東西。」

說話時露出一口黃牙的是姓鹽原的男人，他是這裡的所長。這家事務所除了銷售防盜用品以外，還接一些偵測竊聽器和監視器的生意，但淺間掌握了線報，知道這裡也販賣一些違法的儀器。

「這種儀器名叫超恍器嗎？」

「是超級電力恍惚器的簡稱，了無新意的名字。」

「哪裡有賣這種名叫超恍器的儀器？你這裡也可以買到嗎？」

鹽原聽了淺間的問話，用力搖著手說：

「別亂說話，我只做正當生意，而且市面上並沒有超恍器這種商品，是用普通的電恍器改造的。」

「加強電流嗎？」

「簡單地說就是那樣，問題是沒那麼簡單。因為電恍器本身就是很棘手的東西，畢竟是用電力刺激大腦，要加強電流，並不是加大電池，或是增加電壓就可以簡單搞定，需要具備相當的知識才能改造。不要說外行人，就連專賣電恍器的業者，也沒辦法輕易改造。」

「那誰可以改造？」

淺間問，鹽原笑了起來，抓著已經有點稀疏的腦袋。

「這個問題很難回答，可以說，任何人都沒辦法改造，但從某種意義上來說，任何人都可以改造。」

淺間瞪著鹽原的臉，「你在玩我嗎？」

「我是實話實說，超恍器的傳聞源自一封奇怪的可疑郵件。經營電恍器的業者都收到了那封郵件，郵件中提到，有人知道如何加強電恍器的功率，問業者願不願意購買。」

「寄件人是誰？」

「既然是可疑郵件，當然不知道寄件人是誰。在收到郵件後不久，就開始出現了超恍器的傳聞，也聽說可能會導致耳朵燙傷。也就是說，有業者向那個人購買了相關的改造法。所以我才說，任何人都可以改造電恍器。」

淺間和戶倉互看了一眼後，再度看向鹽原。

「你知道是哪家業者買的嗎？」

鹽原抱著手臂，縮著身體。

「不知道。超恍器是相當危險的商品，可能會有人意外身亡。在瞭解會造成何種程度的影響之前，業者應該會隱瞞是自己經手的。」

淺間點了點頭。他認為很有可能。

「謝謝，你的話有很大的參考價值。如果知道有哪家業者經手超恍器，希望你通知我。」

鹽原舔了舔嘴唇說：

「既然這樣，你也透露一點消息給我。你在查這件事，是不是代表超恍器和某起命案有關？」

「目前還不知道，只知道一個月前遭到殺害的女人很可能曾經使用過超恍器。」

鹽原立刻瞪大了眼睛。

「一個月前？那就太奇怪了。」

「為什麼？」

「因為收到廣告信函至今才三個星期，一個月前應該還沒有超恍器。如果有的話，也不是業者改造的，而是寄可疑郵件的人改造的。」

30

車站前有巴士。末班車上除了神樂和鈴蘭以外，只有一對看起來像本地人的中年男女。神樂和鈴蘭坐在後方的座位，他還是讓鈴蘭坐在靠窗的座位。窗外一片漆黑，無法享受田園風光。

大約二十分鐘後，巴士來到了他們想去的車站。雖然巴士很老舊，卻可以使用電子貨幣支付車費。神樂付了兩人的車資後下了巴士。

馬路雖然鋪了柏油，但沒有路燈，只能靠著月光照亮。鈴蘭挽著神樂的手。

「別擔心，我來過好幾次，即使閉著眼睛也可以找到。」神樂摟住了她的肩膀。

不一會兒，他就找到了通往岔路的一小段階梯，代替門牌的看板上沒有寫任何字。這就是記號。

沿著階梯往上走，一棟兩層樓的木造房子出現在眼前。房子設計成小木屋的感覺，但並不是用木頭建造的，裡面是很普通的西式住宅。

信箱下面放著沒有種任何植物的花盆。移開花盆後，出現一個埋在泥土裡的塑膠盒子。神樂打開盒蓋，拿出裡面的鑰匙。

「太厲害了，真的有藏身處的感覺。」鈴蘭興奮地說道。

神樂用那把鑰匙打開了玄關的門。一進門，就是配電箱，他打開了總開關，室內立刻充滿了溫暖的燈光。

整棟房子並不大，一樓是客廳和飯廳，二樓有兩間西式房間，但對蓼科兄妹來說，這裡是世界上唯一能夠讓他們心靈平靜的地方。神樂來這裡之後，第一次看到蓼科早樹的笑容。

鈴蘭好奇地打量著客廳，神樂把她留在一樓，獨自上了二樓。雖然二樓有兩個房間，但他們兄妹並不是各用一個房間，而是把其中一間當成臥室，另一間做為研究室。神樂打開了研究室的門，又打開了燈。

牆邊有一張巨大的桌子，上面放了好幾臺電腦的螢幕。這裡很像他們在新世紀大學醫院的房間。

神樂走近其中一臺電腦，打開了電腦。蓼科兄妹上個月偷偷溜出醫院時，到底在這裡做了什麼？神樂必須查明這件事。

他在電腦前奮鬥了將近一個小時，但他的努力泡了湯。他無法找到蓼科兄妹曾經做過什麼的痕跡，只知道上個月曾經用過這臺電腦。

神樂低吟了一聲。當時的資料似乎都已經刪除了。如此一來，就無計可施了。

樓下沒有動靜，鈴蘭也沒有上樓。她可能覺得不能打擾神樂工作。

神樂突然想起白鳥里沙告訴他的事。蓼科兄妹曾經和一位美國的數學家互通電子郵件。目前並沒有人發現當時的郵件。

神樂操作著鍵盤。也許蓼科兄妹是用這臺電腦寫電子郵件。

找到了！

神樂在尋找電子郵件的檔案時，發現上個月的確曾經寄了電子郵件，寄給一個叫基爾·諾伊曼的人。當然是用英文寫的。神樂看了內容之後，感到渾身都熱了起來。電子郵件翻譯成日文後的內容如下——

雖然花了一點時間，但補充程式終於即將完成。如此一來，就可以讀取「白金數據」了。這次終於能夠修正錯誤了，這是對我們懺悔的賞賜。

31

那家店位在一棟有點髒亂的大樓地下一樓，淺間沿著又黑又窄的樓梯下了樓，戶倉跟在他身後。

他推開走廊盡頭的門。店內有一張吧檯，幾名客人背對著門口坐著。店裡彌漫著煙霧，這裡使用的應該是不符合健康標準的空氣清淨機。

穿著花稍圖案襯衫的酒保露出銳利的眼神看著淺間他們，不像是在歡迎客人，而是對陌生人感到警戒。不知道是否因為看到了酒保的表情，坐在吧檯的幾個客人也都轉過頭。再怎麼奉承，那幾個客人都稱不上是慈眉善目。

戶倉走向吧檯。

「是不是有一個叫勝山的傢伙？勝山悟郎。」

酒保的眼神更兇惡了。

「你們是誰？」

戶倉從上衣口袋裡拿出警察證，酒保立刻很不耐煩地皺起眉頭。

「沒這個人。」

淺間大聲地咂了一下。

「我們知道勝山在這家店，所以我們就不要浪費彼此的時間了。只要告訴我們哪個傢伙是勝山，我們也省事，也不會給這家店添麻煩。怎麼樣？這個提議不壞吧？」

酒保聳了聳肩。

「很不巧，我從來不問客人的名字，即使問了，也記不清楚。你要不要自己找？」戶倉轉過頭，對淺間露出苦笑。

「那就這麼辦吧。」淺間說。

這時，坐在裡面桌子旁的一個年輕男人站了起來，他抓著頭，懶洋洋地走了過來。當和淺間眼神交會時，他不耐煩地說了聲：「去廁所啊。」廁所門就在入口旁。

年輕男人把手伸向廁所門，但下一剎那，用另一隻手打開了入口的門，轉眼之間，就衝出店外。

「快去追！」在淺間命令之前，戶倉就已經追了上去。店內也可以聽到衝上樓梯的腳步聲。

「刑警先生，你不去追嗎？」酒保問淺間。

淺間沒有回答，看向裡面那張桌子。幾個年輕人懶散地坐在桌旁，坐在最角落的人把毛線帽往下拉。

淺間大步走向毛線帽男人。

「可不可以把帽子拿下來？」

男人抬頭瞪了淺間一眼，但似乎無意回答，把罐裝啤酒倒進了杯子。長髮從毛線帽下露了出來。

「你沒聽到嗎？我叫你把帽子拿下來。」

「大叔，現在是怎樣？和我沒關係啊。」

「有沒有關係，由我來判斷，趕快把帽子拿下來。」

「你想怎樣啊！」男人伸手想要抓淺間的衣領。

淺間立刻抓住他的手腕，用力擰向大拇指的方向。男人發出呻吟，扭著身體。淺間把他的毛線帽摘了下來，耳朵從長髮的縫隙中露了出來，耳垂上有一個小小的傷痕。

「你就是勝山吧。」淺間對著那個耳朵說，「還自作聰明，讓手下聲東擊西逃走，想趁我們去追人時開溜嗎？」

勝山沒有回答。淺間抓著他的手腕，用力把他拉起來。

「好痛啊，我什麼都沒做，刑警可以這麼對待我嗎？」

「少囉嗦，別說這些有的沒的，快跟我走。」

淺間拉著勝山的手臂走出店外。勝山抵抗著，只不過他雖然個子不矮，卻沒什麼力氣。手臂很細，身體也很輕。走上樓梯時，一屁股跌坐在地上。

「你是不是有超恍器？你在哪裡買的？」

「那是什麼？我不知道。」

淺間抓著勝山燙傷的耳朵。

「我知道你在到處炫耀，趕快從實招來。」

「我忘了那家店叫什麼名字，秋葉原的某家店，我隨便走進去，然後就買了。」

淺間更用力扯著勝山的耳朵，勝山輕輕發出慘叫聲。

「好啦，我說我說，是一家名叫『虎電器行』的商店。我想在那裡買電恍器，店員說有加強版的，所以我就買了。這沒問題吧？我只是買電子儀器，又沒做什麼壞事，也沒有讓別人用。」

「虎電器行」——淺間一聽到這個名字，頓時感到失望不已。

「你帶在身上嗎？」

勝山把手伸進了夾克口袋，拿出一個像菸盒般的金屬盒子。上面連著兩根電線。

淺間從自己的口袋裡拿出塑膠袋。

「放進去。」

看到勝山把超恍器放進塑膠袋後，淺間便把塑膠袋搶了過來，一隻手鬆開了他的耳朵。

這時，戶倉回來了，一看到淺間他們，頓時瞪大了眼睛。

「冒牌貨似乎逃走了。」

戶倉皺起鼻子。

「這傢伙是勝山嗎？」

「沒錯——你可以走了，超恍器暫時先寄放在我這裡。」

勝山摸著耳朵站了起來，走出了大樓。他可能覺得再回去酒吧很丟臉。

淺間看著塑膠袋裡面，撇著嘴說：

「又是白跑一趟，也是『虎電器行』。」

「可以相信勝山說的話嗎？」

「他應該沒有說謊，那種傢伙沒辦法殺人。」

淺間認為ＮＦ13的兇手和超恍器有關，所以和戶倉兩個人四處打聽消息。「東京都安心生活研究所」的鹽原打電話來說，查到了販賣超恍器的店家，就是「虎電器行」。

淺間已經去過那家店，向老闆打聽了情況。老闆一開始否認，淺間威脅他說，可以申請搜索票搜索店裡，他才終於承認在賣超恍器。「虎電器行」從黑市購買了電恍器，然後改造成超恍器後出售。

無論電恍器還是超恍器，都是以脈衝電流發生器的名義販售，店家可以主張是客人擅自把電極夾在耳朵上刺激大腦，所以無法追究店家販售和改造的罪責。購買者也一樣，只有勸誘或強迫他人刺激大腦才有罪。雖然明知道電恍器有和毒品相似的作用，但因為成為黑道的資金來源，無論生活安全部和組織犯罪對策部始終無法順利取締。

正如鹽原所說，「虎電器行」也收到了可疑郵件。老闆回覆了寄件人，想要購買改造方法，幾天後，就收到了實物和寫了改造方法的隨身碟。實際使用實物後，發現效果的確增強了，原本以為是詐騙的擔心也消失了。

奇怪的是，對方寄來的包裹中並沒有請款單，目前已經過了兩個星期，對方仍然沒有來請款。

「虎電器行」已經出售超恍器給超過十名客人。老闆認為，改造本身很簡單，也不需要太多費用，但如果不知道方法，就無法進行改造。店裡當然沒有留下購買該商品的客戶資料。

之後，淺間和戶倉聯絡了主要在鬧區活動的包打聽，請對方聽到有關超恍器的消息，就立刻通知自己，也因此找到了幾個有超恍器的人，所有人都是在「虎電器行」購買的。

「淺間先生，現在外面的超恍器應該都是『虎電器行』賣出去的吧？」戶倉說，

「但是，ＮＦ13事件是在『虎電器行』販售之前，就已經使用了超恍器。也就是說，想出改造成超恍器的人就是寄可疑郵件的人，同時也是ＮＦ13的兇手。這樣沒錯吧？」

淺間抓著頭。

「即使是這樣，要去哪裡找到這個人？『虎電器行』回覆郵件的那個信箱已經不存在了。」

「這件事也讓人感到奇怪，為什麼對方傳授了改造方法，卻沒有請款呢？」

淺間嘆了一口氣，搖了搖頭。

「不知道。出售改造方法的想法本身就沒有意義，只要有一家店出售，消息很快就會傳出去。只要專家看到實物，馬上就知道是怎麼改造的。」

「既然這樣，為什麼要寄那種郵件？」

「如果我知道，就不需要這麼辛苦了。」

「淺間先生，是不是差不多該向上面報告這件事了？光靠我們兩個人，恐怕很難繼續查下去。」

淺間沒有回答戶倉的提問。他摸著口袋，拿出了菸盒。

「淺間先生。」

「說了也沒用，」淺間說：「他們只會抱怨，叫我們不要擅自行動，然後阻止我們繼續追查超恍器，把目前查到的線索交給警察廳的人。不用想就知道會是這樣的結局。」

「也許是這樣……」

戶倉吞吞吐吐的時候，他上衣內側口袋裡的電話響了。

「我是戶倉……對，淺間先生也和我在一起，在辦案啊，在調查神樂的交友關係……什麼？……知道了，馬上就回去。」戶倉掛上電話，一臉驚訝地看著淺間說：「是股長打來的，叫我們馬上趕回去，好像有關於神樂的消息了。」

「神樂的消息？」

淺間嘴上叼著菸，還沒有點火，他把菸丟進了旁邊的垃圾桶。

32

那須、木場和志賀三個人等在會議室。

「今天走少數菁英路線嗎？」淺間在坐下的同時挖苦道。

那須用力瞪了他一眼。

「高層已經溝通好了，第一線的人員只要按照指示行動就好。」

「這是不需要對將棋的棋子說明詳細情況的意思嗎？」

「並沒有把你當棋子，最好的證明，就是現在找你來這裡。」

「所以，要向我說明一切了嗎？像是為什麼突然被搶走了ＮＦ13的偵查權之類的。」

「淺間！」木場在一旁喝斥道。

志賀露出淡淡的笑容。

「雖然有必要分享資訊，但如果不遵守秩序，反而會引起混亂。之前不是也說了嗎？有很多需要你做的事。」
「你還說，到時候會下達指示。原來如此，難怪把我找來這裡，現在需要出動用完即丟的免洗筷部隊做事了。」
「說夠了沒有！」木場再度喝斥道，「我也不知道詳細的情況，只要完成上面交代的任務就好。」
淺間看著木場下垂的臉頰，很想對他說：「你這個沒出息的傢伙，當然不覺得有問題。」但還是忍住了，把視線移回志賀和那須身上。
「這次要交代我什麼任務？」
「在此之前，要先說一件重要的事。」那須說：「目前已經查到了神樂逃亡的地點。」
淺間忍不住瞪大了眼睛。
「在哪裡？」
「往北。」
「往北？」
那須向志賀點了點頭，志賀把放在一旁的筆電螢幕轉向淺間。不一會兒，螢幕上出現了一個戴著帽子的男人靜止的畫面。男人低著頭，似乎正在操作什麼。
「這是？」
「這是裝在東京車站售票機上的監視器拍下的影像，」志賀說：「目前全國主要車站的幾個售票機都裝了監視器，主要是為了追蹤逃犯的下落。有一件事提供你參考，因為必須在全國建立監視網絡，所以由警察廳負責管理這些影像。」

「我知道這件事，這個戴帽子的男人是神樂？」

「應該是。」

淺間凝視著畫面。

「但這個靜止畫面中，臉完全被帽子遮住了，還是影像動了之後，可以看到他的臉嗎？」

「不，這個人直到最後都沒有脫下帽子，應該是意識到監視器的關係。」志賀用平淡的語氣說。

「既然這樣，為什麼知道他是神樂？」

「因為耳朵。」志賀指著畫面中男人的耳朵，「也許你已經知道，每個人耳朵的形狀都不同，可以用來鑑別。我們決定用電腦解析裝在主要車站的監視器影像，尋找和神樂的耳朵形狀一致的人，最後找到了這個人。」

「這是什麼時候的影像？」

「五天前的下午五點零三分。」

「已經過了五天嗎？」淺間苦笑著說，「都可以繞日本一周，再回到東京了。」

志賀露出冷漠的眼神看著淺間。

「你想像一下，每天有多少人在東京的主要車站使用售票機，這是讓電腦全天候工作的結果，我認為這樣已經很快了。」

「是要我肯定你們的努力嗎？聽說科警研和特解研的預算遠遠超乎我們的想像，解析監視器的影像竟然也要花上五天的時間。」

「我們曾經提議在售票機的面板上引進靜脈辨識系統，一旦成真，只要逃犯一觸碰面板，系統就會立刻自動通報。但是卡在保護個人隱私的問題上，所以計畫遲遲無法推動。這無關預算，而是法律的問題。」

淺間噘起嘴。

「在DNA之後，還要登錄靜脈模式嗎？我和你們好像是完全不同的人種。這不重要，知道神樂買了去哪裡的車票嗎？」

「已經查出來了。監視器在下午五點零三分拍到了像是神樂的人，只要調查售票機在那個時間出售的車票就好，結果顯示他購買了往北的列車。」

「他去哪個車站？」

「他換了幾班不同的路線，最終目的地是——」

志賀提到一個叫「暮禮路」的車站。

「鳥不生蛋的鄉下地方。他為什麼要去那裡？」

「你不需要思考其中的理由，總之，可以確定神樂在暮禮路市。」

「現在知道了吧？你的任務就是去暮禮路把神樂抓回來。」那須說。

淺間看著上司的臉問：「我一個人嗎？」

「我也會和你一起去。因為如果只有你一個人，你會亂來。」木場說。

「我和股長兩個人嗎？聽說暮禮路市是由好幾個市、町、村合併後的城市，地方很大。」

「並不是要你去把他找出來，」志賀說，「警察廳已經通知了當地警察，目前發動了人海戰術展開搜索，我認為找到神樂只是時間的問題。」

「你們是怎麼向當地警察說明神樂的事？」

「說他是科警研的職員，目前失蹤了，手上掌握了有關殺人事件的重要資料。並不完全是謊言吧？」

淺間嘆了一口氣。

「我把神樂帶回來後，不需要偵訊，就交給警察廳嗎？」

「神樂是警察廳的人，警察廳的問題由警察廳自己解決，這是很理所當然的事吧？當然，一切都解決之後，會向你們公布可以公布的部分。」志賀用淡然的口吻說道。

淺間拍著桌子，猛然站了起來，瞪了志賀一眼後，轉身走了出去。

「淺間，你拒絕接受任務嗎？」那須問。

淺間吐了一口氣後轉過頭。

「我接受啊，去暮禮路市就好了，不是嗎？我馬上去做準備。」

「淺間先生，請等一下。」志賀說完，操作著電腦的鍵盤。

液晶畫面的影像動了起來，快速播放許多乘客購買車票的樣子，然後在某個畫面時停了下來。淺間看到螢幕上的人大吃一驚。剛才那個人——戴著帽子、像神樂的人再度出現在畫面上。

「這是……怎麼回事？」

「正如你所看到的，神樂再度出現了。在調查售票機的紀錄後發現，他又買了和剛才完全相同的車票，而且是旁邊的座位。」

「有人和他同行嗎？」

「這樣解釋應該很合理，但似乎不是事先約定好同行，否則，第一次買車票時，就會連同對方的車票也一起買好。」

「那是誰……算了，即使你知道，也不可能告訴我。」

志賀緩緩地搖了搖頭。

「如果是這樣，就不會特地讓你看這些影像了。我們也完全猜不透神樂和誰同行，所以也許必須視實際情況，把那個人也一起帶回來。」

淺間雙手扠在腰上，低頭看著那須。

「無論帶誰回來，我們都沒有權利偵訊他們——課長，這樣沒問題嗎？」

那須默不作聲，木場站了起來。

「走了，列車已經安排好了，三十分鐘內完成準備工作。」木場說完，向那須他們行了一禮，就走出了會議室。

淺間也瞥了志賀和那須一眼，跟著木場走了出去。

「股長，」淺間在走廊上追上了木場，「這是怎麼回事？我們為什麼要當特解研的跑腿？」

木場停下了腳步，回頭看了一眼會議室後，看著淺間，緩緩地搖了搖頭。

「不知道，我想課長應該瞭解情況，只是不方便告訴我們罷了。」

「我無法接受。」

「我也一樣，但這也是無可奈何的事，我們只能聽別人的指揮，如果你想指揮別人，就要趕快往上爬，所以必須先立功。」木場拍了拍淺間的肩膀，再度邁開步伐。

33

神樂才按了return鍵，電腦螢幕上就被數字占滿了。毫無脈絡、意義不明確的龐大數字在螢幕上一閃而過，好像在嘲笑他。

慘了，電腦又暴走了——

神樂抱著頭。這不知道已經是第幾十次測試了。他想根據電腦上留下的痕跡調查蓼科早樹在這裡設計了怎樣的程式，但屢試屢敗。

根據目前為止得到的線索，蓼科兄妹寫給數學家基爾．諾伊曼的電子郵件中所提到的補充程式就是「貓跳」。但是，從電子郵件的內容來看，重要的並不是「貓跳」本身，而是可以藉由「貓跳」得到的「白金數據」。也就是說，白鳥里沙可能是想要「白金數據」，所以才在找「貓跳」。

神樂背對著不斷羅列出毫無意義數字的螢幕，巡視著地上。書籍、筆記本和資料夾散亂了一地，這是他檢查這棟房子內所有寫了文字的東西的結果。他試圖瞭解天才數學家蓼科早樹正在進行怎樣的研究，卻一無所獲，甚至無法理解十分之一。

神樂察覺到動靜，看向房門口。門敞開著，不一會兒，鈴蘭出現在門口。

「要不要休息一下？來喝茶吧。」

「喔，好吧。」神樂站了起來。

「出現了很多數字，放著不管沒關係嗎？」鈴蘭看著電腦螢幕問道。

「沒關係，一旦變成這種狀況，我就束手無策了。等這些數字跑完之後，它自己會停下來。」

只是要五個小時，神樂在心裡補充道。

神樂下了樓，燒了開水後泡了紅茶，和鈴蘭一起坐在客廳的花卉圖案沙發上，抬頭看著窗外有點陰沉的天空。

來這棟房子已經五天了，雖然房子裡有適合長期保存的食物，但也所剩不多了。

「這裡的環境很棒，我剛才去附近散步，有一個地方開了很多紅色和白色的鬱金香，美得像在作夢。」鈴蘭興奮地說道。

「我曾經看過那些鬱金香花田，好像還有人千里迢迢跑來這裡拍照。」

「這裡的自然環境優美，空氣清新，水質也很好，真希望可以一直住在這裡。」

「我也有同感，但這是不可能的。我必須趕快找出『貓跳』。」神樂拿起杯子喝了起來。不知道是否放了太多茶葉，紅茶喝起來有點苦。

他還沒有告訴白鳥里沙他來這裡的事，手機也一直關機。如果白鳥里沙知道這棟房子，一定會馬上衝過來，然後找自己的人來解析蓼科早樹設計「貓跳」時使用的電腦。到時候，就會把神樂排除在外，不可能告訴他有關「貓跳」和「白金數據」的任何事。

但是，他開始覺得自己無能為力了。自己不知道「貓跳」是什麼，根本不可能從電腦中解析出蓼科早樹的研究內容。既然這樣，不如借助白鳥里沙的能力。

神樂猛然發現鈴蘭一臉哀傷的表情，目不轉睛地注視著他。

「怎麼了？」

她眨了眨眼睛。

「沒事，只是覺得有點可憐。」

「可憐？什麼事可憐？」

「因為你的人生看起來一點都不快樂，難得來到這麼漂亮的地方，你也完全不外出，整天看電腦。這樣的人生一點都不快樂，太可憐了。」

神樂把茶杯放在桌上。

「我並不是一直都過著這樣的生活，目前是非常時期。」

「是嗎？」

「當然啊。我被懷疑涉嫌殺人，正在逃亡。在逃亡的同時，還必須找到『貓跳』，沒時間享受人生。」

「但你沒有殺人，既然這樣，不需要逃亡啊。」

「我沒有殺人，至少沒有殺過人的記憶，只不過——」神樂說到這裡住了嘴。

鈴蘭的臉頰抽搐了一下。

「你懷疑是隆幹的？神樂，你還在懷疑他？」

「我也不想懷疑他，只是按照邏輯分析，就——」

神樂的話還沒有說完，鈴蘭就站了起來，快步走向門口。

「等一下，妳要去哪裡？」

鈴蘭沒有回答，直接走出了房間，門「啪答」一聲關了起來，揚起一些灰塵。

神樂站了起來，緩緩走向門口，因為他以為鈴蘭還在門口，但是，當他打開門時，發現她已經不見了。她似乎已經離開。

神樂抓了抓頭，回到了沙發，拿起放在一旁的手機。

繼續這樣下去，還是會四處碰壁——他在嘴裡嘀咕著，打開了手機的電源。果然不出所料，白鳥里沙已經打了好幾通電話。神樂用力深呼吸後，撥了電話給她。

電話雖然接通了，但對方沉默不語，最後終於聽到了嘆氣的聲音。

「你為什麼關機？我之前不是請你和我保持聯絡嗎？」白鳥里沙在電話中尖聲質問道。

「對不起，因為我要一個人想一些事，當然是關於『貓跳』的事。」

「現在有線索了嗎？」

「沒有，我放棄了，只能借助妳的力量。但是，妳可能也無能為力，因為要對付的是蓼科早樹使用的電腦。」

「蓼科早樹的……你果然在暮禮路市。」

神樂大吃一驚，「妳怎麼會知道？」

「警察已經開始行動了，你繼續留在那裡很危險，請趕快離開。」

神樂把手機放在耳邊，搖了搖頭。

「應該沒有人知道這棟房子。」

「警方已經查到你去暮禮路市這件事了，而且也知道，暮禮路市是蓼科兄妹的故鄉。」

神樂跳了起來。

「警方怎麼會發現的？我犯下了什麼疏失嗎？」

「不能小看警方科學辦案的能力，你應該比任何人更清楚瞭解這一點，幸好警方並不瞭解詳細的地點，聽說蓼科兄妹的老家已經拆除了。」

「這是他們偷偷購買的別墅，也是別人的名義。」

「但也不能大意，警察廳已經和當地的縣警取得了聯絡，將動員所有警力，清查所有的房子。」

神樂突然感到口渴。

「這下子慘了。」

「請你馬上離開那裡，雖然可能是用那棟房子裡的電腦設計了『貓跳』，但應該已經刪除了，而且應該也無法恢復了。因為蓼科兄妹做事不可能這麼粗心大意。」

「雖然妳這麼說，但目前不知道任何其他的線索。」

「請你趕快逃離那裡，另外，我還要問你一件事，從ＮＦ13採集的樣本放在哪裡？」

「樣本？妳是說兇手的體液嗎？」

「對，就是你解析ＤＮＡ的樣本。」

「如果是Ｄ卡，在研究所。」

「Ｄ卡就是把ＤＮＡ資料電子化的薄板吧？我問的不是Ｄ卡，而是需要樣本。我去保管室找過了，並沒有找到樣本。」

「那可以向志賀所長——」

「我希望在所長不知情的情況下帶出去，請你告訴我保管在哪裡？」白鳥里沙一口氣問道。

「我想知道有什麼目的。」

「現在沒時間解釋，請你趕快告訴我。」

神樂舔了舔嘴唇。

「如果事件還未破案，樣本都放在分析室的冷凍保管庫。保管庫的密碼是Destiny，D、E、S、T、I、N、Y。」

「命運嗎？我知道了，我也祝你幸運，你無論如何都要逃離，一定要找到『貓跳』。」

「關於這件事，我也有一個問題，『白金數據』是什麼？」

白鳥里沙再度陷入了沉默，但這次應該是出乎意料，不知該如何回答。

「你目前還不需要考慮這個問題。」她的聲音有點慌亂，「目前的首要任務是趕快逃，逃到安全的地方之後，再和我聯絡。那就先這樣了。」

「等一下。」

「我再說一次，祝你幸運。」白鳥里沙說完這句話，就掛上了電話。

神樂握緊電話，走出了房間。他直接走向玄關。

他穿上鞋子，衝出家門，但不見鈴蘭的身影。他大聲叫著鈴蘭的名字，卻沒有人回答。

他走去屋旁的小車庫，蓼科耕作的機車在那裡，他之前都騎這輛機車去購買食物，鑰匙就放在旁邊的空罐裡。

他跨上機車，確認油箱裡還有油後，發動引擎。

34

在暮禮路車站下車的只有淺間和木場兩個人。他們經過很小的驗票口，走下階梯後，離開了車站。車站附近有一排路燈，但遠處是一片看不到盡頭的漆黑。

「這裡是怎麼回事？真的是在日本嗎？」淺間身旁的木場嘀咕道。

車站前有一個圓環，有一排公車車站，但末班車都已經開走了，也找不到計程車招呼站。

他們站在原地，一輛轎車不知道從哪裡駛了過來，在他們面前停下後，一個瘦瘦的年輕人走下車。

「請問兩位是警視廳的人嗎？」他輪流看著他們兩個人問道。

「是。」淺間他們出示了警察證。

對方也出示了身分證。他自我介紹說，他叫玉原，是暮禮路分局刑事課的人。

「兩位久等了，我帶你們去分局。」

「謝謝。」

木場坐在後座，淺間坐在副駕駛座上。

「你們是不是被這種鄉下地方嚇到了。」玉原把車子開出去後立刻說道。

「那倒不至於，只是比原本想像的更遠。」

「我剛被調到這裡時也嚇到了，因為這裡簡直就像是陸地的孤島。但也許有人就是喜歡這樣的環境，有不少人從大城市移居到這裡，到處都是小型社區。總之，這裡就是地方特別大。」

「犯罪的情況怎麼樣？」淺間雖然並不是很關心這件事，但還是隨口問道。

「以前從來不曾發生過任何大案子，最近有時候會發生一些兇惡的犯罪，但現在無論哪裡都差不多吧。」玉原又接著說，「但這次的情況前所未見，因為縣警總部派了超過一百名刑警來支援，聽說明天還會派直升機。我還在和同事說，簡直就像是好萊塢電影。」

淺間看著玉原的瘦臉，他似乎在說搜索神樂的事。

「搜索的進展順利嗎？」

玉原握著方向盤，偏著頭說：

「我不太清楚詳細情況，因為我們只是小刑警而已，而且轄區的刑警最多只是按照上級的指示行動而已。不過，今天一天已經在相當大的範圍進行了明察暗訪，搞不好明天就會有什麼線索了。」

「這次的搜索由誰指揮？」

「我跟你們說，令人驚訝的是，竟然是總部長親自指揮。」

「總部長？」坐在後方的木場探出身體，「由北峰總部長負責指揮嗎？」

他來這裡之前已經調查過，縣警總部的部長姓北峰。

「是啊，刑事部長和警備部長也都來了，我們分局的局長簡直無所適從。」玉原興奮地說完後，壓低聲音說：「雖然我不知道可不可以問這種問題，但失蹤的那個人到底是何方神聖？只聽說是科警研的職員，除此以外，什麼都不告訴我們。既然不是追捕通緝犯，這樣大規模搜索也太奇怪了。」

淺間瞥了木場一眼後，搖了搖頭。

「我們也不太清楚，只是奉命要把那名職員帶回去。」

「是這樣啊？嗯，話說回來，即使你們知道什麼，也不可能告訴我這種小刑警。」玉原露出自嘲的笑容。

淺間沒有吭氣，看著前方。不一會兒，就看到了前方的燈光。

暮禮路警察分局是一棟不大的建築物，但周圍停了大大小小數十輛警用車輛，應該都是縣警總部的車輛。淺間他們稍微觀察了一下，就有好幾輛車子離開，又有車輛回來，整個分局陷入一片匆忙的氣氛。

淺間和木場跟著玉原來到分局內的大會議室，入口貼著「K相關特別搜索對策室」。會議室內彌漫著人員散發的熱氣和香菸的煙霧，十幾個男人圍在中央的巨大桌子周圍，正在討論什麼。

玉原走向一個身穿制服、上了年紀的男人。

「局長，警視廳的人到了。」

局長轉頭看著淺間他們打招呼：

「啊喲，兩位千里迢迢來這裡，辛苦了。」

「給你們添麻煩了。」木場鞠躬說道。

「請等一下——總部長，」局長叫著低頭看著會議桌的其中一個男人，「總部長，現在方便嗎？」

「什麼事？」一個個子不高，但眼神很銳利的男人轉頭看向局長，他微微撇著嘴角。這個人似乎就是縣警總部長北峰。

「警視廳的人已經到了。」

木場聽到局長這麼說，立刻向前一步。

「我是警視廳搜查一課的木場，他是我的下屬淺間。」

「請多指教。」淺間說，但北峰不耐煩地揮了揮手。

「目前還沒有找到那個人，等我們找到他的下落，帶回來之後，會通知你們。在此之前，你們可以找一個地方待命——找個人帶他們去飯店。」

「是。」玉原回答後走了過來，淺間伸手制止了他，對北峰說：

「請等一下，可不可以告訴我們目前的情況？因為我們要向上司報告。」

北峰挑了挑右側的眉毛。

「東京方面，我會直接聯絡，所以不必擔心。你們只要負責到時候順利把人帶回去就好，今晚就好好休息。」

「但是……」

「不好意思，目前正展開搜索，我在等下屬的報告。暮禮路這地方很大，有山也有河流，當然也有住宅區，有太多可以躲藏一、兩個人的地方了。現在沒時間陪你們——趕快帶他們兩位去飯店。」北峰說完，立刻轉過身。

淺間想要走過去，木場伸手拉住了他，小聲地說：「算了。」

玉原站在淺間面前，「我帶兩位去，請跟我來。」

淺間看了看玉原，又看了看木場的臉，用力嘆了一口氣。

玉原帶他們來到車站旁一家小型商務飯店，雖然分局內也有住宿的地方，但應該被從縣警總部來的偵查員占據了。雖然應該有地方可以讓淺間和木場睡覺，但北峰一定不希望他們和自己的下屬接觸。

「那個總部長應該知道他們正在找什麼人。」淺間在玉原離開後說。

「那當然啊，否則不可能親自指揮搜索。」

「而且八成還知道我們不知道的事，所以不願意向我們透露消息，應該是警察廳下達了指示。」

木場聳了聳肩。

「也許吧，他是高考組的，原本就是警察廳的人。」

「但真奇怪啊，抓到神樂之後，不是要交給我們嗎？既然這樣，為什麼不願告訴我們目前的情況？」

「這就不知道了。」木場躺在狹窄的床上。

淺間將視線從上司肥胖的身體上移開，看著窗外。蕾絲窗簾外是深不見底的黑夜。

這裡有秘密嗎？淺間忍不住思考。志賀顯然知道神樂來這裡的理由，也許這裡對神樂來說，是具有重要意義的地方，警察廳、志賀還有北峰是不是擔心在找他的過程中，導致這件事曝光？

木場開始打鼾，淺間從衣服口袋裡拿出了香菸和打火機。房間內沒有菸灰缸，他也知道這家飯店所有的房間都禁菸，但是他把菸放在嘴上點了火後，深深地吸了一口，對著木場的臉用力噴煙。

35

神樂在半夜十二點後才回到蓼科兄妹的家，他一直騎著機車四處尋找鈴蘭，卻遍尋不著她的身影。鈴蘭是走路，照理說應該不會去太遠的地方，但神樂還是沒找到她，反而看到有可疑的人挨家挨戶查訪，顯然正在找人。

白鳥里沙說的話似乎是真的，也許應該馬上離開這裡。一旦到了明天，將會有更多偵查員出動，展開地毯式搜索。

不過神樂無法對鈴蘭棄之不顧。雖然她是自己跟來這裡，現在也是沒有向神樂打招呼，就擅自跑出去，或許並不需要在意她，但如果警察發現她，一定會逮捕她，然後偵訊她。想到她和事件毫無關係，也毫不知情，卻可能會遭遇這種情況，神樂就無法獨自離開這裡。

蓼科兄妹的家和神樂剛才離開時一樣，沒有開燈，靜悄悄的。原本以為鈴蘭可能已經回來的期待也落空了，但警方似乎還沒有發現這裡。

想到偵查員可能躲在屋裡，神樂屏住呼吸，小心翼翼地走向房子。他沒有從玄關進屋，而是繞去車庫。因為那裡也有出入口。

他悄悄地用鑰匙打開門，屋內似乎沒有人。他鬆了一口氣，走進屋內，但沒有開燈。因為深夜亮燈，可能會吸引警察上門查訪。

如果鈴蘭遭到警方逮捕，警方就會知道這裡，既然警方似乎並沒有發現這裡，代表並沒有抓到她。不，也許警方已經從她口中得知這裡，正在盤算進攻的時機。想到這裡，神樂很想趕快離開，但他還是繼續往裡面走。如果鈴蘭在自己離開之後回到這裡，一定會不知所措。

而且，即使鈴蘭落入警方手中，也未必會說出這棟房子。從她之前的言行判斷，她堅守沉默的可能性反而比較高。

他走去客廳，在沙發上坐了下來。茶杯仍然放在桌上，裡面還有三分之一杯冷掉的紅茶。

他回想起和鈴蘭的對話。她說神樂很可憐，難得來到這麼漂亮的地方，卻整天守著電腦，這樣的人生太可憐了。

神樂雖然從來不覺得自己可憐，但在旁人眼中，或許會這麼認為。他的確已經有很長一段時間，沒有和大自然接觸的記憶了。既無法體會到季節的變化，也從來不在意空氣中有不同的氣味。他之前並不認為這樣的生活有什麼問題。科學文明是豐富人類生活最不可或缺的東西，他為自己從事發展科學文明的工作感到自豪。之所以需要保護大自然，只是為了維持最適合人類生存的環境而已，他認為親近大自然或是愛上大自然，都是在浪費人生。

神樂的腦海中突然閃現出一幅畫，畫中有一雙手，那是隆畫的。隆經常畫手，那些畫接二連三地浮現在他腦海中。

那是……什麼的手？代表了什麼意義？

之前從來不曾有過的感覺在神樂的內心擴散。有點熟悉，又帶著痛苦的感情湧上心頭。他之前從來沒有對那些手的畫產生過這樣的感覺。

畫中的那雙手在神樂的視網膜上動了起來。那雙手在畫中慢慢改變形狀，以驚人的速度換了一張又一張，和卡通的原理一樣，看起來好像是手在動。

神樂注視著那雙手，原本是畫中的手漸漸變成了真正的手，那雙手的動作越來越複雜，突然停了下來，下一剎那，伸向了神樂。

他慘叫一聲，張開了眼睛，身體在痙攣。

昏暗的前方，可以隱約看到牆壁。牆上掛著時鐘，圓形的時鐘指向半夜三點多。

神樂眨著眼睛，不停地深呼吸，身上流了很多冷汗。他用手背擦脖子時，感覺到右側有人。他嚇了一跳，看向右側。

鈴蘭站在那裡，若無其事地露出笑容。

「妳在這裡幹嘛？」他問話的聲音很沙啞。

「我在看你，你好像睡得很舒服。」

神樂皺了皺眉頭。

「沒這回事，睡得糟透了，而且還作了噩夢。先不說這個──」神樂注視著鈴蘭的臉，「妳去了哪裡？我剛才一直在找妳。」

雖然神樂努力用嚴厲的口吻說話，但鈴蘭完全不在意，臉上仍然帶著微笑。

「我哪裡都沒有去啊，只是在附近走一走。我不是說了嗎？附近有很多漂亮的地方。」

「三更半夜嗎？」

「因為有些東西只有晚上才能看到啊。」

神樂立刻知道她在說什麼，「妳是說星星嗎？」

「獵戶座、仙后座、雙子座，我第一次這麼清楚看到這些星座，神樂，你也應該和我一起去看。」

「我不是說了嗎？我剛才一直在找妳。」神樂站了起來，「先不說這些了，幸好妳平安無事，妳在路上沒有遇到警察嗎？」

「警察？什麼意思？」鈴蘭偏著頭。

她還真是狀況外。神樂很想苦笑。

「詳情晚一點再告訴妳，總之，必須趕快離開這裡。」

「現在馬上要離開嗎？」

「對啊。如果有想要帶走的東西，請妳在五分鐘內整理好。」

「我想要那個。那個放在窗邊的安樂椅。」

神樂用力搖著頭，「沒辦法帶那麼大的東西。」

「那我什麼都不要了。」

「好，那我們馬上離開。」神樂伸手去拿自己的背包。

他拿著手電筒從後門走了出去，鈴蘭跟在他身後。他們緩緩走下玄關前的階梯，觀察著馬路上的情況。外面一片漆黑，什麼都看不到。

「雖然我會用手電筒，但只能照腳下。如果被人看到這裡的光，等於在告訴別人，這裡有可疑人物。這裡很暗，不太好走。妳抓緊我的手，走路的時候小心腳下，知道了嗎？」

「知道了。」鈴蘭回答，但她的聲音幾乎沒有悲愴的感覺。她可能完全不瞭解目前所處的狀況。

雖然地上鋪了柏油，但漆黑的山路並不好走，如果沒有手電筒，連一公尺前方也看不到。因為牽著鈴蘭的手，所以更加不好走。

「我們要走去哪裡？」鈴蘭不安地問。

「我把機車藏在前面，再忍耐一下。」

「為什麼不把機車騎到房子那裡？」

「因為三更半夜引擎聲會讓人起疑，而且車頭燈的光也可能會被警察發現。」

「喔。」鈴蘭回答後，突然停下了腳步。「對了！」

「怎麼了？」

「我發現了一個很好的藏身之處，我記得就在這附近，我們可以在那裡等到天亮。」

「藏身之處？什麼意思？」

「教堂。」

「教堂？為什麼這種深山裡有教堂？」

「那我就不知道了。我想，無論在哪裡都會有基督徒。你知道嗎？義大利和西班牙至今仍然有許多基督教徒以前建造在地下的教堂遺跡。」

「我以前雖然曾經聽說過這件事，但妳說的教堂並不是在地下吧？應該有人住在裡面，萬一被他們發現，他們可能會去報警。」

「裡面目前好像沒有住人，玻璃都破了，門也沒有上鎖，我猜想應該變成了廢墟。雖說是廢墟，但裡面很乾淨，我並不排斥那裡。」

神樂低頭看著手電筒照亮的腳，思考著她的提議。走去藏機車的地方還有一小段路，即使走到那裡，他也不確定在目前這個時間逃走是否為上策。警方應該也考慮到自己可能會在半夜移動，在寂靜的深夜騎機車也許是自掘墳墓的行為。

「那個教堂在這附近嗎？」

「很近啊，就在這旁邊。」鈴蘭指向一個方向。

那裡有教堂嗎？神樂在思考的同時邁開了步伐。他之前曾經來過這裡很多次，也曾經在附近走動，但從來不記得曾經看過那樣的建築物。

沒想到鈴蘭並沒有說錯，他們走了兩、三分鐘之後，看到了一間被樹木包圍的小教堂，屋頂上有一個十字架。

「你看，我沒有騙你吧？」鈴蘭開心地說道。

「真的沒有人住嗎？」

他們走進已經壞掉的大門，經過一小段門廊後走向正門，握著門上已經生鏽的把手，緩緩拉開，門發出了輕微的擠壓聲。門的確沒鎖。

神樂小心謹慎地走了進去，用手電筒照亮了室內。教堂內排放著長椅，前方有一個聖壇，正前方的牆上有一個大型十字架，周圍的牆壁上雕刻了植物。

「的確像是廢墟，但並沒有很荒廢，可能遭到廢棄的時間還不久。」

「感覺很不錯吧？」鈴蘭在旁邊的長椅上坐了下來，「神樂，你也坐吧，椅子不會很髒。」

神樂點了點頭，在另一張椅子上坐了下來。

「為什麼坐在離我這麼遠的地方？」

「為什麼……也沒有特別的理由啊。」

「那你坐來這裡，靠在一起坐，會比較暖和。」

「……好。」

神樂站了起來，坐在鈴蘭旁邊，但保持了一點距離，鈴蘭立刻靠了過來。

「你看，是不是很溫暖？」

「是啊。」神樂回答。鈴蘭的天真無邪讓他忍不住笑了起來。

因為怕被外面看到，他關掉了手電筒。黑暗頓時籠罩了他們。鈴蘭更緊挨著他，挽著他的右手臂，握住了他的手。鈴蘭的手又乾又冷。

「別擔心，」神樂說：「我一定會保護妳。」

「嗯。」她回答說：「我知道。」

神樂閉上眼睛，但並不是因為想睡覺。即使睜開眼睛，也什麼都看不到。

不知道是否因為什麼都看不到的關係，他發現其他感覺變得敏銳。灰塵的味道似乎變得很強烈，微風的聲音也傳入耳朵，還可以聽到蟲鳴聲，感受到鈴蘭身體的溫暖——

神樂認為也許這就是和自然同化。平時因為周圍充斥了太多資訊，所以才會甚至無法察覺到周遭的大自然如何變化，對很多事都視而不見，充耳不聞，摸而無感。

神樂想起鈴蘭曾經提到隆的畫，她說，隆畫中的手，神樂也曾經看過，但卻看不到，所以無法瞭解其中的重要意義。

神樂想要看那幅畫，因為他覺得現在也許能夠解讀出其中的意義。

不知道過了多久，神樂聽到山斑鳩的聲音回過神。他發現自己似乎睡著了。他緩緩睜開眼睛，白色的光從打破的窗戶照了進來，灰塵在光線中飛舞。

神樂再度巡視教堂，感覺比剛才在黑暗中看到時稍微寬敞一些，但實際上只有小學的教室那麼大。用手電筒照亮時，散發出莊嚴氣氛的聖壇，在陽光下也褪了色。

而且——

神樂覺得好像在哪裡看過眼前的景象，他覺得自己以前來過類似的教堂。只是似曾相識而已嗎？

「早安。」

聽到背後的聲音，他轉過頭。鈴蘭笑著站在他身後。

「妳沒有睡嗎？」

「睡了啊，剛才睡了一下，但這麼舒服的早晨，睡懶覺太浪費了。」

她的手上拿著花，應該是從外面摘回來的。她走到聖壇前，放在臺上，握著雙手跪了下來。
「妳是基督教徒嗎？」
「現在是。」她保持祈禱的姿勢回答，「神樂，你要不要一起祈禱？」
「祈禱什麼？」
「什麼都可以啊，健康、幸福或是世界和平。」
神樂走向聖壇，抬頭看著十字架。
「在我至今為止的人生中，從來沒有求神拜佛的經驗。」
「祈禱並不是求神拜佛，為自己實現什麼心願，」鈴蘭抬頭看著他，「而是為了自我淨化，不能夠要求回報。」
「是喔。」
如果是以前，神樂一定會反駁。他對宗教和信仰毫無興趣，也很看不起篤信宗教的人，此刻卻很順從地聽取了鈴蘭的建議。
鈴蘭站了起來。
「我有事想要拜託你。」
「什麼事？」
「我以前曾經和隆聊到，希望有朝一日可以舉辦婚禮。在偏鄉的教堂內，只有我們兩個人。你不覺得很棒嗎？」
「像童話的世界。」神樂微微偏著頭問：「妳要拜託我什麼？」
她嫣然一笑，伸出了右手。她的手上放了兩個草編的戒指。

「妳該不會……」

鈴蘭點了點頭。

「請你代替隆和我交換戒指。」

「我嗎？」

「因為我覺得很難再有第二次機會。別擔心，我並不是要你和我結婚，你只是代替隆而已。」

「代替喔。」神樂抓了抓鼻翼，對她點頭說：「好啊，我要怎麼做？」

「你先拿著這個，」鈴蘭遞給他一個比較小的戒指，「然後站在我面前。準備好了嗎？開始囉。」

他們面對面站在聖壇前，她清了清嗓子。

「隆，你願意娶鈴蘭為終生伴侶，並發誓永遠愛她嗎？」

「呃！」神樂忍不住發出這個聲音。

鈴蘭嘟起了嘴，「不是『呃』！我們要交換誓言，所以你要回答說，我願意。」

「喔，對喔，我知道了。」

「那就再重新來一次。隆，你願意娶鈴蘭為終生伴侶，並發誓永遠愛她嗎？」

「我願意。」

「神樂，接下來換你了，你也問我相同的話。」

「呃，鈴蘭，妳願意和隆成為終生伴侶，並發誓永遠愛他嗎？」

「我願意——接下來，我們要交換戒指。首先新郎為新娘戴戒指，你把剛才的戒指戴在我的無名指上。」
她伸出左手，神樂把草編的戒指戴在她的無名指上。
「接著由新娘為新郎戴戒指，把左手伸出來。」
神樂乖乖伸出左手時，聽到窗外傳來說話的聲音。有人來了。神樂和鈴蘭互看了一眼。
「快躲起來。」
神樂摟著鈴蘭，躲在聖壇後方。門被用力推開了，然後有一個男人的聲音說：
「這裡應該已經沒在使用了。」
「不，還是要確認一下。」另一個人說完，聽到走進來的腳步聲，「喂，你看，這裡的灰塵好像被擦掉了。最近有人進來過。」
「但未必是正在追捕的人啊。」
「是沒錯啦，但還是要先向總部報告一下。」
聽他們的對話，這兩個人應該是警察。不一會兒，他們就走了出去。
神樂從聖壇後探頭張望，教堂的門敞開著，他們可能還在門外。
他背起背包，拉著鈴蘭的手。
「婚禮中止了，我們從窗戶逃出去。」
神樂小心翼翼地打開已經生鏽的窗戶，以免發出聲音，然後走了出去。鈴蘭也身手矯健地跟了上來。
教堂的後方是樹林和和緩的下坡道。神樂牽著鈴蘭的手東張西望著向前走。

「我把機車藏在前面的廢棄屋裡，快走。」

神樂跑了起來。鈴蘭雖然穿著高跟拖鞋，但並沒有抱怨。

道路旁有一塊空地，空地的角落有一棟老舊的小屋。以前可能是禮品店，招牌上的文字已經剝落，完全看不清楚。

神樂繞到了小屋後方。他把機車藏在那裡，上面蓋著蘆葦編的簾子。

他推著機車回到了小屋前，在鈴蘭面前騎上了機車。

「妳坐在後面。」

「好厲害，我好緊張喔。」鈴蘭坐在後車座，抱住了神樂的身體。

「喂！」就在這時，有人叫了一聲。轉頭一看，一個身穿制服的警察騎著腳踏車向他們逼近。

「慘了，妳用力抱緊我！」神樂發動了引擎，立刻衝了出去，只聽到警察叫著什麼。

騎了不到五分鐘，遠處就響起了警笛聲。神樂催著油門，但不一會兒，就看到有警車停在前方，似乎正在臨檢。

神樂迅速巡視周圍，看到護欄的缺口，通往一條狹窄的產業道路。他將機車掉頭，駛向產業道路。

正在臨檢的警察似乎發現了他，警車鳴著警笛聲追了上來。神樂加速飆車。

「鈴蘭，妳絕對不能放手。」

「嗯，我死也不會放手。」

鈴蘭纖細的手臂用力抱著神樂的身體，神樂的後背可以感受到她柔軟的身體。神樂在騎機車的同時，也感受著她的身體。兩個人的身體穿越了迎面而來的風。

警笛聲稍微遠離了，但產業道路通往山路，道路突然變得狹窄了。警車應該無法通過。

應該可以順利逃脫。神樂正感到安心時，狹窄的山路前方是一個髮夾彎，神樂的機車車速太快，無法順利轉過彎道。正當他心想「不妙！」時，他和鈴蘭的身體都飛向了空中。

36

醒來時，一時不知道自己身處何處，只知道臉頰碰觸到的床單，不像平時那麼潮濕，床墊也很硬。

淺間的臉轉向一側，整個人趴睡在床上，這是他睡覺的習慣。

他眨了眨眼，眼睛漸漸聚焦。有人躺在旁邊的床上，看到那個人肥胖的背影，他想起那是木場。沒錯，這裡是商務飯店，自己和木場一起來暮禮路市，準備把神樂帶回去。

淺間坐了起來，床頭櫃上的鬧鐘顯示六點五十五分。鬧鐘設定在七點。他忍不住苦笑起來。平時在家的時候，也經常在鬧鐘響之前就醒來。他原本很得意，覺得自己的生理時鐘很精準，但據一位醫生朋友說，那是壓力所致。也就是說，他在睡覺的時候，神經也無法充分休息。

木場仍然發出輕微的鼾聲，和淺間入睡前一樣。這個人應該沒什麼煩惱吧。淺間在內心咒罵道，但決定讓他多睡一下，省得麻煩，所以就解除了鬧鐘設定。

下床之後，他去浴室小便，順便沖了澡。他並不在意自己比上司先洗澡，木場應該也不會有意見。他濕著身體刷完了牙，只穿了內衣褲走出浴室。

他用毛巾擦頭髮時走到窗邊。窗簾敞開著，淡淡的陽光照了進來。今天似乎是陰天。他站在窗邊眺望著窗外的景色。旁邊就是暮禮路的車站，公車都停在圓環周圍。

下一剎那，淺間瞪大了眼睛。因為他看到計程車招呼站旁停了三輛警車，其中一輛是廂型車。他定睛細看，發現附近有不少制服警官的身影。雖然看不清楚他們臉上的表情，但可以感受到急迫的氣氛。

「股長。」淺間轉頭叫了一聲，但木場的虎背仍然有規律地上下起伏。

淺間衝到床邊，搖著上司的身體。「股長，快起床。」

木場張開了浮腫的單眼皮眼瞼，慵懶地「啊」了一聲。

「你趕快醒醒，情況不太對勁。」

「什麼情況？」木場皺著眉頭，揉了揉眼睛。嘴邊還有乾掉的口水痕跡。

「好像有動靜。警車停在車站前，警官也都出動了。」

「這代表還在繼續搜索神樂的下落吧。」

淺間不耐煩地抓住木場的手臂說：「總之，你先來看一下。」

「好痛，不要拉我。」

淺間把木場拉到窗邊，拉開了蕾絲窗簾。

「你想一想，如果只是在車站埋伏，不可能把警車停在這裡，否則等於在宣傳這裡有警察。」

木場終於睜大了小眼睛。

「你這麼說，好像有道理……」

淺間拿起放在椅子上的長褲。

「我們去暮禮路分局看看，一定發生了什麼事。」

「等一下，我先去小便，順便沖一下澡。」

「請你在十分鐘內準備就緒，否則我一個人先去。」

「好啦好啦，不要這麼大聲嚷嚷。」木場抓著頭，走去浴室。

十分鐘後，兩個人走出了飯店的房間。他們走到車站，搭上計程車，直奔暮禮路分局。

「兩位先生，你們是警察嗎？」白髮的計程車司機問道。

淺間瞥了一眼身旁的木場後，對著駕駛座回答說：「不是，我們的朋友發生車禍，所以要去警察局。」

「原來是這樣，那還真麻煩啊。」

「如果我們是警察，有什麼問題嗎？」

「不，不是這個意思，只是想要向你們打聽一下。剛才接到車行的通知，說如果看到背著背包的男人要向公司回報。這種時候，通常是警方要求車行配合，所以想打聽一下，到底發生了什麼事件。」

淺間和木場互看了一眼。縣警請求警方的協助，代表神樂目前並不是躲藏在某個地方，而是已經逃亡了。

「你是幾點接到通知的？」

「我想想，差不多快六點的時候。」

淺間看了一眼手錶，距離現在還不到兩個小時。

一到暮禮路分局，他們小跑著來到會議室。會議室的門敞開著，許多偵查員匆忙地進進出出。

「淺間先生。」不知道哪裡傳來叫聲，隨即看到玉原滿臉通紅地朝他們跑了過來。

「怎麼了？不是請兩位在飯店待命嗎？」

淺間不理會玉原，走向中央的會議桌。北峰和其他人仍然像昨晚一樣，面色凝重地圍在會議桌旁。桌子上放了一張大型地圖。

「總部長！」淺間對著北峰的側臉叫了一聲，「發現神樂了嗎？」

一臉冷酷的北峰轉過頭，但他的視線並沒有看向淺間，而是注視著玉原。

「喂，這是怎麼回事？」

「對不起，我已經請兩位在飯店待命。」

「總部長！」淺間又叫了一聲，「請你告訴我，神樂目前人在哪裡，還是他已經逃跑了？」

北峰沒有正眼看淺間，他轉過身，背對著他說：

「我昨天已經說了，等我們找到他，並且逮捕他之後，就會交給你們。在此之前，你們就乖乖等通知，不要干涉我們的行動。」

「我知道，但至少請你告訴我們目前的情況。」

「喂，來人！」北峰叫了一聲。

北峰身旁的兩、三名下屬站在淺間他們面前，其中一人說：「請你們回飯店待命。」

淺間咬著嘴唇，看著身旁的木場。

「我們不可以留在這裡嗎？我們不會干擾你們辦案。」木場說。

幾名下屬轉頭看向北峰，但北峰沒有吭氣。

木場轉頭對淺間說：「我們留在這裡似乎沒關係。」

「好像是這樣。」

淺間立刻巡視周圍，看到牆邊放了幾張鐵管椅，他大步走過去，在椅子上坐下來。木場也在他旁邊坐了下來。

「請你們繼續工作。」北峰的部下有點不知所措，淺間對他們說道。

就在這時，正在接電話的制服警官叫了一聲：「總部長！發現他之前躲藏的住處了。」

「什麼？」北峰的表情更加凝重了，他從制服警官手上搶過電話，大聲地說：「我是北峰，沒有搞錯吧？……是嗎？地點在哪裡？不，等一下。喂，把地圖拿過來。」

下屬在北峰面前攤開地圖，十幾名下屬包圍了他。淺間也想擠過去張望，但有一個高大的男人站在他們旁邊，狠狠瞪著他們，似乎在說，如果敢靠近一步，就要把他們攆出去。

「好，派人守住出入口，絕對不要讓任何人進去，你們也不可以進去，知道了嗎？」北峰說完，粗暴地掛上電話，然後命令身旁的下屬：「派幾個人去那裡支援，除了監視以外，同時去附近打聽情況。」

幾名偵查員立刻聚集過來，簡短地交談幾句後，離開了會議室。

北峰再度站在會議桌旁，指著地圖和下屬交談起來，完全無視淺間他們的存在。

淺間看到玉原走出會議室後，也起身跟著走了出去。

「玉原先生，」淺間來到走廊上時叫道，「可以打擾一下嗎？」

「什麼事？我什麼都——」

玉原還沒有說完，淺間就抓著他的肩膀，把他帶到樓梯旁。

「請你至少告訴我，你目前知道的狀況。」

「我昨天也說了，我只是小刑警而已。」玉原的眉毛皺成了八字形。

「那至少請你告訴我，神樂還在這裡嗎？還是已經逃走了？」

玉原不耐煩地搖了搖頭，「今天早上，正在臨檢的警察發現像是他的人騎機車逃走了。雖然立刻開著警車追捕，但他逃進了狹窄的山路，所以被他跑掉了。」

「真的是神樂嗎？」

「聽說……八成是。」

「之後的下落完全不清楚嗎？」

玉原露出痛苦的表情，輕輕點了點頭。

難怪北峰他們的表情比昨天更凝重了。發現了神樂的下落，卻讓他跑了，縣警等於顏面掃地，北峰當然不願意告訴淺間他們目前的情況。

「聽起來好像發現了神樂隱匿的地點，這是怎麼回事？」

「我不太清楚，甚至不知道那個姓神樂的人，為什麼要來暮禮路這種地方。你應該也聽到總部長在電話裡說的，即使發現了他躲藏的地點，也禁止進去裡面調查。」

「禁止？誰禁止？警察廳嗎？」

「不知道，你不要問我這種基層刑警。」玉原語中帶刺。

淺間道謝後，放開了玉原，回到會議室後，向木場報告了情況。

「被他逃走了嗎？那就麻煩了。」木場用事不關己的語氣說道。

「聽說縣警被禁止調查神樂躲藏的房子。這是怎麼回事？那裡有什麼嗎？」

「八成是這樣吧，神樂來這裡的目的，應該也和『什麼』有關。」

木場小聲說道，淺間也有同感。

之後，北峰他們的行動並沒有太大的變化。刑警頻繁出入，向北峰和其他人報告，但從他們的表情就知道，並沒有獲得太大的成果。

大約兩個小時後，淺間聽到了令人在意的談話。不知道是誰已經抵達了暮禮路車站，正在來這個分局的路上。聽北峰的語氣，對方似乎來頭不小。

「我在會客室見他，等他一到，就帶去會客室。」北峰交代下屬後，走出了會議室，刑警部長和警備部長也跟在他身後。

淺間等了一會兒之後，悄悄離開了座位，假裝不經意地來到會客室旁打電話，觀察周圍的情況。
不一會兒，傳來電梯抵達的聲音，電梯門緩緩打開，幾個男人走出電梯。淺間把手機放在耳邊，面對著窗外，眼角的餘光當然掃向會客室。
但是，他很快停止了偽裝，因為從電梯走出來的那群人中，有一張熟悉的面孔。
對方似乎也看到了淺間，停下了腳步。
「你好。」志賀用悠然的聲音向他打招呼，「辛苦了。」
「太驚訝了，我還以為是哪個大人物來了……」
「很抱歉，讓你失望了，但好像還沒找到神樂吧？」
「所以我們還在這裡閒晃啊，而且還不讓我們插手。」
「找到他只是時間早晚的問題，你們就靜下心慢慢等待。」
「這是怎麼回事？既然你們已經來這裡了，我們沒理由繼續留在這裡。」
「神樂是殺人事件的重要關係人，當然要由搜查一課的你們把他帶回去。我們是有其他事才來這裡的。」
「是喔？請問是什麼事？」
當淺間發問時，旁邊的年輕男人叫著志賀：「所長，該進去了，總部長他們正在等你。」
「好。」志賀回答後，面無表情地看著淺間說：
「我記得之前就已經說過了，你們只要按上面的指示辦事就好。」說完，他轉身離開了。

「既然你來這裡不是為了神樂，應該是為了他之前躲藏的住處吧？你們甚至禁止縣警的偵查員進入，到底要調查什麼？」

志賀停下腳步。

「我相信你也知道，有很多複雜的情況。讓基層的刑警插手，成事不足，敗事有餘。」志賀頭也不回地說完後，跟著其他人走進了會客室。

37

睜開眼睛，只看到眼前灰色的牆壁，但視野很模糊，看不太清楚。他用右手揉了揉眼睛，發現手是濕的。

他把手放了下來，拚命眨著眼睛，視野終於恢復了清晰，同時發現自己正躺在那裡。原本以為的牆壁其實是天花板。

他發現並不是只有右手，而是全身都濕了，卻並不覺得冷。有什麼東西包住了自己的身體。不，應該說，是有東西蓋在他身上。

神樂緩緩抬起頭，發現蓋在身上的是紙板，似乎是什麼箱子拆開後蓋在自己身上。

他想要繼續坐起來時，忍不住咳嗽起來，後背感到一陣劇烈疼痛。

「喔，你終於醒了嗎？」傳來一個男人沙啞的聲音。

一個看起來農服裝扮的中年瘦男子手上拿著神樂的背包，背包也濕了。

「你是誰？」神樂躺在那裡問道。

男人抓了抓花白的頭髮說：

「問救命恩人『你是誰』，似乎不好吧，至少要問，請問你是哪位？」

「恩人？」

神樂搜尋著自己的記憶。他記得警車在追自己，他騎著機車逃命，但在彎道時失控，整個人飛了出去。

「對了……我掉進河裡了。」

「你是在哪裡掉進河裡的？我正想要去釣魚，看到有人躺在河岸上，嚇了一大跳。」

「我不知道自己掉落的位置，你……是您救了我嗎？」

「是啊，但其實只是把你抬到這裡而已。」男人抓了抓人中。

神樂轉頭張望，房間只有一坪多大，角落堆著裝了東西的麻袋。

「這裡是哪裡？」神樂問。

「倉庫啊，收成的東西都放在這裡。」

「收成？喔，原來是農民……」

「和農民不太一樣，不過也沒關係，反正做的事情都一樣。」

神樂忍著痛，慢慢坐了起來。渾身的撞傷很嚴重，關節也很痛，但幸好沒有骨折。

「你沒事吧？不過你可以游泳，傷勢應該不至於太嚴重。」

「游泳？」

「你自己說的啊，我發現你的時候，你還有意識，只是有點模糊不清。我大聲叫你，你只回答了一句，說你已經游不動了，然後就昏了過去。」

「我不記得了。」

「你應該用盡了全力吧。」

神樂努力蒐集記憶的片段，但找遍了腦袋的每個角落，也不記得自己曾經游過泳，只不過他想起了更重要的事。

「有沒有看到一個女生？」

「女生？」男人皺起了眉頭。

「穿白衣服的長髮女生，不到二十歲。」

男人搖了搖頭。

「沒看到，至少她沒和你在一起。你們是一起的嗎？」

神樂想要站起來，但渾身疼痛，根本無法動彈。他皺著眉頭，只能又躺下來。

「你最好再睡一下。」

神樂咬著嘴唇，搖了搖頭。

「我必須去找她，不知道她是不是被沖去其他地方了。」

「不知道，如果她像你一樣會游泳，很有這個可能。」

神樂的身體忍不住顫抖，不光是因為冷的關係，而是鈴蘭可能已經送命的不吉利想像閃過腦海，這種恐懼讓他忍不住發抖。

這時，拉門打開了，一個留著落腮鬍的男人探頭進來，向白髮男人打著招呼。

白髮男人把背包放在神樂身旁，走出了房間。但他們似乎就在門外交談，可以聽到他們小聲談話的聲音。

神樂把背包拉了過來，雖然背包濕了，但裡面的替換衣服、生活用品和現金都在。雖然手機也在皮包裡，但已經報廢了。如此一來，就無法和白鳥里沙聯絡了。

白髮男人走回屋裡，盤腿坐在神樂身旁。

「你是警察正在找的那個人嗎？」

神樂大吃一驚。他不知道該怎麼回答，所以悶不吭氣，男人皺著眉頭。

「果然是這樣，真是麻煩啊。」

「拜託你不要報警，我不是壞人，我是被冤枉的——」

男人在自己面前搖了搖手，制止神樂繼續說下去。

「這種事不重要，不管你是不是兇手，這種事和我們無關，重要的是，我們不想有任何牽扯。如果警察找到這裡來就麻煩了。」

「這裡是哪裡？」

「並不是什麼奇怪的地方，是我們生活的地方。只是在暮禮路中，是很偏僻的地方，只有一條狹窄的私人道路通往這裡，沒有任何交通工具。除非是像你一樣，從哪裡跳進河裡，否則根本沒辦法來這裡。」

「你們在這裡做什麼？」

留著鬍碴的男人嘴唇露出笑容。

「並沒有做什麼特別的事，只是過人類正常的生活而已。種米、種蔬菜，在河裡釣魚，基本上過著自給自足的生活。但沒錢的話，很多事都很不好辦，所以有時候也會去市區賣蔬菜。這裡的醃漬菜和煙燻食物很受歡迎呢。」

「你們是自然主義者嗎？」
男人聽了神樂的話，似乎覺得很滑稽，搖著身體笑了起來。
「沒那麼了不起，只是一群想要好好生活的人很自然地聚集在一起。大家原本都是都市人，你別看我這樣，我有建築師執照呢。」
「是喔。」神樂忍不住看著男人的臉。因為曬黑的關係，皮膚感覺很粗糙，再加上白髮的關係，看起來比較蒼老，但可能才五十歲左右。
「真傷腦筋啊，其他人說要把你趕走，因為萬一警察來這裡，發現你在這裡就麻煩了。只不過你目前的身體狀況，要求你馬上離開也不太可能。」
「沒關係，我不想給你們添麻煩，我沒傷到骨頭，應該可以離開。」
「不可能啦。如果你一離開這裡就馬上被抓到，我們也很傷腦筋。如果警方知道我們藏匿你，一定會來這裡調查。」
「你們好像很討厭警察。」
「我們只是討厭受到管理，他們也許會採集我們所有人的指紋，搞不好還會蒐集我們的ＤＮＡ資料，我們絕對拒絕這種事。我們就是因為討厭這種事，才會從大城市逃來這裡。」
神樂聽到他一臉嚴肅地說的這番話，忍不住垂下視線。因為自己不久之前，還身處他們討厭的管理社會的中樞。
「那這樣吧，」男人抱著手臂想了一下後小聲說道：「在晚上之前，你就暫時留在這裡，等天黑之後，會設法把你送走。把你送到很遠的地方後，就讓你自由。如果你不想被警察抓到，就要努力逃命，逃得越遠越好，你覺得怎麼樣？」

「你打算放我逃走嗎？」

「你不逃走，我們反而傷腦筋。怎麼樣？這個主意不錯吧？」

神樂點了點頭，「的確是好主意。」

「但是，」男人豎起食指，「不管你之後在哪裡被抓到，都絕對不可以把這裡的事告訴警方。你可以保證嗎？如果你無法保證，就要想別的辦法。」

「沒問題，我向你保證，我不會把這裡告訴任何人。」

「那就拜託囉，如果你違反約定，我們也不會忍氣吞聲，到時候我們會說並沒有藏匿你，而是你控制了人質，賴在這裡不走。到時候，你的罪責就會加重。」

「別擔心，我會遵守約定。」

「好！」男人回答後，站了起來。

「請問要怎麼稱呼你？」神樂問，「因為如果不知道名字，叫起來很不方便。」

男人站在入口，聳了聳肩回答說：「那就叫我築師吧。」

「築師？這是你的姓氏嗎？」

「不是，我剛才不是說了嗎？我以前是建築師。建築師簡稱為築師。這裡的人都不用本名。」男人說完，再度走出了倉庫。

神樂的手錶沒壞，所以知道時間。身體的疼痛漸漸緩和，雖然濕衣服穿在身上很不舒服，躺在只鋪了紙板的地上也很硬，根本無法安眠，但很慶幸至少有一個落腳之處，而且築師還為他準備了食物。雖然只是很清淡的鹹粥配醃漬的胡蘿蔔和白蘿蔔的簡單食物，但對好久沒有吃像樣食物的神樂來說，是意想不到的美食。

神樂吃完最後一口時，發現自己手上的碗並不是機器量產的，而是手工製作的作品。他把碗翻了過來，看到碗底中央刻了「滋」這個字。

「怎麼了嗎？」旁邊傳來聲音，築師走了過來，手上拎著一個紙袋。

「這是誰做的？」

「喔，」築師用鼻子輕哼了一聲，「是我做的，我跟著別人依樣畫葫蘆做的。太丟人現眼了，你不要看得這麼仔細。」

「在這裡做的嗎？」

「是啊，有朋友是這方面的專家，還有很正統的窯。」

「太了不起了。」

「你對陶藝有興趣嗎？」

「我父親以前是陶藝家。」

「是嗎？那還真巧啊，那我帶你去看像樣的作品，這裡使用的餐具全都是手工製作的。」

「請務必帶我去參觀。」神樂回答。除了陶器以外，他還想參觀一下他們的生活狀況。

築師放下了紙袋。

「你先換衣服吧，我把你背包裡的衣服拿去晾了。」

「謝謝你這麼照顧我。」

「這雙鞋子沒問題吧，雖然有點舊，但有鞋總比沒鞋好。」築師說完，從紙袋裡拿出一雙舊球鞋。神樂這才發現自己的鞋子掉了。

「謝謝。」神樂向他道謝。

他跟著築師走出倉庫，眼前是一片農田，農田周圍有幾棟木造的小屋，小屋外側是一片樹林。這裡的確遠離鬧區。

「以前這裡好像是村莊，但因為這裡的人都去大城市發展，所以變成了無人村。我們就來這裡落腳了。」築師邊走邊說。

「房子是誰造的？」

「我們自己動手造的，這裡基本上都要自己動手，只要大家齊心協力，造房子根本是小事一樁。」

「但是，如果颱風來了，就會把房子吹垮吧？」神樂看著只用木材搭建的小屋，說出了內心的感想。

「即使被吹垮，只要再造就好了啊，沒什麼大不了。」

一個高大的男人正在一棟小屋前劈柴。露出的手臂上刺著蠍子的刺青。

「蠍子，」築師叫著他，「我可以帶這個小兄弟去看你的陶器嗎？」

「隨便看啊。」那個叫蠍子的男人冷冷地回答。

築師打開小屋的門，屋內有一張工作檯，角落放著轆轤，牆上做了一個架子，上面排放著大小不一、不計其數的陶器。

「好厲害。」神樂小聲嘀咕道。

「他以前在黑道經營的酒吧當酒保，那家店買賣各種個人資訊。住址、姓名、年齡、職業、學歷、出生地、家庭成員這些資訊都流入了黑道手中，政府機關為了自己的工作方便，不是專門蒐集民眾的個資嗎？但他們並沒有想到要嚴格管理這些資料，結果就流入壞蛋的手中，倒楣的還是普通老百姓。他多次親眼目睹那種事，厭倦在那種環境中生活。」

「所以來這裡做陶藝……」

「他經常說，只有在捏土的時候，才覺得自己活得像一個人，還說以前的自己根本不像人。」

神樂拿起放在架子上的茶碗。那個茶碗採用了在紅土上使用白色顏料土的粉引手法，恰到好處的粗糙感襯托出作品的柔和。

「很出色的作品。」

「很厲害吧？但蜘子說，作品的好壞不重要，重要的是在作品中融入自己的想法。」

「想法？要怎麼融入想法？」

「就是把心放空。」身後突然傳來說話聲，蜘子站在門口。

「你劈完柴了嗎？」

蜘子沒有回答築師的問題，走進屋內。

「就是不要試圖做出色的作品或是想要模仿他人。想法一定會傳到手上，手就會捏出陶土的形狀。」

「手……」神樂把茶碗放回架子上，看向其他作品。

這時，有一雙手在他腦海中動了起來。那是隆畫的手。

他倒吸了一口氣。因為他終於知道那是誰的手。

同時，他感到意識迅速遠離。

38

醒來時，神樂發現自己躺在木板的房間內，有人為他蓋上了毛毯。他巡視屋內，發現不是築師的倉庫，隔著用木板鋪起的天花板，可以看到昏暗的天空。

咕隆咕隆。他聽到什麼東西在轉動的聲音，發現原來自己是聽到這個聲音醒了過來。他坐了起來，用力吐了一口氣。

對了，自己剛才昏了過去。神樂想起來了。當時正在築師他們的陪同下看陶器，但他絞盡了腦汁，也不知道為什麼會突然昏迷。

旁邊有一道木製的拉門，聲音是從拉門的另一側傳來的，但聲音已經停了下來。神樂輕輕打開拉門。

「你醒了嗎？」

蠍子問他。他坐在燈下的一張椅子上，面前放著轆轤，轆轤上是正在拉坯的陶土。

「謝謝。」神樂回答，但覺得自己的回答很蠢。

「太好了，原本還擔心你頭部是不是有什麼問題。如果帶你去醫院，恐怕會後患無窮。」

「對不起，給你們添麻煩了。」

「如果你這麼覺得，就趕快離開吧。」

「我也這麼打算，築師先生說，深夜會帶我離開。」

「我知道，那傢伙正在做準備工作。」蠍子說完，開始轉動轆轤。轆轤並不是電動的，他用腳不停地踩踏著踏板，讓轆轤轉動。

築師剛才送神樂的球鞋放在拉門下方，神樂伸腳穿上了鞋子，緩緩走向蠍子。

「我第一次看到腳踏式的轆轤。」

蠍子用鼻子哼了一聲，「我想也是，這是明治時代的轆轤，原本壞了，我把它修好了拿來使用。」

「這裡的陶器全都是用這個轆轤做的嗎？」

「是啊，以前並沒有電動轆轤，大家都是用這個做陶器，靠腳感受陶土轉動時的速度和強度來控制轆轤，這才是真正的轆轤。」

蠍子的雙手慢慢靠近陶土，左手支撐著外側，右手將內側向外推。原本縱長的形狀慢慢變成了圓形的碗。

神樂的腦海中突然浮現出隆畫的畫。各種不同造型的手好像動畫影片般不斷浮現。剛才昏迷之前，也曾經浮現相同的畫面，但他這次沒有昏厥，他已經冷靜接受了腦海中浮現動畫的自己。

那是父親的手。隆在畫布上重現了父親在捏土、在完成一件作品過程中的手。

「想法一定會傳到手上……」

蠍子似乎聽到了神樂的自言自語，抬頭問：「你說什麼？」

「你剛才說……想法一定會傳到手上，手就會捏出陶土的形狀。」

「是啊，我說了，那是我的信念。想要只靠雙手做出好的作品，根本沒有意義，即使完成了外觀出色的作品，也就只是這樣而已。陶器是鏡子，是反映自己內心的鏡子。只要拋開雜念，對自己的心坦誠，即使別人覺得很醜，也是出色的作品。我向來都這麼認為。」

不知道蠍子是否覺得自己說太多話了，他吸了吸鼻子後，再度轉動轆轤。他手中的碗似乎快完成了。

隆──

他看著父親的雙手，神樂想道，他知道真正的價值在那雙手上。作品雖然是父親想法的結晶，但那只是結果而已，即使模仿了形狀，也沒有任何意義。

「藝術並不是創作者在思考後創造出來的，而是相反，藝術操縱創作者，讓作品誕生，創作者是奴隸。」

這是父親神樂昭吾說過的話。雖然他的陶藝達到了崇高的境界，但他對自己無法辨識出機器手製作的贗品感到失望，因此選擇自我了斷。神樂面對父親的死亡，也失去了某些東西，以為人心終究是脆弱的，以為數據才是一切，甚至對父親的作品感到失望，以為那只是數據的集合而已。

但是，隆並沒有放開神樂失去的「某些東西」，相反地，他視之為自己最寶貴的東西，所以他才會不停地畫手。他應該想要讓神樂瞭解那是父親的手，那才是最寶貴的東西。

無論任何藝術作品，或許都可以數據化。事實上，電腦和機器手的確重現了神樂昭吾的作品，但其實這件事並沒有太大的意義。如果說，作品只是數據，那到底是什麼創造出這些數據，才是最重要的事。

他突然百感交集。那是重新認識到父親多麼偉大的喜悅，也是對當時只有自己能夠拯救父親，卻沒有救父親的悔恨。如果自己能夠像隆一樣，注視父親的雙手，而不是父親的作品，就可以坦蕩蕩地告訴父親，在和電腦的對決中落敗並不是什麼大不了的事。

「你怎麼了？」蠍子停下手問神樂。

神樂慌忙擦了擦眼睛。他在不知不覺中流下了眼淚。

「不好意思。」神樂小聲嘀咕後轉過身，他走進房間，關上了拉門。

他覺得自己也許錯了。他之前一直認為，基因是決定人生的程式，也相信人心是由基因這種初期的程式決定的。

然而，此刻這種想法徹底動搖了。

大約一個小時後，築師來到這裡。時鐘指向半夜十二點十三分。

「我終於想出了一個辦法，雖然空間有點狹窄，但為了不讓警察發現，只有請你忍耐一下了。」築師看著神樂說。

「什麼辦法？」

「你看了就知道了。」

神樂跟著築師走去外面，外面停了一輛小貨車，小貨車的車斗上除了鐵桶以外，還堆放著木材和金屬廢料。

「即使遇到臨檢，我也可以回答說，我正準備把這些廢棄物運去垃圾處理場。我有許可證，應該不會遭到懷疑。市政府的那些公務員不願清理這裡的垃圾，說什麼如果我們想住這裡，就要自己處理垃圾問題，所以他們沒資格抱怨我們。」

築師跳上車斗，雙手拿起鐵桶的上半部分轉動了一下，蓋子一下子就鬆開了。

「這個鐵桶光轉一下沒辦法打開，沒有人會想到裡面躲了一個人。」築師露齒而笑。

「我要躲在這裡面？」

「你有資格抱怨嗎？」

「不，我很樂意。」

神樂爬上車斗，站在築師的身旁向鐵桶內張望，裡面有淡淡的煤油味道。神樂向築師提起這件事，築師點了點頭說：

「是啊，我稍微洗了一下，但味道沒辦法完全洗掉。雖然我想應該沒問題，但你最好不要在裡面亂動，萬一摩擦導致冒出火花就慘了。」

「我會小心。」

神樂小心翼翼地鑽進鐵桶，當築師拿起蓋子時，蠍子走了出來。他推著生鏽的腳踏車來到小貨車後方，把腳踏車放上車斗。

「這是幹什麼？」築師問。

「把這個也帶上，三更半夜走在路上，不知道什麼時候會遇到盤問。」

「不用了，我打算在天亮之前，找個地方躲起來。」

蠍子搖了搖頭。

「你要盡可能逃得越遠越好，否則我們會很傷腦筋。你沒辦法搭火車和飛機吧？也最好不要搭別人的便車。」

築師看著神樂問：「你會騎腳踏車嗎？」

「算是會吧。」

「那你就騎走吧。有了腳踏車，我就不必載你到很遠的地方了。」

「謝謝。」神樂向蠍子低頭道謝，蠍子沒有回答，走進了家門。

神樂把身體縮進鐵桶，築師蓋上了蓋子。黑暗完全籠罩了神樂。

不一會兒，他的身體就感受到引擎的震動，車子上下激烈地搖晃，他知道小貨車已經上路了。雖然築師叫他在鐵桶裡不要亂動，但他無法控制屁股的顛動。

終於震動消失了，似乎已經從山路來到了柏油路。在黑暗中無法知道時間，雖然覺得好像開了很久，但也許時間並不長。

現在還不能安心，但照目前的情況來看，似乎可以順利逃脫。問題在於之後該怎麼辦。在蓼科兄妹家無法找到「貓跳」的相關線索，接下來到底該怎麼辦？

無論如何，還是要先聯絡白鳥里沙。唯一的聯絡工具手機壞了，只能用公用電話。幸好他記下了白鳥里沙的電話號碼。

還有另一件在意的事。不，應該說是最在意的事，那就是鈴蘭的狀況。不知道她目前的情況怎麼樣？雖然一起掉進了河裡，但她好像被沖去其他地方了。不知道有沒有人救她？否則，她存活的可能性相當低。

神樂直到現在，都不知道她到底是什麼人，也不清楚她為什麼會出現在自己面前。說實話，神樂甚至不知道她是敵是友，但是，想到她可能死了，渾身就因為強烈的焦躁感和失落感而顫抖。他也不知道是為什麼，難道是因為代替隆，和她舉行了婚禮的關係？

身體用力搖晃了一下，肩膀撞到了鐵桶，神樂猛然睜開了眼睛。他剛才似乎小睡了片刻。

神樂發現小貨車已經完全不搖晃了，因為聽到了輕微的震動聲，所以知道引擎並沒有關掉。剛才似乎是因為小貨車停下來，才會用力搖晃，問題是為什麼會停下來？希望只是遇到了紅燈——

他聽到了說話的聲音。雖然聽不清楚在說什麼，但其中一個是築師的聲音。目前的時間，不可能巧遇熟人。

神樂正在想這些事，聽到車斗後方打開的聲音，而且旁邊有動靜。似乎有人靠近。神樂渾身僵硬。小貨車可能遇到臨檢，員警爬上了車斗。只要稍微發出聲音，立刻會引起懷疑。

咚、咚，有人敲著鐵桶。神樂渾身冒著汗。

接下來的時間格外漫長。像是員警的人一直在鐵桶周圍走來走去，簡直就像是知道神樂躲在裡面，故意用這種方式折磨他。

恐懼的時間終於結束。腳步聲消失了，小貨車再度上路。神樂用力吸著帶著煤油味的空氣，然後吐了出來。

因為他完全失去了時間感，而且不時昏昏沉沉打瞌睡，所以不知道出發到現在已經過了多久。他猜想可能已經超過一個小時。因為他在出發前上了廁所，現在又有了尿意。

他無法繼續維持相同的姿勢，忍不住在鐵桶內悄悄動了幾下，沒想到小貨車再度停了下來，而且這次連引擎聲也聽不到了。

不一會兒，又聽到有人靠近的動靜，而且那個人和剛才一樣，咚咚咚敲著鐵桶。神樂屏住了呼吸。

周圍突然亮了起來，同時立刻感受到冰冷的空氣。神樂抬起頭。蓋子打開了，築師探頭看著他。

「辛苦了，已經到了。」

神樂點了點頭，緩緩站了起來。關節有點疼痛，他拉著築師的手，從鐵桶內爬了出來。

因為剛才在漆黑的鐵桶內，所以覺得外面很亮，但其實仍然是深夜。一看手錶，發現快半夜兩點了。沒想到小貨車開了這麼久。

「剛才好像遇到臨檢了。」神樂問道。

「是啊，」築師回答，「幸好那名員警不是很積極，也沒有爬上車斗檢查。」

「沒有爬上車斗檢查？但有人敲鐵桶啊。」

築師聳了聳肩。

「那是我，我趁遇到臨檢的機會，確認一下車上的東西有沒有倒下來。」
「原來是這樣……」
神樂巡視周圍，在空曠的平原前方，有幾棟裝飾得很花稍的建築物。外縣市有很多這種賓館街。
「只要到了那裡，很快就可以看到幹線道路，」築師說：「你要小心啊，這個時間，小貨車在路上都開得很快。」
「我知道。」
神樂在築師的協助下，把蠍子的腳踏車從車斗上拿了下來。雖然腳踏車上滿是鐵鏽，但騎起來完全沒有問題，輪胎也打足了氣。
「你不回答也沒有問題，但我還是想問一下，你接下來打算怎麼辦？只是一直逃亡嗎？」築師問。
神樂搖了搖頭。
「我一開始就對你說了，我是被冤枉的，無論如何都要證明自己的清白，同時還要查明真相。」
「是嗎？我不會問你詳細情況，但聽起來似乎有隱情。無論如何，你要加油，一路上小心。」
「謝謝你，真的很感謝你的照顧。即使我被警察抓到，也絕對不會提到你們的事。」
「這件事就拜託你了。」
築師坐上了小貨車，發動引擎後，打開了車窗。

「那就多保重了。」

「築師先生，你也要多保重。」

築師點了點頭，放下了手煞車，但在離開之前，再度看向神樂。

「怎麼了？」

「不，沒什麼重要的事，只是我覺得以後會再見到你。」

神樂的嘴角露出笑容，「很希望可以再見面。」

「在下次見面之前，我們都要多保重。」築師發動了車子。

神樂目送著小貨車在狹窄的路上漸漸遠去，當完全看不到車子後，他騎上腳踏車，慢慢踩了起來。

39

淺間和木場一起在月臺上，除了拎著裝有換洗衣服的旅行袋，還帶著空虛的心情，等待回東京的列車。來這裡之後，根本沒做任何像樣的工作，所以照理說並沒有疲勞，身體卻和心情一樣沉重。

今天早晨，接到了那須的指示，叫他們兩個人回東京，但並沒有告訴他們理由。淺間和木場已經知道發生了什麼事。

三天前，從玉原口中得知，神樂騎著機車逃走了。之後，由縣警總部的北峰總部長指揮的「K相關特別搜索對策室」非但沒有抓到神樂，甚至沒有打聽到任何目擊消息。

只要一走進暮禮路分局，就知道搜索毫無進展。這三天來，北峰整天都心浮氣躁地訓斥下屬。

由此可見，神樂已經順利逃離到外縣市。北峰不想被其他人知道縣警的失敗，所以當初並沒有請求周邊各縣縣警的協助，但最後發現已經無計可施之後，才在昨天慌忙聯絡各縣警的總部長。即使是徒步，兩天的時間也足以避開臨檢，走完相當長一段距離。所以昨天一整天，附近各縣都同時進行臨檢，也無法找到神樂的下落。

繼續留在暮禮路市，把神樂帶回東京的可能性等於零，所以乾脆趕快回東京——那須的指示應該代表了這樣的意義。

「話說回來，神樂那傢伙還真是會逃啊，他到底是怎麼逃脫的？」木場偏著頭。

「我想應該是徒步。之前騎機車逃走時被發現了，如果繼續騎機車，一定又會遭到臨檢。既然沒有任何目擊消息，很可能他甩開臨檢之後，就丟掉機車了。」

「他應該不可能搭乘大眾運輸工具。」

「戒備這麼森嚴，如果他搭乘大眾運輸工具，不可能沒有發現他。神樂應該也提高了警覺。」

「問題就在這裡，神樂為什麼會發現警方查到了他的落腳處。」

「我也覺得很奇怪，」淺間說，「他在東京車站買車票時，幾乎沒有警覺心，也因為這樣，志賀他們才能查出他的目的地。但是，在展開搜索後不久，他就開始逃亡。那並不是巧合，而是發現了警方的動向才採取的行動。這讓我想到我們第一次準備逮捕神樂時的情況，當初因為懷疑他在監視器上動手腳，所以打算逮捕他。我們去了研究所，其他人分別去了醫院和他的住家，他卻搶先一步逃走了。之後看了醫院的監視器，發現他已經來到醫院門口，卻不知道什麼原因，臨時改變主意離開了，簡直就像是察覺了警方的動向。我也看了他離家時的影像，當時看起來完全不像要逃亡，顯然是臨時改變了行動。」

木場發出低吟，「到底是怎麼回事呢。」

「只有一個可能，就是有人向神樂通風報信。這個人是能夠詳細掌握警方的搜索狀況，而且可以自由活動的人，因為不能在聯絡神樂時被人發現。」

「有這種人嗎？」木場偏著頭，抱著手臂。

淺間覺得有一個人嫌疑重大。那個人出席了偵查會議，之後行動不明，而且和神樂有私人的交情——條件完全符合，但是，他沒有說出來。他打算回東京之後，自己親自查清楚。

列車駛入月臺，下車的乘客很少，淺間跟著木場上了車。

自由席車廂坐了一半的乘客，剛好有三人坐的空位，他們隔了一個空位坐了下來。如果等一下車廂擁擠時，再坐過去就好。

「好像沒有任何人提到那個同伴的事。」

「同伴？」

「神樂的同伴，他在東京車站買了自己的車票之後，不是還買了鄰座的車票嗎？所以我認為他有同伴，但縣警看起來好像沒在調查這件事。」

「可能沒有查到任何線索吧？」

「但是照理說，應該可以蒐集到列車上的目擊消息啊，比方說向車掌之類的打聽當時的情況。」

「很難說，現在的車掌幾乎不會在列車上巡車，所以搞不好根本不記得神樂這個人。」

「要不要確認一下？」

「我知道了，那我就去問一下，這種事應該會願意告訴我們吧？」木場從懷裡拿出手機後站了起來，走去車廂之間的連結處。

淺間怔怔地看著窗外，因為被隔音牆擋住了，所以看不到什麼風景，但這樣的環境很適合思考。

神樂果真有同伴的話，那個人到底是誰？根據東京車站的監視器影像，神樂起初打算獨自去暮禮路，但同伴好像突然出現。到底是誰出現在他的面前？

木場走了回來，一臉無法釋懷的表情。

「怎麼了？」

木場偏著頭坐了下來。

「有一名目擊者，是在車上賣便當的販售員小姐。神樂好像買了便當，縣警的偵查員去瞭解了當時的情況。」

「是這樣啊，那個女人說了什麼？」

「這個嘛，」木場抓了抓頭說：「有點不得要領，從報告內容來看，好像沒問到什麼重要的線索，也不瞭解那個同伴的情況。」

「什麼意思？縣警是派了多遜的菜鳥刑警去瞭解情況？」

「不，剛才在電話中聽說，是一名很資深的刑警。我問到了販售員小姐的聯絡方式，販售員的辦公室就在東京車站內。」木場從記事本上撕下一張紙交給淺間。

「太好了，到了東京車站之後，我馬上去找她。」淺間接過便條紙，拿出手機後站了起來。

兩個小時後，他們站在東京車站的月臺上。時間是下午三點多。

那位販售員小姐正在工作，四點多才會回到東京車站。木場說要回警視廳，淺間向他道別後，走進了咖啡店，目的當然不是去喝咖啡。他拿出手機，打給了戶倉。因為之前一直和木場在一起，所以不方便和戶倉聯絡。

「你已經回東京了嗎？辛苦了。」戶倉用悠哉的聲音說道。

「你這是在挖苦我嗎？去那種鳥不生蛋的地方，連伴手禮都買不到。」

「聽說是這樣，課長他們很生氣。」

「股長應該很快就到了，不過課長聽了股長的報告，血壓應該也沒辦法降下來。超恍器的事，有沒有什麼新情況？」

電話中傳來戶倉嘆息的聲音。

「很遺憾，沒有任何收穫，但『虎電器行』暫時不賣超恍器了，勉強算是新情況吧。我們去打聽之後，他們認為可能扯上了什麼麻煩的事件，所以心生警戒吧。那些沉迷超恍器的傢伙都叫苦連天，超恍器很厲害的傳聞似乎傳得很快。」

「原來是這樣，不，等一下，」淺間重新握緊電話，「對喔，還有這種可能性。」

「什麼啊？你不要一個人想通了卻不告訴我。」

「不是啦，我突然想到，超恍器的傳聞因為『虎電器行』不脛而走，之前對電恍器感到滿足的那些傢伙開始尋求新的刺激，也就是說，等於成功地為超恍器做了宣傳。」

「啊！」戶倉叫了一聲，「的確是這樣。」

「超恍器的開發者沒有向『虎電器行』請款，如果他原本的目的就不是為了錢，而是為了推廣超恍器呢？」

「這樣就說得通了，但為什麼要推廣超恍器呢？讓全人類都發瘋嗎？還是想要破壞治安？」

「這我就不知道了。但是，如果超恍器的開發者是NF13的兇手，推廣超恍器就對他十分有利。即使他在犯罪時使用超恍器，這件事也無法成為警方追查的線索。」

「喔，對喔……」

「你繼續關注超恍器的相關消息，打聽到任何細微末節的消息，都馬上通知我。」

「我知道了。」

掛上電話後，淺間看著手錶，喝著已經冷掉的咖啡。四點十分時，他打電話去車內販售員的辦公室。那位販售員小姐還沒有回到辦公室，她的上司接了電話。淺間問，是否可以去他們的辦公室等人，對方回答說，會請那名販售員小姐去找淺間，所以問了他所在的位置。據說辦公室忙成一團，外人造訪會影響他們的工作。

淺間等了十分鐘左右，一個在白襯衫外穿了一件粉紅色背心的女人走了進來。剛搭過車的淺間馬上就知道那是車內販售員的制服。

淺間向她打了招呼，拿出名片自我介紹。

「關於妳日前在車內見過這名男子一事，我想再次請教當時的情況。」淺間說完，拿出了神樂的照片。

「那倒是沒關係，只是該說的我上次都已經說過了。」

「沒問題，只要告訴我和上次相同的內容就好。」淺間準備做筆記，「請妳把妳當時看到的情況告訴我，聽說他買了便當？」

「對，我推著推車走過去時，這個人叫住了我，買了便當和裝在寶特瓶裡的茶。我記得他買了釜飯便當。」

她記得真清楚。淺間不由得感到佩服，而且她說的情況中，包含了重要的線索。

「妳說他買了兩個便當，所以說，他還有同伴，對嗎？」

販售員小姐困惑地皺著眉頭。

「上一次的刑警也問了我這件事，但我不知道。」

「為什麼不知道？」

「因為我沒看到。」

「沒有看到？沒看到什麼？」

「沒看到他的同伴。這個男人坐在雙人座位靠通道那一側，但靠窗的座位空著，沒有坐人。」

「喔……」淺間看著眼前的女人，「會不會是去上廁所了？」

「也許吧。」
「有沒有行李?」
「不,應該沒有。」
「是嗎?妳也這麼告訴上次的刑警嗎?」
「對,我只說了這些情況。」她回答說。
淺間終於瞭解了。神樂似乎帶了同伴,但因為販售員小姐並沒有看到那個同伴,所以報告書上也無法提這件事。
「妳在車上販售時,不是會來回好幾次嗎?那個男人只有買便當時叫住妳嗎?」
「對。」
淺間心想,車上有好幾百名乘客,如果這樣的話,即使神樂的同伴回來,販售員小姐可能也不會注意到。
「很抱歉,在妳忙碌之際打擾了,感謝妳的協助。」淺間欠身道謝。
「這樣就可以了嗎?」
「可以了,這些內容很值得參考。」
她微微點了點頭,站了起來,但她走向出口時,很快又折返回來。
「怎麼了嗎?」淺間問。
「有件事我沒有告訴上次那位刑警先生,但我有點在意。」
「什麼事?」淺間示意她坐下。
她再度坐了下來,遲疑了一下,終於開了口。

「我之所以會清楚記得那位乘客的事，是有原因的。不瞞你說，他在買便當時，我覺得他有點奇怪。」

「哪裡奇怪？」

「因為……那位客人自言自語。」

「自言自語？」

「我記得他好像問了一句，你想吃什麼，而且說話的時候，轉頭看著旁邊的座位，好像那裡坐了人一樣。我當時以為他腦筋有問題。」

販售員小姐說的事太出乎意料，淺間有點不知所措，甚至忘了做筆記。

「上次刑警來問妳時，妳沒提這件事嗎？」

「對不起，因為我不好意思說，覺得一個陌生人腦筋有問題。」

淺間點了點頭，「也對。」

「這就是我知道的一切，沒有其他事了。」

「我瞭解了，謝謝妳。」

販售員小姐如釋重負地站了起來，深深地鞠了一躬，走出了咖啡店。

淺間把手肘架在桌子上，搓了搓臉，在腦海中回想販售員小姐說的話，想像著當時的情況。雖然他不太瞭解神樂，但之前沒發現神樂會自言自語。

還是因為出現了雙重人格的另一種人格？

淺間想要去請教新世紀大學的水上，也許他知道些什麼。

淺間站起來時，手機響了。是木場打來的。

「你向課長報告完了嗎?」電話一接通,淺間就問道。
「現在沒那個閒工夫,出大事了。」木場的聲音充滿緊迫。
「發生什麼事了?」
「是命案,有新的命案發生,而且被害人還是相關人員。」
「相關人員?是誰啊?」
木場停頓了一下後回答:
「是白鳥里沙。」

40

白鳥里沙的租屋處位在日本橋附近,位在四十多層樓摩天大廈公寓的十三樓。但是,淺間搭計程車趕到後,並沒有前往入口所在的一樓,而是走向通往地下室的坡道。因為木場告訴他,命案現場位在地下室的停車場。

地下室也有公寓的出入口,但守在門口的不是警衛,而是穿著制服的警官,似乎正在控制人員的進出。

一名年輕警官看到淺間打算走去停車場,立刻跑了過來。淺間亮出了警察證,對方立刻停了下來,向淺間敬了一禮。

「辛苦了。」

「我是搜查一課的淺間,現場在哪裡?」

「進門之後往左走就可以看到了。」

「其他人呢？」

「警視廳的機搜和鑑識人員都已經到了，但……」不知道為什麼，年輕警官有點吞吞吐吐。

「怎麼了？有什麼狀況嗎？」

「不，那倒不是……你去看了就知道了。」

「是喔。」淺間轉過身，走了進去。

走過通往停車場的門後向左前進，立刻看到了命案現場，因為鑑識人員都在那裡。現場已經拉起了封鎖線，鑑識人員聚集在封鎖線外，還有看起來像是轄區分局的偵查員。

太奇怪了，淺間忍不住想。照理說，鑑識人員應該在封鎖線內作業，在他們完成鑑識作業之前，原則上任何人都不能入內。還是說，鑑識作業已經完成了？

「你速度真快啊，你是木場先生的手下中第一個趕到的。」鑑識作業的負責人田代發現了淺間，向他輕輕揮了揮手。

「因為我剛好在東京車站，鑑識作業已經完成了嗎？」

田代嘟著嘴，聳了聳肩。

「我們一到這裡，就立刻接到了通知，在科警研的人員抵達之前，不得進入現場，也就是不允許我們進行作業。」

「科警研嗎？」

「這到底是怎麼回事啊？讓我想起之前新世紀大學的命案，那次我們也被排除在外，聽說由科警研的人員負責現場勘驗。」田代說到這裡，目不轉睛地看著淺間，「你是不是知道什麼？聽說你和科警研的那些人聯手，和課長他們一起偷偷摸摸地在做什麼。」

「我只是聽從上面命令的棋子而已。」

「是嗎？算了，我不多嘴了。」田代看了一眼手錶，「但科警研那些傢伙動作也太慢了吧。雖然聽說會晚一點到，但到底要我們等多久？」

「他們說會晚一點到嗎？」

「是啊，說什麼有幾名專任的人員離開東京，所以需要花一點時間才能找到人手。」

淺間猜想，專任的人員應該是指正在暮禮路市的那些人。他和木場離開暮禮路市時，志賀他們還留在那裡，他們的目的是要調查神樂躲藏的那棟房子，但淺間完全猜不透他們的目的。

「屍體呢？」淺間問田代。

「維持原狀，因為要求我們不能觸碰，所以也沒辦法啊。」

「是誰發現的？」

「如果你想知道，可以去問轄區分局的人，他們好像已經向發現屍體的人瞭解了詳細的情況。」田代用下巴指向一個身穿灰色西裝、站在那裡的男人。

淺間走過去向他打了招呼，那個人果然是轄區分局的刑警。

「是公寓的警衛在下午四點左右發現的，他在巡邏時，剛好看到了被害人的車子。」轄區分局的刑警說道。

「當時是怎樣的狀態？」

「她坐在駕駛座上，身體倒向副駕駛座，從車子前面看的時候，會以為車上沒人。」刑警繼續說道：「似乎是從背後遭到槍殺。」

「從背後？所以兇手坐在後車座嗎？」

「應該是這樣。」

「是哪一輛車？」

「就是那一輛。」刑警指向一輛國產的白色轎車。從這個位置，的確看不到屍體。

淺間巡視著停車場內。

「這裡裝了監視器，有沒有拍到什麼？」

「監視器拍到昨天晚上十點左右，被害人的車子回來的情況，之後車子就沒再移動過。」

「有沒有拍到上下車的人？」

「這個啊，」刑警面露難色，「那個人似乎從後車門下車之後，就從住戶專用的出入口進了公寓。因為那個人彎著身體走路，所以並沒有拍到。」

「怎麼會這樣？這不是失去了監視器的意義了嗎？」

「根據警衛的解釋，監視器的目的主要是為了防止停車場內的車輛遭竊，所以當有人從外面進來後靠近車子時，就會密切注意，但盡可能不拍到住戶的臉。」

淺間嘆了一口氣，道謝後回到田代那裡。

「可不可以拜託你一件事，」淺間說：「接下來的五分鐘，你能不能睜一隻眼，閉一隻眼？」

田代的身體用力向後仰。

「喂、喂，你也要考慮一下我的立場。」

「你只要說，什麼都沒看到就搞定了。有一個瘋子刑警趁你不備，擅自闖了進去——只要這麼說就沒問題了。你難道不感到懊惱嗎？科警研這樣為所欲為，你吞得下這口氣嗎？」

「你說得倒容易，」田代說話時，看了一眼手錶，「真的五分鐘能搞定嗎？」

「我向你保證，絕對不會給你添麻煩。」

「知道了，你速戰速決。」

「不好意思。」淺間說完，戴上了手套，正打算跨進封鎖線，田代叫了一聲：「喂，還有這個。」遞給他一雙鞋套。

走到車子旁，終於清楚看見了裡面的狀況。轄區警局的刑警說得沒錯，隔著擋風玻璃，可以看到白鳥里沙蒼白的臉，她穿著淺藍色套裝，胸口附近被染成了黑色。應該是子彈打穿的。

淺間小心翼翼地打開駕駛座旁的車門，淡淡的腥味刺激著鼻腔。他從頭到腳仔細觀察屍體，除了槍傷以外，看不到其他外傷，但當視線向上移到她的側臉時，發現了異常，因為屍體的耳朵後方有燙傷的痕跡。那是超恍器造成的，絕對不會錯。

淺間巡視著車內，皮包丟在後車座，皮包的蓋子打開，裡面的東西散在座椅上。應該是兇手在翻找什麼。

淺間關上了駕駛座旁的車門，打開了後方的車門，看到了手機、粉餅盒、口紅、藥盒、皮夾和護照。

他先檢查了手機，查了通話紀錄，但上面都是英文名字。他想起白鳥里沙是日裔美國人。

在檢查皮夾時，發現現金被抽走了，但淺間並不關心這件事。因為他認為那只是兇手想要偽裝成強盜犯案。

他鑽進車內，繼續仔細調查，視線停留在白鳥里沙套裝口袋裡。剛才沒有發現她的口袋微微鼓了起來。他伸手一摸，發現口袋裡有另一個手機。

他立刻調查了通話紀錄，發現了「貓跳K」的文字。白鳥里沙在和代號為「貓跳K」的人頻繁聯絡。

猜中了——淺間確信了一件事。

他下了車，準備把手機放進自己的口袋，就在這時，拿著手機的手臂被人抓住了。

淺間大吃一驚，回頭一看，木場翻著白眼瞪著他。

「你在幹嘛？」

「股長……」

淺間看向遠處，田代做出了投降的姿勢。

「把手機放回去。」木場說。

「股長，拜託你，給我三天的時間，這支手機先放在我這裡。」

「別開玩笑了，你到底想要幹什麼？」

「還要繼續讓志賀他們為所欲為嗎？你不想瞭解真相嗎？你在暮禮路時，應該也很不甘心吧？」

「我之前已經說過了，我們只是棋子，如果想要成為下棋的人，就努力向上爬。」

「我不升官也沒有關係，只想查明真相。所有的責任都由我來扛，即使被開除也無所謂。」

木場仍然瞪著淺間，但在嘆了一口氣之後，銳利的眼神也放鬆了，他鬆開了握著淺間手臂的手。

「下屬犯錯，就是我的過錯，一旦出事，我會辭職。」木場又咂了一下說，「但是，只給你一天的時間，如果一天之後，沒有找到任何線索，就把手機交還給科警研。」

「至少給我兩天。」淺間還想要爭取時間，但看到木場再度露出銳利的眼神，只能很不甘願地點了點頭，「好吧，那我一天就會查出結果。」

「很好。」木場點了一下頭。

不一會兒，志賀就帶著十幾名工作人員現身了，他看到站在封鎖線外的淺間，露出了嘲諷的笑容。

「不管去暮禮路還是回東京，都會遇到你，真不知道我們算是有緣相見，還是冤家路窄。」

淺間不理會他這句話，直接問道：「這次也不讓我們插手嗎？」

志賀撇著嘴角，微微搖了搖頭。

「我無意這麼做，之前也一樣。我不是說了嗎？必要的時候，會和你們討論，也會請求你們的協助，而且也派你們去暮禮路把神樂帶回來了。」

「但白跑了一趟。」

「我沒想到那裡的警察這麼不中用，太令人失望了。」

「你好像調查了神樂躲藏的那棟房子，有沒有發現什麼？」

聽到這個問題，志賀露出被戳到痛處的表情。淺間猜想成果不彰。

志賀沒有回答，轉頭看著木場。

「請你們回警視廳待命，機搜似乎已經展開了第一波搜索，我會安排他們直接向我報告。」

木場還沒有回答，志賀就轉頭看著田代說：

「我們接下來開始作業，你們去車上等待我們進一步指示。」

看到田代點頭，志賀走回他的下屬身旁，指示他們開始作業。

「不好意思。」木場對田代說。

「木場先生，你沒理由道歉，」田代看著淺間說：「你的確被當成棋子了，那就做出成績，讓他們刮目相看。」

他似乎也看到淺間把白鳥里沙的手機放進了口袋。淺間笑了笑，微微點了點頭。

離開命案現場後，淺間搭計程車先回家一趟。雖然是為了換衣服，但還有其他想要獨處的原因。

計程車出發的同時，他立刻從口袋裡拿出白鳥里沙的手機。找到了用「貓跳Ｋ」的代號登記的號碼，撥打了電話。

但是，電話並沒有接通。目前幾乎沒有地方收不到訊號，對方應該是關機了。

淺間檢查了通話紀錄，發現白鳥里沙很頻繁地撥打那個電話。淺間認為應該不是多次聯絡，而是電話無法接通。因為幾乎沒有對方的來電紀錄，只有最近有一通來電。

淺間回想了這幾天發生的事，最後發現那通來電的時間剛好在自己抵達暮禮路的那天晚上。

這就對了——他拍著自己的大腿。

「貓跳Ｋ」果然就是神樂。神樂最後一次來電時，白鳥里沙一定在電話中告訴神樂，暮禮路已經展開了大規模的搜索，所以他才能夠成功逃離之前躲藏的住家。

在此之前，神樂好幾次都在緊要關頭，從警方的眼皮底下溜走。淺間認為一定有人向神樂通風報信，同時根據各種狀況，猜測很可能是白鳥里沙。他的猜測完全正確。

不知道她為什麼要這麼做。他們並非舊識，所以不可能是基於私人情誼。之前曾經聽說，她是為了學習ＤＮＡ偵查系統來到日本，也許研究內容中隱藏著什麼秘密，神樂去暮禮路的理由也可能和這件事有關——

淺間在自己的公寓前下了計程車。雖然同樣稱為大廈公寓，但和白鳥里沙住的地方相比，這棟房子實在太破舊了，而且只有四樓而已，更糟的是，甚至沒有電梯。

淺間從樓梯來到三樓，打開了房間的門，撲鼻而來的菸味和霉味讓他忍不住皺起眉頭。

他在盥洗室脫了衣服，走進了浴室。雖然很想泡個澡，但浴缸放水太耗費時間了，而木場只給他二十四小時。他敞著浴室的門，用熱水沖頭。

到底是誰殺了白鳥里沙——他一邊洗頭髮，一邊思考這個問題。

在比對子彈之前，還無法下結論，但應該和殺害蓼科兄妹的是同一個人。雖然之前懷疑神樂殺害了蓼科兄妹，但從目前的情況研判，他不可能殺害白鳥里沙。對他來說，她是重要的情報來源，而且他目前正忙著逃亡。

當他把頭上的洗髮精沖乾淨時，盥洗室傳來了陌生的音樂旋律。

那是什麼聲音？淺間還來不及思考，就衝出了浴室，腳趾撞到了門檻，但現在顧不得痛。他摸著剛才脫下衣服的口袋，拿出了白鳥里沙的手機。螢幕上顯示「公用電話」。

他按下通話鍵，應了一聲「喂？」然後又接著說：「這是白鳥小姐的電話。」

對方陷入了沉默，似乎正在思考到底是誰接起了電話。

「是神樂嗎？」淺間問，電話中傳來對方倒吸一口氣的聲音。猜中了。「等一下，你不要掛斷，先聽我說——」

但是，下一剎那，電話就掛斷了。淺間吐了一口氣，把電話放在洗手臺上。

他並不感到洩氣。如果剛才這通電話是神樂打來的，他堅信神樂一定會再打來。神樂應該並不知道白鳥里沙發生了什麼事，既然這樣，他一定會想知道為什麼是她以外的人接她的手機。

他用毛巾擦拭著沖濕的身體，換上了新的內衣褲。他打開衣櫥，翻找著從洗衣店拿回來的乾淨襯衫時，和剛才相同的來電鈴聲再度響起。他果然猜對了。

「喂？」電話接通後，他對著電話說道。

「你是誰？」是神樂的聲音，絕對沒錯。

「是我啊，你聽不出來嗎？」

短暫的沉默後，傳來一個試探的聲音，「是刑警淺間先生嗎？」

「答對了，為了以防萬一，我再確認一次，你是神樂吧？」

對方沒有回答這個問題，反問他：「為什麼你會接這個電話？」他果然最在意這件事。

「因為發生了很多事，我想和你見面談一談，你目前人在哪裡？」

電話中傳來吐氣的聲音。

「你就別耍我了，你最清楚，我目前正在逃亡。你拖延時間也沒用，趕快請白鳥小姐來聽電話。」

「拖延時間？」

「你想用這種方法，偵測出我目前所在的位置吧。不，搞不好已經偵測出來了。但是，我剛才已經說了，你這麼做也是白費力氣。因為當警察趕到時，我早就離開這裡了。因為這裡不是警察可以馬上趕到的地方，趕快請白鳥小姐聽電話，如果你不願意，我就要掛電話了。我只要找她，沒時間和你閒聊。」

神樂似乎真的打算掛電話，而且再也不會打來了。淺間無奈之下，只好告訴他：

「她被殺了。」

「……啊？」

「白鳥小姐被人殺害了，剛才在公寓的停車場發現了她的屍體，被人從背後開槍打死了。」

神樂陷入了沉默，淺間隱約聽到了嘈雜聲。他似乎在鬧區。

不要掛電話。淺間祈禱著。

41

他吐出憋著的氣，重新握住了公用電話的聽筒。鎮定，不要上當，要冷靜判斷——神樂告訴自己。

可以相信淺間的話嗎？無論如何，白鳥里沙一定出了狀況，否則，無法解釋為什麼是這名刑警接了她的手機。

神樂看向周圍，只見人來人往。這很正常。因為這裡是縣內乘客流量最大的車站。

神樂認為，即使偵測到自己在這裡打電話，從警視廳到縣警總部，然後再和本地的警察分局聯絡，也要花上幾分鐘的時間。只要掛上電話之後立刻離開車站，被警察發現的可能性很低。警方並不知道自己騎腳踏車移動，一定會以為自己搭電車。

他調整呼吸，努力讓心情平靜下來。無論如何，必須先確認目前的狀況。

「神樂，你聽得到我說話嗎？」淺間問。

「聽得到，白鳥小姐是被誰殺害的？」

「不知道，我認為應該就是殺害蓼科兄妹的兇手。」

「所以由你負責指揮偵查工作嗎？」

「是由志賀負責指揮，你可能不知道，偵查的實權早就已經轉移到警察廳手上了，我們被當成連小刑警都不如的齒輪。」

「齒輪怎麼可能接被害人的手機？如果志賀先生在你旁邊，把電話交給他。」

「志賀不在，這裡是我家，只有我和股長知道這支手機的事，連志賀都不知道。」

「別騙人了。」

「我沒有騙你，因為我猜想這支手機是白鳥里沙專門用來和你聯絡的，所以把手機偷偷藏起來了，我想你早晚會打這支電話。」

「你想要比警察廳和科警研搶先一步逮捕我嗎？」

「你不要誤會，我並不認為你是兇手。你是被某個人，我猜想是真兇陷害了。」

「是這樣嗎？」

「我剛才也說了，我認為殺害蓼科兄妹的兇手和殺害白鳥里沙的兇手是同一個人，如果你是兇手，不可能打這個手機，而且不可能不帶走這支手機，難道我說錯了嗎？」

神樂用力握緊聽筒。這名刑警說的話是真的嗎？可以相信他嗎？

電話中傳來輕笑聲。

「你現在人在哪裡？」淺間問道。

這次輪到神樂冷笑回答：

「你認為我會告訴你嗎？對了，偵測到發話地了嗎？」

「跟你說了，根本沒在偵測。算了，無論你在哪裡都不重要，反正應該是從暮禮路回東京的路上。話說回來，你還真能逃啊，不瞞你說，我今天早上才剛從那裡回來。你逃走了，縣警總部的總部長臉都綠了。」

神樂把話筒放在耳邊，巡視著周圍，並沒有看到警察的身影。

「你為什麼會等我電話？」

「那還用問嗎？當然是因為想要瞭解真相啊。我想要查明事件背後隱藏的真相，但是志賀他們隱瞞了重要的部分，警視廳的高層也不會把真相告訴我們這些小刑警。只不過我已經隱約瞭解到一些事，這次的事件應該和DNA偵查系統有關吧？既然這樣，只能問你了，我需要你的協助。」

「你一廂情願這麼想，我也無能為力，因為我也完全不瞭解狀況，只能一直逃亡。」

「所以我才向你提議，要不要聯手。你應該知道，自己不可能一直逃下去，而且又失去了白鳥里沙這個盟友。沒有她提供消息，你要怎麼保護自己？」

「我接下來會考慮。」

「相信我，我不會騙你的，這是你唯一的活路。」

「時間到了。」神樂掛上了電話。

他走出車站，騎上放在人行道上的腳踏車。車站前是幹線道路，對面是熱鬧的鬧區。看到號誌燈轉綠之後，他緩緩踩著踏板。過了馬路之後，他握住煞車，跨在車上，回頭看向車站的方向。如果有警察趕到，他必須立刻騎走。

在築師他們的協助下逃離暮禮路後，他一直在騎車，應該已經移動了一百多公里。

以目前的速度，明天應該就可以回到東京。

問題在於回東京之後該怎麼辦。正如淺間所說，白鳥里沙是唯一的依靠，為了和她取得聯絡，這幾天他忍著飢餓，拚命地踩著腳踏車。

但是，白鳥里沙竟然被人殺害了。

當然，有可能是淺間在說謊，也許謊稱她死了，想要藉此籠絡自己。果真如此的話，白鳥里沙在哪裡？

如果白鳥里沙真的被殺了，到底該怎麼辦？還是賭一下，乾脆和淺間聯手？除此以外，沒有任何人相信自己，志賀和水上也認為自己是兇手。

就連她也離開了——

只有鈴蘭相信神樂，不，她相信的是隆。

她到底是誰？蓼科兄妹遭到殺害那一天，鈴蘭和隆在一起，因為畫布上畫了她的肖像。

號誌燈變了好幾次，每次都有很多人過馬路，沒有人看神樂一眼。

他看向一旁建築物上的數位式時鐘。他停留在這裡已經將近十分鐘，如果發話地遭到偵測，現在應該有許多警方車輛趕來這裡。

淺間沒有說謊嗎？至少在偵測發話地這件事上沒有說謊。

神樂握著車把，踩著踏板，他騎在人行道上，一路尋找著公用電話。和十年前相比，公用電話的數量只剩下五分之一，但並沒有完全消失。

騎了十分鐘左右，他看到了公用電話亭。他走進電話亭，再度撥打了白鳥里沙的手機。幸好之前為了以防萬一，記下了她的電話號碼。

電話鈴聲一響，馬上就接通了。

「沒有警察去你那裡吧？」淺間問。

「沒有偵測發話地這件事好像是真的，但我並沒有完全相信你。」

「你怎樣才能信任我？」

「我有事想請你幫忙，之後再考慮要不要相信你。」

「好啊，你要我做什麼？」

「你先去新世紀大學醫院，腦神經科病房的五樓，有我經常使用的房間。鑰匙在水上教授手上，但警衛室應該也有。希望你去的時候，盡可能不要被任何人看到，你進去那個房間之後，再聯絡我。」

「等一下，我要怎麼聯絡你？你現在沒有手機吧？」

「因為發生了一些事，現在沒辦法用手機，你用電子郵件聯絡我。你記下我告訴你的郵件信箱。」

神樂把郵件信箱告訴了淺間，那是他在工作上使用的一個信箱。

「你多久才能到醫院？」

「動作快的話，不用三十分鐘就可以到了。」

「那我在三十分鐘後開始檢查郵件，接到你的聯絡後，我會打電話給你。」

「好。」

「那就拜託了。」神樂掛上電話，走出電話亭。他再度巡視周圍，既沒有看到警察，也不見警車趕來。

他騎著腳踏車，看著沿途的招牌，最後在一家大型書店前停了下來。因為書店招牌的角落寫了「ＰＣＳ」，這是「提供個人電腦服務」的縮寫，只要付費，就可以租用電腦。

他停好腳踏車走進店內。店內的陳列架上都是書籍和電腦周邊商品，紙本書一直被認為早晚會遭到淘汰，但這十年來，紙本書的數量完全沒有減少。

電腦區在書店深處，神樂走向櫃檯內的年輕女店員，辦理使用電腦的手續。女店員問他要使用哪些軟體。為了防止犯罪，使用某些軟體時必須出示身分證明。

神樂回答說，只要使用電子郵件和電話軟體。使用這些軟體時，不需要出示身分證。電子郵件只有網頁郵件具有匿名性，電話軟體就和公用電話差不多。

電腦區沒什麼人，神樂坐在最角落的座位，打開電腦。在電子郵件軟體上輸入必需的資料後，看了一下時間。和淺間通完電話剛好三十分鐘。

他試著確認郵件，立刻發現收到了主旨為「我剛到」的郵件，內文寫著：「我就在畫前面，等你聯絡。淺間。」

神樂戴上耳機和麥克風後，打開了電話軟體，輸入白鳥里沙的電話號碼。鈴聲才響，馬上就接通了。

「簡直就像在等情人的電話。」淺間語帶挖苦地說。

「你向誰借的鑰匙？」

「警衛富山先生，也已經叮嚀他不要告訴別人我來這裡的事。我覺得他可以相信。」

「很好，沒有人看到你吧？」

「應該是。接下來要做什麼？趕快說吧。」

「不是什麼困難的事，你把放在那裡的畫拍下來。」

「穿白衣服女生的畫嗎？」

「對，拍下來之後，用電子郵件傳給我。我收到之後，會再聯絡你。」

「ＯＫ。」

聽到淺間的回答，神樂掛上了電話。如果現在遭到偵測，他根本逃不掉，但他覺得似乎可以相信這個刑警，更何況目前也沒有其他路可走。

一分鐘後，他再度確認了郵件信箱，收到了他想要的檔案。打開一看，液晶畫面上出現了一幅令人懷念的畫。

不，讓神樂感到懷念的並不是畫，而是鈴蘭。雖然和她分開才短短幾天，卻好像已經過了很久。

畫中的鈴蘭完全符合神樂的記憶，一臉純真的笑容，好像非常信賴畫家，內心完全沒有任何隱瞞，就連白色洋裝也和記憶中一樣。

為什麼——？

為什麼她一直穿著白色洋裝？神樂忍不住想。無論什麼時候看到她，她都穿同一件衣服，而且都不會髒。

他看著畫中的白色洋裝，突然發現一件事。洋裝有口袋，口袋裡好像有什麼東西。神樂將畫面放大，終於知道那是什麼。那是藍白相間的條紋袋子，從口袋裡露了出來。

那個袋子——神樂搜尋著記憶，很快就想起自己曾經看過相同的袋子。

那是蓼科兄妹活在世上的最後一天，神樂在他們房間看過這個袋子。

42

淺間完全搞不懂神樂為什麼叫他這麼做，雖然不知道，但他確信一定有意義。果然沒有猜錯，神樂也不瞭解事件的真相。他被人陷害，所以不得不逃亡。

手機響了，淺間立刻接起電話。

「我收到畫的照片了。」神樂說。

「這是怎麼回事？這幅畫有什麼玄機嗎？你該不會叫我做了這種事，卻什麼都不告訴我吧？」

電話中傳來呵呵呵的笑聲。

「我已經說了好幾次，我也搞不清楚，所以才會努力找線索。」

「這幅畫中有線索嗎？」淺間盤腿而坐，抬頭看著眼前這幅畫。畫中有一個身穿白色洋裝的少女，但完全不知道她是誰。至今為止的搜索過程中，都不曾見過這個人。

「這個女生是誰啊？」

「咦？」神樂發出誇張的聲音，「你完全不知道嗎？雖然你應該不知道她的來歷和名字，但我原本以為至少知道有她這個人。看來你們的偵查能力也不怎麼樣嘛。」

淺間生氣地再度看著畫布，但還是想不出來她是誰。

「別故弄玄虛了，她到底是誰？」

神樂呵呵地笑了幾聲後回答：「她叫鈴蘭。」

「鈴蘭？」

「雖然不知道是不是她的真名，不久之前，我們還一起行動。我們從東京車站一起去了暮禮路。」

「是搭電車去暮禮路嗎？」

「對啊，當然啊。」

淺間有點困惑。

東京車站的監視器拍到了神樂買了兩張車票後搭上了列車，但車內的販售員小姐說，神樂身旁並沒有任何人，而且，神樂對著旁邊的座位自言自語。

「我原本還以為警方會找那班車的車掌或是車內販售員瞭解情況，所以也知道和我同行的女生。」神樂說話的語氣有點不屑。

淺間想了一下才開口說：

「我去向車上的販售員瞭解了情況，聽說你買了兩個便當。」

「果然去問了，對啊，我買了兩人份的便當，但你竟然還不知道鈴蘭的事。」

「因為販售員說……」淺間舔了舔嘴唇後說：「她不記得你身旁有沒有人。」

「是喔。」神樂似乎並不是太在意。

這是怎麼回事？淺間感到納悶。神樂看起來不像在開玩笑，他真的認為和同伴一起搭了車，而且他也沒理由在這種事上說謊。

「淺間先生，怎麼了嗎？」神樂問。

「不，沒事，這個女生是誰？和你是什麼關係？」

「我也不知道。我直到最後的最後，都搞不清楚她是誰。」

「怎麼回事？她現在不在你身邊嗎？」

「不在，因為發生了很多事，我們失散了，我甚至不知道她是不是還活著。」神樂的聲音極度沮喪。

「你一直和身分不明的人在一起嗎？」

「這件事很難解釋，她有一天突然出現在我面前，然後就一直跟著我。不知道為什麼，她很瞭解我，不，正確地說，她瞭解的並不是我本身，反正很難解釋。」

「不是你本身，難道是另一個人格嗎？」

神樂聽到淺間這麼說，陷入了沉默，不一會兒，聽到了他的呼吸聲。

「也對，水上教授不可能不把我的症狀告訴警察。沒錯，我有另一個人格，是自稱為隆的人格。鈴蘭是隆的朋友，或者該說是他的女朋友。」

「這幅畫是隆畫的吧？」

「沒錯，蓼科兄妹遭到殺害時，我的身體是隆在使用。那幅畫就是他在那個時候畫的。看了這幅畫之後，我第一次知道鈴蘭這個人。」

「隆是在哪裡認識鈴蘭的？」

「好像就在那個房間。」

「這裡？」淺間巡視著室內，房間內只有門窗和幾幅畫，還有一些畫材。

「隆在醒來之後，也只是在那個房間畫畫，不會去任何地方。鈴蘭也說，她是在那裡和隆見面的，只是除此以外，並沒有告訴我其他事。」

淺間和神樂交談後，感到有點混亂。神樂說得好像真的有那個叫鈴蘭的少女，但是，在現實中應該根本沒有這個人。也就是說，他在列車上說話的對象，只是他腦袋裡的幻覺。

淺間猜想，也許是隆先有幻覺，然後對神樂的大腦也產生了影響。這幅畫只是隆把幻覺畫了出來而已。果真如此的話，在這裡和神樂談話也完全無法解決任何問題。

淺間認為必須讓他知道鈴蘭是幻覺，但這是極其困難的事。自己不是精神科醫生，不知道是否可以這麼做。

「命案發生的那一天，鈴蘭也在那裡，」神樂說：「她說平時都是在旁邊看著隆畫畫，但偏偏那一天，隆畫了她。」

「等一下，你應該也知道這家醫院的保全系統，外人可以輕易進入嗎？」

「我對這件事也感到不解，但鈴蘭真的去了那個房間，所以不得不承認他們用某種方法躲過了監視器。」

「有證據可以顯示她進來這裡嗎？這幅畫可能只是隆的想像。」

「不可能。」神樂毫不猶豫地反駁道。

「你憑什麼斷言？」

「因為我想要解釋這件事，才和你說了這麼多鈴蘭的事。請你好好看那幅畫，白色洋裝的口袋裡是不是有什麼東西？」
淺間看向畫布。神樂說得對。
「是藍白相間的條紋盒子嗎？」
「不是盒子，是袋子，扁平的袋子。」
「對，聽你這麼說，我發現這的確是袋子，這個袋子怎麼了嗎？」
「命案發生前，那個袋子在蓼科兄妹的房間內，這件事絕對錯不了。」
「這個嗎？」淺間站起來，把臉湊到畫的面前。
「既然會出現在這幅畫上，就代表有人從蓼科兄妹的房間帶去那裡，隆不可能自己去，所以只有鈴蘭。」
「等一下，你在蓼科兄妹的房間看到了這個袋子，不是嗎？所以隆可能是根據你的記憶畫上去的。」
電話中傳來嘆氣的聲音。「這不可能。」
「為什麼？」
「因為隆不會畫我看到的東西，他只畫自己看到的東西，只畫自己的雙眼看到的、自己的心靈感受到的東西，我最清楚這一點。既然畫中有這個袋子，就代表那個袋子曾經在那個房間內。」
聽到神樂的語氣漸漸不耐煩，淺間站了起來，稍微退後幾步打量著那幅畫。
對了——
之前警衛富山曾經提到，他把朋友送他的巧克力送給蓼科兄妹，之後聽哥哥說，他妹妹很高興，但並不是喜歡巧克力，而是喜歡包裝的袋子。

藍色的條紋圖案，上面繫了一個小蝴蝶結——當時富山是這麼說的。

這到底是怎麼回事？如果名叫鈴蘭的少女是神樂和隆產生的幻覺，就不可能把什麼東西帶來這個房間。所以，真的有鈴蘭這個人嗎？

「淺間先生，你在聽嗎？」神樂在電話中叫著他。

「嗯……我在聽啊，這個袋子怎麼了？」

「我不知道鈴蘭為什麼要把袋子拿去那裡，但既然原本是在蓼科兄妹的房間內，裡面很可能裝了什麼重要的東西，也許鈴蘭是受那對兄妹之託帶出來的。所以，請你找一下那個袋子。」

「找袋子？去哪裡找？科警研已經徹底調查了那對兄妹的房間，既然是這麼重要的東西，他們不可能會錯過。」

「淺間先生，不要讓我一直重複相同的話。袋子不在兄妹的房間裡，而是在那個房間裡，在你目前所在的那個房間裡。」

「這裡？」淺間把手機放在耳邊，再度巡視著室內。

牆邊放著顏料、畫筆、調色盤和尚未使用的畫布，木框的材料和工具箱，並沒有看到畫中的那個袋子。

「根本沒有啊。」

「是嗎？你有沒有漏失掉重要的地方。」

「這裡什麼都沒有，即使想要藏東西——」淺間突然想到一個可能，所以停頓了一下，他看向畫了鈴蘭的那幅畫，「這幅畫下面嗎？」

「你終於發現了，」神樂說：「我認為絕對就是那裡。」

「等一下。」

淺間走向畫架，用手摸著畫布表面，發現有一個地方微微鼓了起來。他繞到畫架的後方，畫布用釘子釘在木框上。

「有兩層……」淺間小聲嘀咕。

「啊？你說什麼？」

「木框上有兩層畫布，而且好像有什麼東西夾在中間。應該是畫完之後放進去的。」

神樂吹起了口哨，「應該猜中了。」

「好像是。」

淺間把電話放在地上，把畫布從畫架上拿了下來。工具箱裡有鉗子，他用鉗子拔下把畫布固定在木框上的釘子，輕鬆地拔下了幾根釘子。果然沒有猜錯，在畫完這幅畫後，曾經把一部分畫布從木框上拆了下來。

放在兩層畫布中間的，正是那個藍白條紋的袋子，和畫上所畫的一樣。

淺間確認袋子裡的東西後，拿起了電話。

「找到了，要不要我拍照片傳給你？還是用視訊電話？」

「不需要，我可以猜到是什麼，」神樂說，「是不是一張卡？」

「你怎麼知道？」淺間看著手上的東西問，這是最新型的記憶卡，卡片發出金色的光芒，「這是什麼？」

「裡面應該是蓼科早樹最後製作的程式，目前還不知道是什麼，只知道名稱是『貓跳』。白鳥小姐就是在找這個，希望我可以找出來。」

「原來是這樣啊，難怪她協助你逃亡，但為什麼要去暮禮路？」

「那裡是蓼科兄妹的故鄉，他們偷偷在那裡買了別墅，所以我以為『貓跳』可能在那裡。」

神樂似乎曾經躲藏在那裡。

「我想，殺害她的兇手也在找這個程式，如果早一點找到，她或許就不會遭到殺害……」神樂用沉重的語氣說道。

「別這麼想，說這種話也無濟於事。更何況也可以說，正因為她遭到殺害，我們現在才能夠在這裡找到這個。接下來怎麼辦？要怎麼處理這張卡片？我有言在先，不要叫我做高難度的事，我不會用電腦。」

「即使你是電腦工程師，也無法輕易搞定，必須有特殊的系統，才能夠瞭解其中的內容。最好的方法，就是偷偷溜進特解研。」

「不可能，因為白鳥里沙遭到殺害，志賀他們今晚都會在那裡。」

「既然這樣，那就只能使用那裡的電腦了。」

「這裡？」淺間巡視周圍，「我說了好幾次，這裡什麼都沒有。」

「我是說那棟建築物，不是有蓼科兄妹以前使用的電腦嗎？」

「喔。」淺間點了點頭後，皺起眉頭，「但我剛才不是說了嗎？我不會用電腦。」

「不必擔心，我會告訴你怎麼做，你只要切換成視訊電話的模式，讓我看到影像就好。」

淺間嘆了一口氣說：「你說得倒輕鬆啊。」

「你有辦法進去蓼科兄妹的房間嗎？」

「我來試試。我會先掛上電話，如果成功溜進去，再和你聯絡。」

淺間掛上電話，拿出了自己的手機。他用這個手機打電話給警衛富山。剛才進來這裡時，他問了富山的電話。

「你好，我是富山。」富山的聲音有點緊張。

「我是淺間，剛才謝謝你。」

「不客氣，你已經忙完了嗎？」

「五樓的事已經結束了，我想去七樓確認一件事。不好意思，鑰匙的事可不可以麻煩你一下？」

「喔喔，VIP病房的，我知道了，我馬上就過去。」

「麻煩你了。」

淺間掛上電話後，把裝了卡片的袋子放進了內側口袋，走出了房間。

他搭電梯來到七樓，前方的門緊閉著，貼紙上寫著「非相關人員禁止入內」。

不一會兒，電梯的門打開了，身穿制服的富山走出電梯。淺間把進入五樓房間時用的鑰匙交還給他。

「在那裡找到了什麼重要的東西嗎？我曾經進去過幾次，我記得只有一些畫畫的工具。」

「是啊，沒什麼重要的東西，不過我只是去確認一下。」

「七樓的房間應該也什麼都不剩了，科警研的人把所有的東西都搬走了。」富山說完，把手放在靜脈辨識系統的感應板上，門靜靜地打開了。昏暗中，只見一條長長的走廊。

富山拿出另一把鑰匙。

「這是這個房間的鑰匙，你離開時，拿回警衛室就好。」

「好，謝謝你。」

「那你慢慢忙。」富山說完，轉身準備離開，淺間叫住了他。

「雖然有點囉嗦，但這件事請不要讓警察廳和科警研知道。」

富山露齒一笑說：「我知道。」

淺間看著他走進電梯後，戴上手套走向走廊深處。他打開了門鎖，推門而入。室內一片漆黑，他摸索著打開了燈。

啊呀呀。淺間忍不住嘀咕。富山說得沒錯，之前趕到這裡時看到的許多資料和事務機器都不見了。應該是志賀他們帶走的。他們在暮禮路時，也試圖徹底調查神樂躲藏的地方。聽神樂說，那裡是蓼科兄妹的別墅。

那不是為了偵辦命案，他們在尋找什麼東西。

原來是這個——淺間隔著衣服，摸著內側口袋。

43

神樂用指尖不停地輕敲桌子。淺間還沒有和他聯絡。他是負責蓼科兄妹命案的偵查員，進入那間VIP病房應該不是困難的事。

終於找到「貓跳」了。那到底是什麼東西？

神樂想起蓼科兄妹寫給數學家基爾．諾伊曼的電子郵件，郵件中提到了「錯誤」和「懺悔的賞賜」之類的字眼。由此可知，蓼科兄妹犯下了某些錯誤，為了修正這些錯誤而設計了「貓跳」，並藉由這種修正來讀取「白金數據」。

任何天才程式設計師都會有疏失，這種疏失可能會給其他人帶來麻煩。但是，無論是怎樣的情況，通常都不會用到「懺悔」這種字眼。既然用了這個字眼，很可能顯示那不是單純的疏失而已，而是刻意造成的。

難道是蓼科兄妹刻意讓DNA偵查系統中存在某種缺陷嗎？

怎麼可能？神樂不願相信，但除此以外，想不到其他可能性。

神樂回想起和蓼科耕作最後的談話。那天，他難得主動找神樂，說有事要談一談。一見面，他就問神樂，系統的情況怎麼樣。神樂回答說，系統很順利，只是有案子無法在檢索系統中找到相符的數據。神樂指的是NF13。蓼科耕作似乎早就知道，還說就是為了這件事想和他談一談。

然後，那對兄妹就遭到了殺害。

他們知道為什麼無法查出NF13身分的原因。如果是因為他們刻意在DNA偵查系統中植入的「缺陷」造成的——一切都有了合理的解釋。如果「貓跳」是為了修正這種缺陷的程式，因此可以讀取「白金數據」，就可以查出NF13的身分。

神樂感覺到自己的體溫上升。

如此一來，也可以解釋蓼科兄妹遭到殺害的理由。因為NF13連續犯案，所以他們打算用「貓跳」修正系統的缺陷。那一天，蓼科耕作主動找神樂，應該就是為了這件事，然而，NF13得知了這件事，為了阻止蓼科兄妹，所以殺了他們——

神樂把手放在額頭上，偏著頭思考。

到目前為止的推理並沒有太大的破綻，但仍然存在一個很大的疑問。為什麼NF13知道蓼科兄妹的行動？而且，那對兄妹為什麼要在系統中植入缺陷？蓼科早樹的衣服上沾到神樂毛髮的理由也令人費解，還是說，是因為系統有缺陷，才會判斷那個樣本是神樂的？

樣本？——神樂抬起頭。最近有人提到「樣本」這兩個字。

是白鳥里沙。當神樂在蓼科兄妹的別墅打電話給她時，她曾經問，NF13採取的樣本放在哪裡？她說，她要的不是已經將DNA資料電子化的D卡，而是原來的樣本。

她到底想要幹什麼？她說要背著志賀所長他們，偷偷把樣本帶出去。

難道……神樂想到這裡，電腦通知收到了電子郵件。打開一看，是淺間寄來的。他似乎順利進入了VIP病房。神樂打電話給他。

「為了這張卡，」電話一接通，淺間就說：「志賀他們應該也拚了命在尋找。」

「有這樣的跡象嗎？」

「應該吧，你先看看這個。」

不一會兒，電腦螢幕中就出現了影像。淺間已經切換到視訊電話，雖然顏色有點淡，但畫質還不差。畫面中是蓼科兄妹之前使用的工作桌。

「看得到嗎？」淺間問。

「看得很清楚，原來他們真的把資料都拿走了。」

「隨身碟、電子書閱讀器和筆電也都拿走了，什麼都沒了，很難想像這個竟然沒有搬走。」淺間緩緩移動攝影鏡頭，拍到了一臺電腦。

「那並不是電腦，只是超級電腦的螢幕而已，主機在樓下。」

「原來是這樣，志賀他們無法把超級電腦搬走。」

淺間認為志賀也在找這張卡，神樂對此也有同感。只是當蓼科早樹遭到殺害時，他們對於她最後開發的「貓跳」程式應該一無所知。神樂記得，志賀曾經問他是否知道些什麼線索，那不像是裝出來的。

志賀是在哪個時間點得知了「貓跳」的內容？到底是什麼時候？

是白鳥里沙。神樂想到。志賀得知「貓跳」內容的時機剛好就是她出現的時候，難道是她把「貓跳」告訴了志賀？不，不可能。她顯然打算搶先一步拿到「貓跳」。

也許是相反的情況。志賀對從美國來學習DNA偵查系統的白鳥產生了懷疑，所以針對她進行了調查，結果就發現了「貓跳」是什麼。如果是這樣，一切就有了合理的解釋。

「喂，你為什麼不說話？趕快下達指示啊。」淺間催促道。

「沒有啦，我只是在推理一些事。」

「推理？怎樣的推理？」

「但沒有明確的證據。」神樂聲明之後，把剛才的想法告訴了淺間。

「有道理。」淺間聽完之後，小聲嘟囔道：「你的推理搞不好是對的，這樣一來，也可以解釋我內心的一些疑問。」

「是嗎？」

「比方說，警察廳突然插手我們的偵辦工作。警察廳要秘密進行蓼科兄妹命案的調查工作不是問題，但那些人甚至說要指揮我們之前努力偵辦的NF13的偵辦工作。因為我發現查不出NF13的真實身分並不是因為數據不足，而是系統的缺陷。雖然要我們去暮禮路把你帶回來，但在得知發現了蓼科兄妹的別墅之後，就慌忙趕了過去。如果是為了找這個，一切就很合理了。」

螢幕上出現了藍白相間的條紋袋子，應該是淺間刻意放在鏡頭前。

「沒錯，就是我那天在他們的房間裡看到的，在蓼科兄妹遭到殺害的幾個小時之前……」

「他們也許察覺到危險，所以才把卡片交給你……不，應該是交給隆。」

「因為不能被任何人發現，所以才會藏在那幅畫的下面，之所以在畫中畫上了那個袋子，應該是隆想要向我傳遞訊息。」

「問題是，」淺間稍微壓低了聲音，「我搞不懂那個名叫鈴蘭的少女，她和蓼科兄妹到底是什麼關係？」

「這的確是個謎團，唯一確定的是，他們兄妹偷偷和她見面。因為他們很少外出，所以可能把她當成秘密聯絡人。不久之後，鈴蘭偶然遇見了隆，兩個人變得親密起來。」神樂回顧了之前發生的事，說出了最合理的說明。

然而，之前都立刻回答的淺間竟然沉默不語。

「淺間先生，」神樂問他：「怎麼了嗎？」

「喔，不是啦，我只是在想，真的有可能嗎？」

「什麼真的有可能？」

「如果她真的這樣進出，應該有人看到她。」

「雖然你這麼說，但她真的曾經出入那裡，所以卡片才會藏在畫裡面。難道不是嗎？還是說，除此以外，你有其他解釋？」

「不，那倒不是……好吧，這件事我們以後再討論，目前的首要任務，就是先搞清楚裡面到底是什麼。」畫面中出現了淺間的手指，他戳著裝了卡片的袋子。

「我贊成，細節的推理以後再說，先來做事。你先把電腦打開，結束休眠狀態。」

「喂、喂，我說了好幾次，我——」

「對電腦一竅不通，是不是？我知道，你把鏡頭靠近電腦，不，這樣太靠近了，我想要同時看到電腦和螢幕。ＯＫ，這個位置很好，你坐在椅子上。」

「我想要站著。」

「不行，你就照我說的去做。」

接著傳來了嘆息聲和椅子與地面摩擦的聲音。

「我坐下了，然後呢？要蹺二郎腿嗎？」

「和腳沒有關係，把雙手放在扶手上。」

「這裡嗎？」淺間問道，下一剎那，立刻傳來了鋼琴聲，是舒伯特的〈聖母頌〉，螢幕上同時出現了「HELLO」的文字。

「喔，這是怎麼回事？」淺間驚訝地問。

「電腦啟動完成了，蓼科兄妹為了使用方便，在系統上下了不少工夫。」

「真是嚇我一跳，接下來該怎麼辦？」

「要讀取程式了，你先把卡從袋子裡拿出來。你知道怎麼拿嗎？」

「左手拿袋子，右手把袋口撐開，然後把手指伸進去，把卡拿出來──這樣對嗎？」

「左手和右手的用法反了，不過問題不大。」神樂開著玩笑，發現自己已經完全信任了淺間，雖然他以前最討厭刑警。

螢幕上出現了拿著金卡的手。

「這個要怎麼辦？要裝在哪裡？」

「你按一下鍵盤最右側，最上面那個鍵，讀卡機就會打開。打開之後，把卡放在上面，然後再按同一個鍵，之後就靜觀其變吧。」

「OK，最右側上面的……」

螢幕上可以看到淺間的手按照神樂的指示操作，卡片放進讀卡機幾秒之後，淺間面前的螢幕中出現了好幾個複雜的幾何圖案。

「喂，喂，畫面上出現了很多莫名其妙的東西。」

「我知道，每個圖案都是構成程式的模組。好，那就開始作業吧。我先問一下，你會用鍵盤嗎？還是完全不行。」

淺間發出低吟，「我會盡量試試看。」

「加油，我們面對的是天才設計的程式，我想應該會耗費不少時間。」

事實上，接下來的確很辛苦。淺間並不像他說的那樣對電腦一竅不通，所以還算順利地完成了神樂的指示，但程式就好像是由無數條線組成的，很難把握整體的狀況。

在嘗試了一個多小時後，終於發生了狀況。淺間聽錯了神樂的指示，執行了錯誤的動作。

螢幕上的圖形激烈變化，到處亂竄。

「啊，慘了，電腦暴走了，這下子該怎麼辦？」淺間慌張地問。

神樂正想對他說「別緊張」，電腦螢幕上出現了新的變化，那些模組都開始變成整齊的形狀，就像是糾結在一起的線打開了。神樂終於發現了這些模組所代表的意義。

原來——他忍不住倒吸了一口氣。

44

立體圖形在畫面上跳躍，不斷發出鮮豔的色彩，數字和文字不斷排列和組合。淺間完全不知道是怎麼回事，只知道似乎有了進展。最好的證明，就是神樂沉默不語。神樂剛才不時因為無法搞定程式而陷入沉默，但現在的情況不一樣，他從畫面中解讀出了某些東西。

沉默持續了幾分鐘，終於聽到神樂小聲嘀咕說：「太驚人了……」

「這到底是怎麼回事？你已經知道它是什麼了嗎？」

「大概知道，看來這是很了不起的程式。當然，如果我的解讀沒有錯誤的話。」神樂繼續說道：「不，不可能解讀錯誤，所有的謎團都有了答案。」

「趕快告訴我，到底是怎麼回事。」

神樂嘆了一口氣。

「很難口頭解釋，而且我想要明確的證據，所以必須實際測試。」

「測試。」

「用這個程式清查DNA偵查系統，一定會出現驚人的結果。」

「等一下，如果要碰DNA偵查系統，就必須進入特解研，但現在沒辦法溜進去。」

「我知道，所以我們要正面突破。既然沒辦法溜進去，就只能大搖大擺地從正門進去。」

「要和志賀他們對決嗎？用這張卡做為王牌。」

「就是這樣，淺間先生，你願意協助我嗎？」

「事到如今，還問這種廢話。」淺間從上方探頭看著面對電腦畫面的視訊電話，神樂的螢幕上出現了他倒過來的臉部特寫，「事已至此，早就無路可退了。」

「好，那我們就來決定見面的地點，在特解研的——」

神樂說到這裡，淺間放在懷裡的手機響了。那是他自己的電話。視訊電話使用的是白鳥里沙的電話。

打電話給他的是警衛富山。

「慘了，科警研的人來了，可能會去你那裡。」

「科警研？他們怎麼會來？」

「不知道。他們問我有沒有人來這裡，我回答說沒有。」

「知道了，謝謝。」

淺間掛上電話後，簡短地向神樂說明了情況。

「這下子麻煩了，你趕快把卡片拿出來，關掉電腦系統。」

淺間按照神樂的指示操作，把電腦退出的卡片放進了內側口袋。

「科警研的旁邊有一個掛著『播磨運輸』的倉庫，兩個小時後，我們在那裡見面。」

「你兩個小時內有辦法到東京嗎？」

「我會想辦法，你要馬上離開那裡，如果被他們發現，搶走了『貓跳』就沒戲唱了。」

「不用你提醒，我也知道。」淺間在說話的同時掛上了電話。

他跑過走廊，來到電梯廳，發現一輛電梯正在上樓。他立刻轉身走向另一個方向。走廊盡頭有一道門，他知道那道門通往逃生梯。那是殺害蓼科兄妹的兇手逃走的路線。

打開那道門，來到門外時，身後傳來電梯抵達的聲音。真是千鈞一髮。

他躡手躡腳地慢慢走下階梯，思考著科警研的人為什麼突然來這裡。聽富山說，他們問是否有人來這裡。雖然不知道他們問話的語氣，但這句話似乎顯示他們並不知道是淺間在這裡。

當他從五樓走到四樓時，四樓的門突然打開了。淺間停下腳步，緊張起來。如果是科警研的人，即使動粗，也要設法逃走。

但是，從門內走出來的是一個身穿白袍的人。淺間看過那個人的鷹鉤鼻。他是腦神經科的水上教授。

水上緩緩抬頭看了過來，絲毫不感到驚慌，好像知道淺間在那裡。他臉上浮現淡淡的笑容，對淺間點了點頭。

「現在最好先別下去。」

淺間聽到水上的話，大吃一驚。「什麼意思？」

「科警研未必只派一個人來這裡，搞不好會在下面埋伏。你先去我的辦公室。」水上用手指向門內，催促著他。

看到淺間仍然沒有放鬆警戒，水上再度點了點頭。

「神樂剛才打電話給我，我已經瞭解狀況了。」

原來是這樣，淺間終於放了心。神樂一定認為水上教授願意提供協助。

「快進來。」

「不好意思。」淺間說著，走進門內。

沿著昏暗的走廊，來到掛著精神分析研究室牌子的房間。這是淺間第三次來這裡，第一次是在蓼科兄妹遭到殺害時，第二次是在神樂逃亡之後。

淺間和水上在這間不太像診察室，很像是很有品味的小型會議室內面對面坐了下來。牆邊排放著櫥櫃和架子，一個黑色皮包放在架子上，一看就知道是使用多年的愛用品。

「雖然我瞭解狀況，但其實並沒有時間和神樂慢慢聊，他似乎很慌張，只說希望我協助藏匿你，然後就掛上了電話。」水上把熱水倒進茶壺內說道，他的動作慢條斯理，似乎確信科警研的人不會來這裡。淺間覺得，既然這樣，也許可以在這裡避一下風頭。

水上把茶杯放在淺間面前。

「姑且不論神樂，你也在逃亡嗎？」

「那倒不是，只是我並沒有和科警研、警察廳一起行動，他們也不知道我和神樂取得了聯絡，所以不能讓他們知道我來這裡。」

水上一臉恍然大悟的表情喝著茶。

「所以，可以認為目前你和神樂聯手。只是我不知道你們怎麼會合作。」

「說來話長，硬要說的話，就是我和他都發現了事件有內幕。」

「你說的內幕是指？」

「命案和警察廳、科警研想要隱瞞的秘密有關，我和他兩個人剛才還在調查到底是什麼秘密。」

水上露出不解的表情，把手上的茶杯放在桌上。

「現在知道了嗎？」

「他已經發現了，但在他詳細說明之前就被打斷了。不過，我很快就會知道了，因為我已經和他約好要見面。」淺間看著手錶。神樂說兩個小時後見面，目前已經過了十分鐘。

「是嗎？他還好嗎？逃亡會對身心造成很大的負擔。」

「聽他說話的樣子，感覺沒什麼問題。只不過……」

聽到淺間有點吞吐，水上眨了眨眼睛，「怎麼了嗎？」

淺間心想，不妨問一下那件事，問一下神樂口中那個叫鈴蘭的少女。

「他好像有幻覺。」

「幻覺？」水上不悅地皺著眉頭，露出了腦神經科醫生的表情。

淺間告訴他，神樂似乎看到了隆畫中的少女，以為真的有那個少女，而且還一起去旅行。水上的表情越來越凝重。

「這……不太妙啊。」他低吟道。

「你是指症狀嗎？」

水上用力點頭。

「多重人格是一種對自己到底是誰的自我意識產生動搖的疾病，原因有很多種，但很大程度上是受到想要逃避現實、嚮往虛構世界的心理影響。」

「是因為這個原因，才會產生幻覺嗎？」

「應該是無法區分現實世界和虛構世界的徵兆，這是極其危險的狀態，如果不及時治療，虛構的部分會不斷擴大。除了那個叫鈴蘭的少女以外，很可能出現更多幻覺。同時，還會否認、無法面對現實。一旦這樣——」水上注視著淺間的臉，「甚至可能會不認得熟悉的人。」

「……聽起來像阿茲海默症。」

「罹患阿茲海默症，大腦會逐漸出現物理性的萎縮，神樂的情況是在精神上出現相同的狀況。總之，必須趕快進行治療。淺間先生，你剛才說會和他見面，我可以和你一起去嗎？」

「你也要去？」淺間忍不住坐直了身體。

「必須分秒必爭，他的症狀在不斷惡化。」

「但是，我們準備去做很危險的事，不能帶你一起去。」

水上用力搖著頭。

「如果你們要做危險的事，更要趕快治療他。如果他無法分辨現實和虛構世界，就無法作出精準的判斷。我不會影響你們，只要五分鐘就好，給我五分鐘治療他。我可以保證，在做完必要的處理後，我會馬上離開。」

聽到學者用這麼熱切的語氣說這番話，淺間很難拒絕。水上只是想要拯救病人，而且，如果神樂陷入這種狀態，淺間也很傷腦筋。神樂的腦袋是目前唯一的武器。

「好，既然你這麼說，那我就帶你去。但因為無法預測會發生什麼事，所以不一定能夠進行治療。」

水上鬆了一口氣。

「太好了，我會努力不妨礙你們，那我來準備一下。」說完，他站了起來，一邊脫下白袍，一邊走了出去。

淺間再度看著手錶。距離約定的時間還有一個多小時。

45

一個穿風衣的男人走進電車。神樂低下頭，戰戰兢兢地打量他。風衣男人巡視車廂後，不知道是否因為沒有空位而感到失望，走去隔壁車廂了。他完全沒有看神樂一眼。也就是說，並不是來抓神樂的，應該也不是刑警。

神樂渾身放鬆，重新握住吊環。車廂內所有的座位都坐滿了，有幾個人站著。

他換了幾班車，一路前往東京。雖然他很小心不被監視器拍到，但很難預料什麼時候會被人發現，也可能已經被發現了，所以電車每次靠站，有新的乘客上車，他就會渾身緊張。

即使警察發現也沒有關係，但無論如何，都必須在此之前，從淺間手上拿到「貓跳」。如果不拿到「貓跳」，就無法揭露ＤＮＡ偵查系統的秘密，也無法證明「白金數據」的存在。無論再怎麼強烈主張，只要對方否認「根本沒這種東西」，神樂就無計可施，也無法澄清自己的嫌疑。

話說回來，沒想到竟然有這種事，而且自己完全不知情——

雖然神樂解讀出「貓跳」，也瞭解到其中所隱藏的意義，卻仍然難以置信。因為他一直自豪地認為是自己建構了ＤＮＡ偵查系統，也深信除了蓼科兄妹以外，他比任何人都熟悉系統。沒想到現實完全不是這麼一回事。自己一無所知，完全被蒙在鼓裡，只是聽從志賀他們指揮的棋子。對他們來說，自己只是系統的一部分而已，對他們有利的系統的一部分——

所有的謎都逐一解開了，只是仍然不知道NF13的真實身分。但是，對整體來說，那只是一個小問題。說得不客氣一點，NF13無論是誰都不重要，和「白金數據」的罪惡相比，簡直太微不足道了。

無論如何，都必須揭露真相。他發自內心地這麼想。

窗外的夜景熱鬧起來，似乎漸漸接近都心了。一旦進入鬧區，即使在哪裡被人發現，想要再度潛入地下都不會太困難。但是，千萬不能大意。電車每次靠站，神樂就確認所有的乘客。

順利通過東京車站的出口時，神樂忍不住重重地吐了一口氣。當然，他知道不能鬆懈，因為到處都裝了監視器，一旦被臉部辨識系統捕捉到，警察會在幾分鐘內趕到。神樂低著頭，快步走出車站。

計程車招呼站也設置了監視器，他來到馬路上，攔了一輛經過的計程車。他告訴司機：「去有明。」司機完全沒有對神樂起疑。

雖然離開東京並沒有太久，但他對東京的街道感到很懷念。不知道自己的租屋處怎麼樣了？他很想趕快回家好好睡一覺。在此之前，必須先解決所有的問題。

計程車在櫛比鱗次的辦公大樓之間穿梭，穿越了複雜交錯的高速公路下方，又經過了運河上方的橋。距目的地一半時，神樂告訴司機詳細的路線。計程車駛入沒有住家的倉庫街，在即將到達目的地時，神樂叫司機停車。一看手錶，和淺間約定的時間快到了。自己對時間的估算很準確。

下車後，他在走路時提高了警覺。由於沒什麼路燈，只要離開建築物，就可以在黑暗中移動。

前方有一棟暗綠色的建築物，周圍是黑色的圍牆。房子的屋頂上有一塊寫著「播磨運輸」的舊招牌。那家公司已經倒閉了，目前這個倉庫歸另一家公司所有。當初特解研在旁邊建造時，警察廳曾經租用那個倉庫一年，堆放研究所要使用的資材和儀器。

他從後門向倉庫內張望，然後迅速鑽進圍牆內。神樂之前聽說，目前這個倉庫無人使用，持有這個倉庫的公司有意脫手，卻遲遲找不到買家。

建築物的大門關著，他巡視周圍，發現淺間還沒有到。停車場內有一輛不知道有沒有報廢的舊卡車。神樂躲在卡車後方。

不一會兒，就聽到了車子靠近的聲音，車頭燈的燈光照進停車場內，輪胎緩緩擠壓著柏油路面，最後停了下來。車頭燈關了，引擎聲也熄了。

神樂從卡車後方探出頭，駕駛座上走下一個身材魁梧的男人。看男人的體型，他確信是淺間。

他鬆了一口氣，直起身體，正打算跑向淺間時，副駕駛座旁的車門打開了。他忍不住停下腳步。淺間帶別人一起來這裡。是誰呢？

「是神樂嗎？」淺間已經發現了他。

神樂沒有回答，注視著車子，但看到從副駕駛座走下來的人，立刻吐了一口氣。因為那是他最信任的人。

「原來是教授。」

水上緩緩走了過來，手上拎著皮包。

「神樂，你看起來精神很不錯啊。」

「我說我們要在這裡見面，教授堅持要和我一起來。」淺間說。

神樂將視線移向淺間，皺著眉頭問：

「你為什麼會告訴教授？在那之後，你不是立刻逃離了醫院嗎？」

「不，因為教授說，你聯絡了——」淺間說到這裡，似乎察覺了什麼，準備回頭，但他的動作很不自然地停了下來。

水上不知道什麼時候站在淺間的背後，因為被淺間擋住了，所以看不到他臉上的表情。但是，神樂可以清楚看到淺間的表情。他神情緊張，目露兇光。

「這是在搞什麼啊？」淺間問。他的聲音沙啞。

「不要動，如果你不想死的話。」水上說，他的聲音聽起來很可怕，好像是從古井深處傳來的聲音。

「怎麼了？」神樂問。

淺間眨了眨眼睛，看著斜上方說：

「是手槍，這位教授用手槍頂著我。」

神樂瞪大了眼睛，「為什麼？」

「對啊，為什麼？為什麼要這麼做？我們做了什麼對不起你的事嗎？」淺間也咆哮道。

水上發出冷笑。

「因為你們在多管閒事，什麼『貓跳』，什麼『白金數據』，吵死人了。這個世界上，有許多事情根本不需要弄明白。」

神樂和淺間互看了一眼。

「你怎麼知道這些……？」神樂問。

「我當然知道，我知道一切，我聽到了你們這兩個小時之間的所有談話。因為五樓的畫室和蓼科兄妹在七樓的房間都裝了竊聽器，也是我打電話向科警研告密說，好像有可疑人物闖入了七樓。淺間先生一如我的期待，從逃生梯下樓，就像我那天一樣。」

那天——神樂感到愕然。那一定是指蓼科兄妹遭到殺害的日子。

淺間無力地搖著頭。

「真所謂眼皮底下的事反而看不清，我們真是有眼無珠啊。」

「沒錯，就是這麼一回事，你們要好好反省。」水上舉起右手，不知道把什麼東西刺向淺間的脖子。淺間的臉立刻扭曲起來。水上手上拿的是注射器。「不必擔心，還不會死，只是讓你暫時安靜一下。」

水上拔出注射器，淺間立刻跪了下來，隨即露出痛苦的表情倒在地上。

神樂難以相信發生在眼前的事。自己最信賴的水上竟然是這一系列事件的主謀嗎？他驚訝得說不出話。

水上拿起放在地上的皮包，他的另一隻手上拿著手槍，槍口對著神樂。
「你殺了蓼科兄妹嗎？」神樂用顫抖的聲音問。
「是啊，」水上的聲音鎮定得有點冷酷，「順便告訴你，我就是NF13。」
巨大的衝擊讓神樂感到耳鳴，心臟跳動的速度已經達到極限。
「……為什麼？」
「為什麼？有必要說明嗎？聽了你們剛才的談話，我以為你已經知道了。」
「我的確知道了『白金數據』的真相。」
「嗯，那來看你的答案對不對，你說來聽聽。」水上拿著手槍，上下晃動著。
神樂想要吞口水，但口乾舌燥，他只好舔了舔嘴唇。
「DNA偵查系統所登錄的資料是根據民眾提供的樣本製作的，從樣本中解析出DNA後，以電腦數據的方式進行處理，再變成密碼加以登錄。所以，如果兇手在犯罪現場留下了DNA，只要兇手在系統中登錄了相關數據，就可以馬上檢索出誰是兇手。即使兇手本身沒有登錄，只要兇手的家屬或親戚登錄，也能夠大幅縮小嫌犯的範圍。」
「這是很出色的發明。」水上用揶揄的口吻說道，「你接著說。」
神樂深呼吸了一下。
「這只是我的假設而已，在龐大的數據中，可能混入了一部分特殊的數據。這些數據除了本身的DNA資料以外，還附加了特別的識別記號。如果檢索的DNA和這些數據一致，DNA偵查系統就會顯示出完全不同的答案。解析結果所顯示的身體特徵和當事人完全不同，檢索結果也會出現NOT FOUND，也就是並未登錄這個人的相關資料。

雖然不知道到底是哪個人，為了什麼目的在系統中增加了這個選項，總之，系統中混入了這些特殊的數據，這就是『白金數據』，『貓跳』就是找出這些數據的程式。」

水上微微搖晃身體，輕聲笑了起來。

「神樂，太精采了，但離滿分還差了一大截。不知道是哪個人？喂、喂，你忘了一件重要的事嗎？這套系統並不是誰都可以設計出來的，連你都沒那個能耐。」

神樂瞪著眼前這個男人的鷹鉤鼻，「蓼科早樹……」

水上點了點頭。

「是我指示蓼科兄妹加入了這個選項，因為他們對我言聽計從。當然，我也叮嚀他們要瞞著你。」

「為什麼要這麼做？」

「理由很簡單，因為受人之託。」

「受誰的委託？」

水上挑了挑單側的眉毛。

「是志賀所長直接來拜託我的，就是你的上司，但連我也不知道他的後臺是誰，他也只是棋子而已。」

「科警研，不，警察廳的……」

「應該是更高層的人想到這種主意，雖然你想要打造出完美的偵查系統，但如果太完美，會讓有些人很傷腦筋。」

他是指那些政治人物和官員。他們一定想要把自己和家人的DNA資料變成「白金數據」。

「原來是這樣，太卑劣了……」

水上冷笑著。

「現在還在說這種話，這個世界就是這麼一回事。如果總理大臣的兒子有一天強暴他人遭到逮捕，整個國家不是會陷入混亂嗎？」

「所以，你的ＤＮＡ資料也變成了『白金數據』？」

「當然啊，不能只有他們獨享好處。」

「系統檢索不到『白金數據』，無論犯多少次罪，即使在現場留下了痕跡，也絕對不會遭到逮捕，所以你就利用這一點連續殺人嗎？」

「我有言在先，我並不是殺人魔，目的並不是為了殺人，那都是實驗。」

「實驗？什麼實驗？」

水上放下皮包，仍然舉著槍，另一隻手在皮包裡摸索著。然後從皮包裡拿出一個像是金屬盒的東西，上面連著電線。

「你知道這是什麼嗎？」

「電恍……是不是電子恍惚器？靠脈衝電流刺激大腦，陷入恍惚狀態。」

神樂完全搞不懂水上為什麼拿出這種東西。

「這不是單純的電恍器，我已經加工過了。簡單地說，就是增加了功率，但並不是恍惚狀態變得強烈而已。只要使用這個東西，會陷入強烈的催眠狀態，任何人都會變得順從，甚至連自殺也不怕，而且和普通的電恍器不同，會引起中毒症狀。」

「為什麼要製作這種東西？」

「為什麼？還真是個蠢問題，就好像沒有人會去想，為什麼會有人買賣毒品，操控人類精神的知識有助於獲得權力，所以必須進行實驗。」

神樂搖了搖頭，「但根本不需要殺了她們啊。」

「我沒有殺她們，是她們自己死了，就好像實驗的時候，白老鼠也經常會死。那些女人不需要同情，都是一些早晚會沉溺於電恍器的笨女人，所以才會輕信我的花言巧語。但是，如果屍體不稍微加工一下，很容易被發現是腦科學家所為，所以我稍微加工了一下。」

「所以你用槍打她們的腦，然後對她們施暴嗎？」神樂說：「原來是姦屍。」

「因為我認為殺人魔需要有動機，而且，留下精液反而對我更安全。」

「因為你是『白金數據』，所以系統不會顯示出兇手的名字，警方不會懷疑ＤＮＡ資料已經登錄的人。」

「就是這麼一回事，只不過有一件事讓我不太放心。使用這個裝置時，耳朵上會留下燙傷的痕跡。警方可能從這個共同點中查出什麼，所以我決定和一部分業者分享電恍器的改造方法。這種改造品已經以『超恍器』的名稱在玩家之間流行了，即使警方發現兇手是超恍器使用者，也已經為時太晚了。」

神樂咬緊牙關後問：

「你做這些事，到底有什麼意義？你身為腦科學家，已經有了相當的地位，還想靠電子毒品得到什麼權力？」

水上微微偏著頭。

「我剛才似乎沒說清楚，我並不是自己想要得到什麼權力，而是想要創造可以帶來權力，能夠改變世界的東西。身為科學家，如果知道有可以操控人心的方法，當然會想要試一試，也可以說是本能。事實上，你不是也為了證明基因決定了人心這個假設，想要瞭解心靈之謎嗎？」

「這件事和那件事——」

「都一樣，完全沒有差別。你用自己的身體瞭解心靈的構造，我在別人的身上進行實驗。只不過你的研究沒有導致任何人死亡，我的實驗中死了幾個人，這就是唯一的差別。不，還有另一個差別，你還沒有找到答案，但我已經找到答案了。」水上把臉湊到神樂面前，豎起了食指，「我告訴你一個秘密，想要瞭解人心，不需要研究什麼基因，人心只是化學反應和電子信號而已。」

神樂看著水上淡然說話的樣子，緩緩搖了搖頭，「你腦筋不正常。」

「是誰向這個腦筋不正常的人求助呢？」

「蓼科兄妹發現了你是兇手嗎？所以你殺了他們。」

水上聳了聳肩說：

「他們不可能發現，但他們得知NF13的事件之後，開始懷疑兇手在『白金數據』中。」

「所以才設計了『貓跳』這個程式，他們很後悔當初設計了『白金數據』，想要贖罪。」

水上帶著遺憾的表情皺起眉頭。

「像蓼科早樹這種天才，竟然會有這種愚蠢的想法。只是死了也不足惜的人從這個世界消失而已，結果搞得自己也從這個世界消失了。」

「那一天，我使用反轉劑變成隆的期間，你殺了他們，而且還特地在監視器上動了手腳……」

水上意外地搖了搖頭。

「在監視器上動手腳的並不是我，原本就有人動了手腳，我只是加以利用而已。」

「原本就有人動了手腳？這是怎麼回事？」

「意思就是除了我以外的人設置的，我認為你最好還是不要知道是誰比較好。喔，不要動。」水上舉著槍，緩緩繞到神樂背後，「跪下來。」

「你想幹什麼？」

「你就乖乖聽從我的命令，雖然同樣是死，但對你來說，最好還是少吃一點苦吧？」

神樂感受到槍口對準自己的後背，他蹲了下來，雙膝跪在地面後坐了下來。有什麼冰冷的東西夾在自己的耳朵上。首先是左耳，然後是右耳。應該是超恍器的電極。

「不必害怕，之前送命的那些女人在死之前，都露出恍惚的表情，是在幸福的感覺中死去。只不過你可能無暇體會快樂，我一開始就會使用很大的脈衝電流，因為沒時間了，只能委屈你一下。」

「你也是用這種方法殺了白鳥里沙嗎？」

「喔，你是說那個女人。」水上一派輕鬆地說道，好像現在才想起這件事，「殺她還耗費了一點時間，先用超恍器控制她的意識，讓她把車子開回家後，才槍殺她。我的技術越來越爐火純青。」

「她發現你是兇手了嗎？」

「不，她並沒有發現，但因為她自以為是地做一些事，所以我擔心她可能以後會發現。」

「ＤＮＡ鑑定嗎？」

「喔，原來你知道。」

「她正在找ＮＦ13的原始樣本，因為她發現兇手在『白金數據』中，鎖定能夠和蓼科兄妹接觸的人，人數就非常有限了。只要用傳統的方法鑑定所有人的ＤＮＡ和ＮＦ13的ＤＮＡ，就可以查出兇手——是不是這樣？」

「真是太危險了，只是她不夠聰明的是，她在採集我的頭髮時被我看到了。她沒事跑來找我，我怎麼可能不懷疑？」

神樂聽到嘎嚓嘎嚓的金屬碰撞聲，「好了，」水上說：「說了一大堆廢話，但是很愉快，想到以後再也無法和你聊天，忍不住有點寂寞，但這也是無可奈何的事，天下沒有不散的宴席。」

「你殺了我也沒用，志賀他們也在追ＮＦ13。」

「沒這回事，事件已經解決了，ＮＦ13用超恍器自殺了，只是在自殺之前，槍殺了刑警淺間——怎麼樣？很完美的劇本吧？」

水上似乎想要嫁禍給神樂。他一定打算殺了神樂之後，再槍殺淺間。

神樂感到不寒而慄，在滿腦子混亂中，努力思考著如何突破眼前的局面。

「有一個女生叫鈴蘭，她知道一些事。」

水上吐了一口氣。

「你以為還會見到她嗎？」

「你說什麼？」

「不好意思，現在沒時間向你解釋了，你們去那個世界相見吧。」

喀答。神樂聽到了打開開關的聲音，整個視野頓時變成了金色。聽覺、味覺、嗅覺等所有的感覺都麻痺了，就連重力的感覺也消失了，完全不知道自己到底是坐著還是站著。但是，他完全不覺得痛苦，身體好像浮了起來，在半空中飄來飄去。爽快的感覺籠罩全身，精神得到了解放。

下個瞬間——

金色的視野突然變成了黑暗，他同時失去了意識。

46

意識漸漸清晰，彷彿濃霧逐漸散去。他頭痛欲裂，耳鳴不已，但在耳鳴的空檔，聽到有人說話的聲音。那是誰的聲音？以前好像聽過。

淺間發現自己閉著眼睛，花了一點時間，才想起發生了什麼事。對了，剛才挨了水上一針。這裡是有明，在廢棄倉庫的停車場。臉頰碰到了水泥地。自己因為藥物的關係失去了意識，所以一直躺在地上。

他想要活動手指，卻無法順利活動。不，可能已經活動了，只是自己沒有知覺而已。五感幾乎沒有知覺，嗅覺似乎也麻痺了。看來聽覺最先恢復，但也只是聽到聲音，完全聽不懂內容。

他慢慢睜開眼睛，視野模糊，好像被厚實的磨沙玻璃擋住了。當他用力定睛後，玻璃漸漸恢復了透明度，耳鳴也同時消失了。

神樂跪坐在地上，水上站在他身後。

「你殺了我也沒用，志賀他們也在追ＮＦ13。」

「沒這回事，事件已經解決了，ＮＦ13用超恍器自殺了，只是在自殺之前，槍殺了刑警淺間——怎麼樣？很完美的劇本吧？」

淺間完全搞不清楚目前是什麼狀況，只知道水上似乎想要殺死自己和神樂，而且似乎是打算用槍殺死自己。

開什麼玩笑——他想要掙扎，但手腳都不聽使喚。

水上和神樂又交談了幾句之後，水上不知道做了什麼。因為神樂的身體出現了異常的動作。他的雙膝仍然跪在地上，好像在跳凌波舞般，身體用力向後仰，而且開始不停地顫抖。顫抖的幅度越來越大，就連淺間也可以看到，神樂的耳朵上夾著超恍器的電極。

神樂突然停止顫抖，他的身體就像傀儡般向後倒，然後一動也不動了。

水上目不轉睛地打量著倒地的神樂，突然看向淺間。兩個人的眼神在空中交錯。

「警察的身體真勇健啊，這麼快就醒了。」水上走了過來，「但你也差不多該醒了，否則我不好做事。因為如果藥物沒有充分分解，解剖時可能會被發現，但這種可能性很低。剛才為你注射的藥物在體內分解之後，就會變成人體原本就存在的物質，任何名醫都不可能感到奇怪，而且你身上還會有槍傷，別人不可能繼續追查死因。」

淺間一邊聽著水上長篇大論，一邊拚命確認手指的感覺。手指仍然感到麻痺，即使用盡渾身的力氣，也不知道是否能夠順利活動身體，但是，現在已經沒時間確認了。

水上站在淺間身旁，低頭看著淺間的臉上露出冷笑。他伸出左手，從淺間上衣內側抽出了「貓跳」的卡。

「幸虧有你在，老實說，我原本還沒想到要如何讓NF13的事件落幕，因為警察廳和警視廳應該不會讓這起案子就這樣懸而未決，但現在所有的問題都迎刃而解，塵埃落定。你光榮殉職後，應該可以追升兩級，所以也沒什麼好埋怨的。」水上緩緩舉起槍，手指放在扳機上。

現在是唯一的機會。淺間用盡渾身的力氣踢起右腿，踢腿的動作奇蹟般地完美，正中水上拿著手槍的手。手槍被踢飛到兩公尺外的地方。

水上眼露憎惡地瞪著他，想要去撿手槍，但淺間也不放過他，立刻像蜥蜴般在地面移動，比水上搶先一步拿到了手槍。

只不過他還來不及把槍口對準敵人，拿著槍的手臂就被水上抓住，想要用力奪回去。沒想到水上的力氣很大，而且淺間的身體還未完全恢復自由。

一旦被他搶走，就只剩死路一條了。淺間借力使力，利用水上拉他手臂的力量，把槍丟了出去，他也不知道槍掉在哪裡。

水上鬆開了淺間的手臂，打量四周。他應該在找槍，似乎很快就找到了，他站了起來。

不能讓他去撿槍。淺間大聲咆哮著，抱住了水上的腿。

「不要再做無謂的掙扎了……」水上的臉扭曲著，想要拉開淺間的手。

「我才該勸你趁早放棄，我絕對不會放手。」

「是嗎？既然這樣，那我就要改變主意了。」

水上撲向淺間，雙手放在他的脖子上，用力掐緊。淺間拚命想要推開他，但水上就是不鬆手。

水上的臉上露出瘋狂的笑。

「你是警察，應該會武術吧。別看我這樣，我也是柔道黑帶，而且你因為受到藥力影響，無法發揮實力。勝負已定。對了，再補充一點，對我來說，要偽裝成神樂掐死你這種事太簡單了。」

雖然水上說話的語氣很平靜，但掐住淺間脖子的雙手更加用力。淺間完全無法呼吸，也無法發出聲音。

意識漸漸模糊起來，大腦從中心開始麻痺。雖然知道必須抵抗，但內心漸漸被「我不行了」的灰心占據。眼前漸漸變成黑色。

就在這時，聽到了「砰」的聲響，掐住淺間脖子的力量突然放鬆。他感受到血流過頸動脈，呼吸也變得順暢了。

視野恢復了清晰，水上的臉出現在淺間眼前。這個鷹鉤鼻的白髮男人驚訝地瞪大眼睛，他的表情中已經不見前一刻的瘋狂，反而帶著純淨。

淺間看向水上的胸口，發現他西裝下的襯衫被染紅了。

水上的手離開了淺間的脖子，他注視著自己滿是鮮血的胸口後，脖子緩緩轉向後方。淺間也看向相同的方向。

神樂站在水上數公尺後方，他的手上握著槍。

「怎麼可能……？」水上發出呻吟，「大腦被這麼強烈的脈衝電流刺激，不可能還有辦法活下來。」

「告訴我！」神樂開了口，「為什麼殺了她？為什麼殺了我的鈴蘭？」

水上的眼瞼抽搐著，「你是隆……？」

「回答我！為什麼殺了她？根本不需要殺她啊！」神樂臉上露出痛苦的表情，目前的人格似乎並不屬於神樂。

水上輕輕一笑，這也成為他最後的反應。他的腦袋無力地垂了下來，倒在淺間身上。他已經渾身癱軟，變成沒有生命的物體。

淺間推開了水上的身體坐了起來，他搓了搓自己的脖子後，再度看著神樂，不，是隆。

「你是神樂的另一個人格吧？」淺間向他確認。

隆丟下手槍，當場坐了下來，然後皺著眉頭，抱住了頭。

「你怎麼了？」淺間問。

隆露出空洞的眼神看著他。

「請你轉告他……轉告神樂，再讓我畫一幅畫。請他準備好畫布，吸反轉劑。這是最後一次。」

「最後一次？」

「對，最後一次。畫完那張畫，我就會消失……」隆說完這句話，整個人倒了下來。

不一會兒，就聽到遠處傳來警車的警笛聲，而且不止一輛，正向這裡駛來。

「他媽的，也來得太晚了……」淺間咂著嘴，在地上躺成了大字。

47

神樂在警察醫院的病房內恢復了意識，他無法立刻想起自己發生了什麼事。雖然記憶漸漸甦醒，但完全不知道被超恍器殺死的自己，為什麼又被救活了。

他接受了大腦的檢查，打針之後，再度被送回病床，沒有人向他解釋任何事。當強烈的睡意襲來時，他意識到剛才注射的是鎮靜劑。

當他再度醒來時，發現病房內有其他人的動靜。他抬起頭，看到志賀抱著雙臂，蹺著二郎腿坐在椅子上。

「你好像醒了，聽說大腦的狀況沒有異常，真是太好了。」

神樂坐了起來。頭還有點昏，他眨了眨眼，用手搓了搓臉。

「我怎麼會在這裡？」

志賀噗哧一聲笑了起來。

「你不是從東京車站搭計程車去有明嗎？那輛計程車上有拍攝車內情況的攝影機，和警察廳的臉部辨識系統相連結。目前還在測試階段，東京都內只有二十輛這種計程車而已。因為有侵犯隱私權的問題，所以並沒有對外公布。在接獲通報趕過去之後，發現你們在那裡。」

「你們……所以除了我以外，還有其他人嗎？」

志賀恢復了嚴肅的表情，點了點頭。

「淺間副警部和水上教授。水上教授遭到槍殺了。」

「槍殺……被淺間先生嗎？」

「不，」志賀搖了搖頭，「是你開的槍。」

「怎麼可能？」神樂瞪大了眼睛，「不可能有這種事。」

「這是事實，淺間副警部也證實了，但好像不是你的人格。」

「……是隆嗎？」

志賀把抱著的手臂放在扶手上，身體靠在椅背上。

「從淺間副警部口中得知，NF13是水上教授，但他似乎並不瞭解詳細情況，你和教授在談話時，他因為藥物關係，陷入了昏迷。」

神樂看著志賀冷酷的臉，「你想聽我和教授之間的對話？」

「我洗耳恭聽，」志賀說，「當然，我不光是聽而已，也會回答你提出的問題，你應該有很多想要問的問題吧？」

「當然，有太多問題了。」神樂說。

他詳細說明了那簡直就像噩夢的事，也盡可能鉅細靡遺地重現了水上說的那些冷酷的話，但志賀幾乎面無表情，也許只是想要瞭解事件的真相，和神樂到底知道多少有關「白金數據」的情況。

「原來是這樣。」這是志賀聽完之後說的第一句話。「原來他是為了研究電子毒品而殺人，簡直是可怕的瘋狂科學家。」

「不知道是誰委託這種人，要求蓼科早樹設計『白金數據』。」

志賀的雙肘仍然放在扶手上，交握著雙手。

「必須有『白金數據』，ＤＮＡ偵查系統才能獲得認可，這在構思的階段就知道了，如果缺乏可以保護政治人物和高官的系統，法案就無法通過。」

「哪個層級的人有資格進入『白金數據』？」

「這個嘛，必須視實際情況，」志賀輕描淡寫地回答：「如果是政治人物，就是曾經入閣，或是與之相當的層級。公務員的話，至少必須是儲備幹部，當然，有沒有人脈關係，情況也會有所不同。」

「如果是警察呢……？」

「絕對必須是高考組的總部長和部長層級。」

神樂點了點頭，他終於恍然大悟。

「之所以不讓警視廳繼續調查ＮＦ13，是因為發現可能和『白金數據』有關係。」

「其實很早就猜想到也許ＮＦ13在『白金數據』內，只不過覺得即使這樣，也不必慌張，因為只是一直無法逮捕到兇手而已，這也是『白金數據』存在的意義。如果輿論吵得很兇，在適當的時機，找一具離奇死亡的屍體，說成是NF13就好。沒想到出現了變數。」

「蓼科早樹完成了『貓跳』。」

「沒錯，」志賀點了點頭，「白鳥里沙寄去美國的電子郵件中提到，蓼科早樹雖然遭到殺害，但讀取『白金數據』的程式，也就是『貓跳』程式被搶走的可能性很低。看到這些內容時，我大吃一驚。說起來很丟臉，我完全不知道蓼科早樹在寫這個程式。」

「等一下，你說看到了白鳥小姐的電子郵件……是在她遭到殺害之後嗎？」

「怎麼可能嘛，當然是更早之前。」志賀撇著嘴角笑了起來，「白鳥里沙從美國來這裡，目的顯然是為了確認『白金數據』的存在。因為我認為對美國人來說，想要建立DNA偵查系統，也需要建構『白金數據』，我們當然不可能承認有這種東西，所以必須密切觀察她的行動，也因此掌握了有關『貓跳』的消息。」

「所以就暫時凍結了NF13的偵查，以找『貓跳』為最優先。得知蓼科兄妹在暮禮路有藏身之處後，甚至禁止警官進入調查，就是因為怕被他們找到『貓跳』。」

「只可惜撲了空。」志賀聳了聳肩。

「那為什麼讓警察追捕我……？」

「因為表面上，你是重要關係人，真正的理由，是因為知道你受白鳥里沙之託，也在尋找『貓跳』。如果被你先找到，就會很麻煩。」

「雖然最後還是我先找到了。」

「是啊，我聽淺間副警部說了，是藏在那幅畫的下面？真是眼皮底下的事反而看不到啊。不好意思，『貓跳』已經被我們沒收了，幸好你還來不及安裝在DNA偵查系統上。」

神樂重重地嘆了一口氣。

「只有可憐的大眾毫不知情嗎？你認為能夠得逞嗎？要求廣大民眾去登錄DNA資料，自己卻逍遙偵查網外，如果媒體得知這件事，不知道會怎麼樣呢。」

「不會怎麼樣，我們只要不承認有『白金數據』就好，讓它變成所謂的都市傳說。」

「如果相關人員出面作證呢？」

志賀聽到神樂這麼說，挑了挑單側的眉毛。

「你的意思是，你會出面作證嗎？我們終於談到了核心問題。我來這裡，就是為了和你談這件事。那我就直截了當地說了，希望你徹底忘了這些事，無論是『白金數據』和『貓跳』，還有NF13的事。」

神樂冷笑著：「想得真美啊。」

「當然不會無條件，」志賀注視著神樂說：「因為不可能讓你繼續做DNA偵查系統的工作，所以會給你一個適當的職位。那只是掛名而已，你不需要工作，但會支付給你相當於目前三倍的薪水。這樣的條件不錯吧？」

「想要收買我嗎？你覺得我看起來像是會為了錢出賣良心的人嗎？」

「我認為接受這個提議，對你比較好。因為如果你執意拒絕，那我們只能採取其他手段。」

「你們打算怎麼辦？」

志賀鬆開了交握的手指，右手指向神樂。

「逮捕你，控制你的自由。我一開始不是就說了嗎？你殺害了水上教授，已經構成了殺人罪，即使你主張是正當防衛，也無法證明，因為你並沒有犯案時的記憶。」

神樂咬牙切齒地瞪著志賀。

「如果上法庭，我會說出一切，這樣也沒關係嗎？」

「你完全搞不清楚狀況，為了保護『白金數據』，國家權力將全體總動員，秘密審判一個殺人犯根本易如反掌。你或許以為目前面對的是志賀這個小人物，但我背後有強大的勢力，我只是傳聲筒而已。相信我，還是照我的話去做比較好。我很欣賞你，不希望看到你在牢獄中過一輩子。」

神樂認為志賀的後半段臺詞聽起來充滿虛情假意，但前半段很有真實味，事實應該也是如此，在這裡指責志賀也無濟於事。他不得不承認自己太渺小，只能微微閉上眼睛，搖了搖頭。

「你似乎終於同意了。」志賀說。

「我想問一件事，如果以後再發生相同的情況怎麼辦？像水上教授那種人完全有可能再度出現。」

「這件事倒是不必擔心，我們已經有『貓跳』了，如果無論如何都找不到兇手，可以把在『白金數據』中尋找做為最後手段，但只有少數人知道檢索的結果。」志賀說到這裡，露出了同情的眼神，「無論在任何時代，都有身分的問題，人類永遠不可能平等。」

神樂垂下頭，覺得渾身無力。沒想到他投入一切完成的DNA偵查系統，竟然只是為了鞏固階級制度——

「對了，還有一件事要告訴你。」聽到志賀這麼說，神樂抬起頭，志賀有點尷尬地繼續說：「是關於鈴蘭這個女生。」

神樂倒吸了一口氣，「你認識鈴蘭？」

「我從淺間副警部口中聽說了這個名字，」志賀舔了舔嘴唇，「他說是你的幻覺。」

「幻覺？」神樂皺起眉頭。

「沒錯，是你的幻覺。根本沒有鈴蘭這個女生，是你創造的幻覺。」

神樂在露出笑容的同時，握緊了拳頭，「開玩笑，怎麼可能有這種事？」

「雖然你可能不相信，但這是事實。你從東京車站搭上電車之後，一直都是一個人，在暮禮路期間，也都是一個人。」

神樂搖了搖頭。

「不可能。我和她曾經交談，也一起吃過飯。」

「那除了你以外，有誰看過她？有人和她說過話嗎？」

「這是……因為她每次都偷偷來和我見面……」

「用什麼方法？她怎麼知道你在哪裡？又如何通過森嚴的保全系統來和你見面？」

神樂無言以對，因為他也一直為這件事感到納悶。

「我再問你，你有沒有從和她談話中，得到任何新的資訊？你從她口中得知的事，是不是都是你原本就知道的事，或是隆的記憶中的事？」

「沒這——」

神樂原本想要斷言「沒這回事」，但他發現自己的想法動搖了。的確是這樣，關於鈴蘭的一切也是藉由隆的記憶知道的，神樂真的完全沒有從鈴蘭口中得知任何事。

「那教堂呢？」

「教堂？」

「蓼科兄妹的別墅附近有一座舊教堂，是她告訴我那個教堂的，在此之前，我根本不知道那裡有教堂。」

志賀訝異地搖了搖頭。

「那裡根本沒有教堂。」

「不，確實有，就在沿著林道稍微往上走的地方。」

「很遺憾，那裡不是教堂。聽你這麼一說，我想起來了，當地警方說，正在追捕的人曾經在廢棄的民宿躲了一晚。」

「民宿？不可能，那的確是教堂，我對內部的裝潢也記得很清楚。」

「那應該是你以前去過的教堂的記憶。」

「怎麼可能？我自從讀小學之後，就沒去過教堂……」神樂說到這裡，受到了很大的震撼。因為他想起讀小學時，曾經在課外教學時，去附近的教堂參觀，而且清楚地回想起當時的情況。內部裝潢和那天晚上，與鈴蘭一起度過的教堂一模一樣。

志賀拿起放在一旁的皮包，從裡面拿出筆電，放在腿上俐落地敲打鍵盤後，把螢幕轉向神樂的方向。

「你在暮禮路時，不是曾經被警車追捕嗎？聽說你騎著機車順利逃脫了，當時，那個叫鈴蘭的女生在哪裡？」

「她就坐在我後面。」

志賀點了點頭說：「好，那你就自己親眼看一下。」說完，他按了一個鍵。

畫面上出現了影像，一輛機車在田間小道上疾馳。攝影機是從機車背後拍攝的。

「這是警車追蹤攝影機拍到的畫面，你仔細看。」

機車越來越大。神樂睜大了眼睛。騎機車的正是自己，而且後面並沒有坐任何人。

「騙人，這不可能……」他無力地嘀咕道。

志賀停止繼續播放影像。

「我有必要說謊嗎？沒有鈴蘭這個女生，對我有什麼好處？我只是希望你清醒而已。」

神樂摸著自己的額頭，他開始頭痛。

「既然這樣，那幅畫要怎麼解釋？隆畫的是幻覺嗎？但是，畫中的鈴蘭拿著裝了『貓跳』的袋子，所以我才會知道藏在畫布後面，如果鈴蘭是幻覺，是誰把袋子拿去那個房間的？」

志賀垂下雙眼，再度操作著鍵盤。

「我剛才說，沒有鈴蘭這個女生，這只是對你和我而言的意思。對隆來說，的確有鈴蘭這個人，是真實存在的人，而不是幻覺。」

「這是什麼意思？」

「就是字面上的意思。我們徹底調查了鈴蘭那幅畫所在的房間，蒐集了頭髮、皮屑、體毛——所有可以分析DNA的物品，最有參考價值的，是兩個空罐。那是兩個果汁罐，其中一個是你，不，是隆喝的，在另一個空罐上，發現了其他人的唾液。那是女性的唾液，將DNA的唾液進行罪犯側寫，並以合成照呈現了外貌，這就是當初的畫像。」志賀再度將液晶畫面轉向神樂。

神樂差點驚叫起來。因為畫面上出現的正是蓼科早樹，和真人不同的是，並沒有遮住右半邊臉的胎記。

「現在你終於瞭解了吧，鈴蘭就是蓼科早樹，在你使用反轉劑之後，隆只是去五樓的房間畫畫而已，但蓼科早樹也會去那個房間。為了避免別人看到她的行蹤，所以她在監視器上動了手腳。」

「她在監視器上動了手腳？」

「沒錯，蓼科早樹在監視器上播放了假影像。」

神樂恍然大悟。難怪水上說，並不是他在監視器上動手腳，他只是加以利用而已。

「目前並不知道隆怎麼會認識蓼科早樹，怎樣變成了朋友。但是，在隆的眼中，她就像是那幅畫中的少女。這一點千真萬確，因為他不是只畫自己看到的東西嗎？」

「……是啊。」

「怎麼樣？是不是所有的謎都解開了？」

神樂用指尖按著眼睛，腦袋一片混亂，無法順利思考，但自己也同時努力冷靜地面對現實。志賀的話很合理，順理成章，毫無破綻。

得知鈴蘭只是幻覺，既感到失望，但同時也鬆了一口氣。想到再也見不到她，的確會感到難過，但想到她並不是在那時候送命，又有一種得到救贖的感覺。

「還有什麼疑問嗎？」志賀問。

神樂想了一下，緩緩搖了搖頭。

「沒有了，但也可能只是沒想到而已。」

「如果有疑問，歡迎隨時問我，我會詳細說明到你滿意。你會遵守我們之間的約定吧？」志賀把筆電收進皮包後，從椅子上站了起來。「對了，差點忘記重要的事，淺間副警部要我傳話。正確地說，好像是隆要他傳話。」

「隆嗎？」神樂偏著頭，抬頭看著志賀。

48

遠處傳來像是汽車喇叭的聲音，除此以外，幾乎聽不到任何聲音。隆緩緩張開眼睛，看到了白色的牆壁。

他坐在一張有扶手的椅子上，右手的手指夾著香菸外形的反轉劑。反轉劑已經燒到濾嘴，幾乎快燒完了。他看向地面，地上放了一個裝了水的水桶。應該是神樂為了避免掉下的灰把地板燒焦所準備的。

他把濾嘴丟進水桶後打量周圍。這裡似乎是病房，有一張床，旁邊還有放在畫架上的畫布。床上有調色盤、畫筆和顏料。

隆走向畫布，上面有一張字條。上面寫著「因為你沒有指定尺寸，所以準備了和鈴蘭那幅畫相同的畫布。你的另一個人格留」。

他輕輕吐了一口氣，拿起畫筆。筆尖的毛很柔軟。

他不經意地轉過頭，發現身穿白色洋裝的鈴蘭一臉難過的表情站在那裡。

「妳來見我最後一面。」隆說。

「你不是要畫畫嗎？」鈴蘭問。

「對，我要畫妳，我就是為了這個目的回來的。」

隆知道眼前的鈴蘭只是幻覺，但他仍然看得到她，因為她的樣子就是隆在腦袋裡創造出來的，但神樂應該就看不到了。他已經知道了鈴蘭的真實身分，也知道她已經死了，鈴蘭再也不會出現在他面前。

鈴蘭流著眼淚，隆伸手撫摸著她的臉，用指尖為她拭去眼淚。

「只要畫完這幅畫，隆這個人也會從這個世界消失，永遠消失。」

「我們可以在那個世界相見嗎？」

「當然可以。」

他們依偎在一起，相互擁抱。

49

時鐘顯示晚上七點多時，嫌犯回到了公寓。他戴著毛線帽和墨鏡，穿了一件黑色大衣，大衣的領子豎了起來，可能想要遮住臉。

坐在駕駛座上的戶倉轉過頭問：

「股長，現在怎麼辦？」

淺間摸了摸滿是鬍碴的下巴說：「確認所有人的位置。」

「是。」戶倉回答後，拿起了無線對講機。聽下屬的對話，知道所有偵查員都已經就位。

「好，那就行動吧。」淺間走下了車。

向公寓管理員出示警察證後，管理員打開了自動門禁系統。他們走進電梯，按了樓層的按鈕。他們已經知道嫌犯住在哪個房間了。

走出電梯後，淺間帶著三名偵查員走向嫌犯的住家。雖然立刻就找到了，但並不是所有人都站在門前。除了身穿運動衣的戶倉以外，其他人都躲在附近屏息斂氣。

戶倉按了對講機的門鈴，不一會兒，聽到一個低沉的男人聲音應門。

「不好意思，我是剛搬來的鄰居，想和你打聲招呼。」很會演戲的戶倉語氣開朗地說。

很快就聽到了打開門鎖的聲音，淺間和其他人都繃緊神經。

當門打開一條縫時，戶倉就用力拉著門把。男人「哇！」地驚叫一聲，踉蹌著衝了出來。淺間和其他人同時撲了上去。

男人發現不對勁，想要關門，但戶倉用腳擋住了。他穿著工地現場穿的安全靴。

男人想要逃進屋內，幾名下屬追了上去，很快就在客廳中央把他制伏了。淺間緩緩走了過去，從懷裡掏出了逮捕令。

「別白費力氣了，現在以強盜殺人的罪嫌逮捕你。」

「我什麼都沒幹。」男人吼叫著。

「既然這樣，你就去警局好好解釋，但我猜想恐怕很難。因為被害人的指甲上發現了你的DNA，而且，」淺間抓住男人的手，「你的手上也有抓傷的痕跡。」

男人不再抵抗，似乎終於放棄了。「帶走！」淺間命令下屬。

「這是你成為股長之後第一次立功，太好了。」戶倉語帶諷刺地說。

「三兩下就搞定，真是輕鬆啊。」他在說話時，手機傳來收到郵件的鈴聲，一看寄件人，忍不住露出笑容。

「誰傳來的？該不會是女人？」

「怎麼可能？」淺間確認了郵件的內容。

「最近還好嗎？我的日子過得很悠閒，最近完成了喝日本酒的酒杯，會寄去給你。工作加油囉。神樂。」

他每次寄來的內容都很簡潔。淺間吐了一口氣，收起了電話。

「白金數據」事件結束至今已經兩個月。不，外界並不知道這起事件，只知道NF13事件而已。

警視廳的上司，和警察廳的人都沒有追究淺間和神樂接觸，並擅自單獨行動的責任，他也因此必須接受兩個條件。第一，必須將「貓跳」交給特解研，第二，忘記所有的事。

淺間在同意這兩個條件的同時，也提出了要求，那就是不可以處分神樂。雖然他們並沒有見過幾次面，但兩個人協手解決了巨大的謎團，讓淺間對神樂產生了好像家人般的親切感。

對方接受了淺間的要求，但神樂也必須接受不得對任何人提起事件全貌的條件。

「淺間先生，又是這種東西。」正在檢查嫌犯大衣的戶倉，從他口袋裡拿出一個長方形的盒子。「這是超恍器啊。」

淺間皺了皺眉頭，最近，超恍器大行其道，在被輔導的青少年中，每五個人中就有一個身上帶著超恍器。雖然水上已經死了，但他播下的惡種卻沒有絕跡。

如果當時沒有發現那個，不知道我們現在怎麼樣了——淺間的記憶回到了兩個月前。那是和神樂見面之前，去水上研究室時的事。水上走出研究室時，淺間不經意地看向放在架子上的黑色皮包，發現像是電線般的東西露了出來。他打開皮包一看，裡面竟然是超恍器。

淺間完全不知道水上為什麼會有這種東西？他猜想可能治療時會使用。

雖然他並不瞭解超恍器的詳細構造，但之前聽「虎電器行」的老闆解釋過，哪個零件可以調整電流的強弱。他看了之後，發現那個超恍器設定在極其危險的模式。他當時心想，如果水上不知道這件事就糟了，所以拆下了其中一個零件，但他決定等問清楚水上為什麼會有超恍器之後，再把拆除零件的事告訴水上。

雖然當時並沒有想太多就拆下了那個零件，但最後也是因為這個行為，救了神樂和自己一命。

「股長，已經把嫌犯押上車了。」

聽到下屬的聲音，淺間才回過神。

「好，撤退。」淺間對戶倉說。

50

陶土濺到了臉上，他忍不住閉上了眼睛，但手和手指仍然維持原來的位置，心也仍然在作品上。他很快就睜開眼睛，繼續作業。

他已經相當熟悉手動轆轤的使用，即使不需要特別留意，也可以讓它穩定旋轉。如此一來，就能夠專心拉坯了。

一個大盤子漸漸在神樂的雙手中成形，直徑超過三十公分，這是他至今為止，挑戰的最大作品。

他屏住呼吸，完成了最後的收尾工作，停下了轆轤。打量之後，問正在一旁的蠍子：「你覺得怎麼樣？」

穿著工作服，坐在作業檯前的蠍子抬起頭，看著大盤子，冷冷地說：「還不錯啊。」他說話向來不浮誇。神樂感到很滿足。

一個男人衝了進來，「下雨了，我幫你收了衣服。」是築師。他看著轆轤上方，驚叫了一聲。

「做得很棒啊，才短短兩個月，進步很神速嘛。」

「託你的福。」

神樂站了起來，去房間角落的洗手臺洗了手。前方的鏡子中出現了他洗去了陶土的手。神樂看著自己的雙手，想起了隆的畫。

他看向旁邊的牆壁，那裡掛了一幅畫，那是隆最後的作品。畫中的鈴蘭身穿婚紗，臉上露出了微笑。

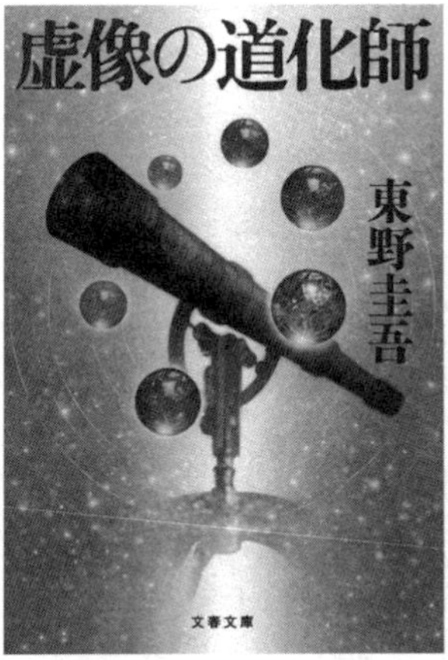

【中文版書封製作中】

暌違5年！「伽利略」終於回歸！
理性與感性交織的最強短篇7連發！

虛像的丑角

東野圭吾—著

女演員神原敦子注視著駒井良介面如死灰的臉龐，她戴著手套的雙手正握著刀柄，刀子深深插進了駒井的胸口。敦子環視四周，眼前的場景多麼熟悉：命案現場是舞臺，凶器是道具，只需要再找幾位警察跟她對對臺詞，一場世紀大戲就要展開。半調子的演技無法蒙混過關，但她無須擔心，她可是位演技精湛的演員。幕起，女主角已走進聚光燈下，而即將與她演出對手戲的那位天才物理學家，能否揭開小丑的面具，看穿她精心佈下的虛像？

2017.7.31 看穿真相

□集滿4個印花贈品（二款任選其一）：

A：【推理謎】LOGO皮質燙銀典藏書套一個

（黑色，25開本適用，限量1000個）

B：【推理謎】吉祥物『獨角獸』圖案皮質燙金典藏書套一個

（咖啡色，25開本適用，限量1000個）

□集滿8個印花贈品（二款任選其一）：

C：【推理謎】LOGO皮質燙金證件名片夾一個

（紅色，11.5cm x 8.6cm，限量500個）

D：【推理謎】吉祥物『獨角獸』圖案環保購物袋一個

（米色，不織布材質，41.5cm x 38.6cm，限量1000個）

□集滿12個印花贈品（二款任選其一）：

E：【推理謎】LOGO不鏽鋼繩鑰匙圈一個

（限量500個）

F：【推理謎】吉祥物『獨角獸』圖案馬克杯一個

（白色，320cc容量，限量500個）

謎人俱樂部會不定期推出最新限量贈品提供兌換，請密切注意活動官網和粉絲專頁。

【注意事項】

◎本活動僅限台灣地區讀者參加。

◎贈品兌換期限自即日起至2017年12月31日止（以郵戳為憑）。

◎贈品圖片僅供參考，所有贈品應以實物為準。

◎所有贈品數量有限，送完為止。如讀者欲兌換的贈品已送完，皇冠文化集團有權直接改換其他贈品，不另徵求同意和通知。贈品存量將定期在【謎人俱樂部】活動官網上公佈，請讀者在兌換前先行查閱或直接致電：（02）27168888分機114、303讀者服務部確認。

◎皇冠文化集團保留修改或取消謎人俱樂部活動辦法的權利。辦法如有更動，將隨時在【謎人俱樂部】活動官網上公佈。

國家圖書館出版品預行編目資料

白金數據 / 東野圭吾著；王蘊潔譯. -- 初版. -- 臺北市：皇冠, 2017. 07
面; 公分. --(皇冠叢書; 第4624種)（東野圭吾作品集; 26）
譯自：プラチナデータ
ISBN 978-957-33-3311-1(平裝)

861.57 106010317

皇冠叢書第4624種
東野圭吾作品集26

白金數據

プラチナデータ

作　　者—東野圭吾
譯　　者—王蘊潔
發 行 人—平雲
出版發行—皇冠文化出版有限公司
台北市敦化北路120巷50號
電話◎02-27168888
郵撥帳號◎15261516號
皇冠出版社(香港)有限公司
香港上環文咸東街50號寶恒商業中心
23樓2301-3室
電話◎2529-1778　傳真◎2527-0904
總 編 輯—龔橞甄
責任主編—許婷婷
責任編輯—蔡承歡
美術設計—王瓊瑤
著作完成日期—2010年
初版一刷日期—2017年07月

法律顧問—王惠光律師

讀者服務傳真專線◎02-27150507
電腦編號◎527023
ISBN◎978-957-33-3311-1
Printed in Taiwan
本書特價◎新台幣399元/港幣133元

謎人俱樂部贈品兌換卡

我要選擇以下贈品（須符合印花數量）：□A □B □C □D □E □F

1	2	3	4
5	6	7	8
9	10	11	12

【個人資料蒐集、利用及處理同意條款】

您所填寫的個人資料，依個人資料保護法之規定，皇冠文化集團將對您的個人資料予以保密，並採取必要之安全措施以免資料外洩。您對於您的個人資料可隨時查詢、補充、更正，並得要求將您的個人資料刪除或停止使用。

本人同意皇冠文化集團得使用以下本人之個人資料建立該集團旗下各事業單位之讀者資料庫，做為寄送出版或活動相關資訊、相關廣告，以及與本人連繫之用。本人並同意皇冠文化集團可依據本人之個人資料做成讀者統計資料，在不涉及揭露本人之個人資料下，皇冠文化集團可就該統計資料進行合法地使用以及公布。

□同意　　□不同意

我的基本資料

姓名：＿＿＿＿＿＿＿＿

出生：＿＿＿＿年＿＿＿＿月＿＿＿＿日　性別：□男 □女

職業：□學生 □軍公教 □工 □商 □服務業

□家管 □自由業 □其他＿＿＿＿

地址：□□□□□＿＿＿＿

電話：（家）＿＿＿＿　（公司）＿＿＿＿

手機：＿＿＿＿

e-mail：＿＿＿＿

◎請沿虛線剪開、對摺、裝訂後寄出。

◎請沿虛線剪開、對摺、裝訂後寄出。

我對【東野圭吾作品集】系列的建議：

寄件人：

地址：□□□□□

北區郵政管理局登
記證北台字1648號
免 貼 郵 票

〔限國內讀者使用〕

10547

台北市敦化北路120巷50號

皇冠文化出版有限公司 收